BASTEI
LÜBBE
TASCHENBUCH

Über die Autorin:

Ann Eriksson stammt wie ihr Held Trevor aus Kanada und verlebte ihre Kindheit und Jugend in allen drei kanadischen Prärieprovinzen. Neben dem Schreiben ist die überzeugte Umweltschützerin als biologische Beraterin tätig und liebt die Natur und das Reisen. Sie lebt mit ihrem Mann und ihren zwei Kindern auf Thetis Island, British Columbia.

Ann Eriksson

Mehr als ein Sommer

Roman

Aus dem kanadischen Englisch von
Diana Beate Hellmann

BASTEI
LÜBBE
TASCHENBUCH

BASTEI LÜBBE TASCHENBUCH
Band 16 668

1. Auflage: Mai 2012

Dieser Titel ist auch als E-Book erschienen

Vollständige Taschenbuchausgabe
der bei Lübbe Paperback erschienenen Paperbackausgabe

Bastei Lübbe Taschenbuch und Lübbe Paperback in der
Bastei Lübbe GmbH & Co. KG

Titel der kanadischen Originalausgabe: »In the Hands of Anubis«
Originalverlag: Brindle & Glass Publishing Ltd., Victoria, Kanada

Textredaktion: Vanessa Geuen, Darmstadt
Titelillustration: © SuchBild, Pauline Schimmelpenninck
Büro für Gestaltung
Umschlaggestaltung: Pauline Schimmelpenninck Büro für Gestaltung, Berlin
Satz: Kremerdruck GmbH, Lindlar
Gesetzt aus der Adobe Caslon Pro
Druck und Verarbeitung: CPI – Ebner & Spiegel, Ulm
Printed in Germany
ISBN 978-3-404-16668-8

Im Gedenken an meine Großmutter,
Lavina Spencer, die es liebte zu reisen.

Meinen Eltern gewidmet.

Prolog

Sommer 1966

Ein Falke schwebt hoch über der Prärie und gleitet mit seinen rotbraunen Schwingen auf den Strömen warmer Luft. Unter ihm geht eine Gestalt einen überwucherten Feldweg entlang – auf bloßen Füßen, in einer zerlumpten, abgeschnittenen Jeans. Das Glitzern der Sonne spiegelt sich auf dem Eimer für Beeren in ihrer Hand. Der Falke stößt einen leisen, kurzen Ruf aus.

Das kleine Mädchen blinzelt in die Sonne empor, um zu sehen, ob der Raubvogel Beute trägt, doch seine Klauen zeichnen sich von seinem weiß gefiederten Bauch ab wie ein leeres, dunkles V. Der Sommer hat das Gesicht und die kernigen Glieder des Kindes mit der Farbe der Erde bemalt. In den beiden langen, geflochtenen Zöpfen, die ihm über den Rücken fallen, schimmern die Farben reifer Gräser. Die Luft ist erfüllt vom Duft nach Erde und vertrocknetem Unkraut. Beim Nahen seiner Schritte zirpen die Heuschrecken und fliegen davon. Ebenso wie die Mäuse und die langbeinigen Präriehasen, nach denen der Falke Ausschau hält, verschmilzt das Mädchen mit der Landschaft, die es durchstreift. In der Ferne erhebt sich eine Blockhütte über einem Flussbett, in dem sich Pappeln und Weiden wiegen. Saskatoonbüsche versprechen dem Mädchen für den Abend einen Kuchen mit blauvioletten Beeren.

»Nimm dich in Acht vor Klapperschlangen, Angela«, hatte ihre Mutter sie gewarnt, als sie ihr den Eimer für die Beeren gab. Letzten Dienstag hatte ihr Vater auf dem Heuboden eine Schlange getötet, die einen Meter lang war. Sie trauert um das Reptil und seine fein geschuppte Haut. Wie der Falke sucht sie mit den Augen die Graslandschaft – ihre Heimat – nach den geringsten Bewegungen ab und horcht auf das leiseste Geräusch: ein verletzter Keilschwanzregenpfeifer, ein verwaister Dachs oder fliehender Fuchs, ein Erdhörnchen, das nicht zu seinem Bau zurückfinden kann. Sie erinnert sich an die Geschichten ihrer Großmutter über große Herden von Bisons und Antilopen. Über die Vernichtung und das sinnlose Abschlachten. Hätte sie vor langer Zeit gelebt, so hätte sie ihnen Zuflucht gewährt. Keine Gewehre, keine Pflüge. Nur die Prärie und ein kleines Mädchen, das sie beschützt.

Sie steigt hinab in das Flussbett, in den Schatten der Bäume und in die feuchte Luft über dem fließenden Wasser. An einem Ende der Schlucht sprudelt ein Bach aus dem steinigen Grund, um am anderen Ende wieder zu versickern. Sie kühlt die ledrigen Sohlen ihrer Füße im Wasser und sucht nach Fröschen, die im Morast und im nassen Gras schlafen. Dann macht sie sich an ihre Arbeit.

Die ersten reifen Beeren prasseln auf den Boden des Zinkeimers, danach fallen sie lautlos. Ihre Hände und ihr Mund werden vom warmen Saft der Früchte ganz blau. Wieder entstehen in ihrem Kopf Traumbilder vom alten Gehöft ihrer Großeltern, das genau über dem Flussbett liegt: Sie stellt sich vor, in der Pionierzeit zu leben und in einem Ochsenkarren über das flache Land zu holpern, eine angebundene Kuh im Schlepptau.

Als der Eimer voll ist, geht sie den gleichen Weg zurück und schwingt dabei den Eimer dreimal in einer kreisenden Bewegung gen Himmel – wie immer überrascht, dass sich die Beeren nicht in einem blauen Regen über ihren Kopf und ihre Schultern ergießen. Plötzlich lässt sie ein leiser Schrei wie angewurzelt stehen bleiben. Sie stellt den Eimer neben einen Salbeibusch und rennt hinter die Blockhütte, obwohl es unter ihren Füßen sticht und kribbelt. Ein kleiner Fuchs? Ein Hündchen? Oder ein entlaufenes Kätzchen von einer der Nachbarfarmen?

Im Hohlraum zwischen dem Boden der Hütte und der Erde entdeckt sie Steine, eine verrostete Handsense und einen Holzstuhl ohne Lehne; auf der anderen Seite schlägt das sonnendurchflutete Gras sanfte Wellen. Hinter dem kaputten Stuhl ertönt wieder ein Schrei. Sie schlängelt sich darauf zu und denkt weder an Schlangen noch an den Zustand ihrer Kleidung.

Ein Kojotenwelpe hat sich im Schmutz zusammengerollt, den Kopf auf dem Boden. Die Brust hebt und senkt sich rasend im Takt seines flatternden Atems. Das Weiße in seinen Augen flackert, seine spitzen Ohren zucken, das samtige Fell am linken Ohr ist aufgerissen, Blut rinnt herab. Schaum steht vor dem Maul mit den scharfen Zähnen, und eine fingerbreite Wunde klafft von seinem Nacken bis zur Schulter. Der Gestank von gerinnendem Blut tränkt die Luft. Leichte Beute für den Falken. Das Tier hat vielleicht Knochenbrüche.

Sie greift mit der Hand nach dem Kojoten, was er damit beantwortet, dass er zubeißt, sich aufrappelt und davontorkelt, hinaus ins Tageslicht. Rückwärts krabbelnd befreit sie sich aus der Enge unter den Bodenbalken. Sie rennt um die Blockhütte herum zu der Stelle, an der das Tierchen zusammengebrochen ist. Sie kniet nieder und legt ihre Hand auf die Brust des kleinen Kojoten. Sein Herz schlägt schwach und rasend schnell unter ihren von der Sonne gebräunten Fingern. Mit beiden Armen hebt sie den schlaffen Körper vom Boden, formt aus dem unteren Teil ihres T-Shirts eine Schlinge und macht sich auf den Heimweg. Sie widersteht der Versuchung zu rennen. Erst als sie durch das Tor zum Hof der Farm tritt und sieht, wie ihr Bruder neben der Scheune am Motor eines Traktors bastelt, erinnert sie sich an die Beeren.

1

Frankfurt, Winter 1985

Constance Ebenezer stand am Fenster des Flughafengebäudes und beobachtete, wie die Düsenmaschinen starteten und landeten. Es verblüffte sie, wie diese großartigen, von Menschenhand geschaffenen Raubvögel sowohl den Gesetzen der Schwerkraft als auch denen der Logik trotzten. Draußen lag das deutsche Rollfeld, grau und trist wie der Januarhimmel, doch schwebten fette, nasse Schneeflocken zur Erde herab und machten die Kulisse nahezu schön. Die metallenen Vögel erinnerten sie an den Tag, da sie erstmals in ihrem Leben ein Flugzeug gesehen hatte, vor etwas mehr als sechzig Jahren, als sie jung gewesen war und naiv und verliebt. »Erinnerst du dich, Tommy?«, fragte sie. »An den Tag, an dem du mich überreden wolltest, mit dem Doppeldecker zu fliegen?« Damals war nicht Winter gewesen, sondern Frühling, und niemals würde sie das Feuer in seinen Augen vergessen, als sie beide in diesem Weizenfeld gestanden hatten, ein paar Meilen nördlich von Winnipeg, wo die frischen grünen Triebe sich aus der schwarzen Erde den Weg ins Licht bahnten, wo die Luft klar war und so voller Hoffnung, und wo ihre Hand in seiner lag. Mit seiner freien Hand hatte er am Himmel mit dem Finger die Flugbahn des Doppeldeckers nachgezeichnet – einer ungelenken Maschine, die am Außenrand des Feldes in Querlage flog – und ihr erklärt, wie das Ganze funktionierte. Wie die Luft von vorn über und unter die Tragflächen strömte, was das Aufsteigen möglich machte, und wie der brüchig wirkende, neumodische Apparat sie innerhalb einer halben Stunde zum Winnipegsee bringen konnte – eine Strecke, die mit dem Auto über ungepflasterte Schotterstraßen in der Regel fast einen ganzen Tag dauerte. »Da können wir uns dann die Dünen am Grand Beach ansehen und die Marsch von Grassy Narrows, vielleicht sogar das isländische Dorf in Hecla«, hatte er zu ihr gesagt. Seine Stimme hatte sich dabei überschlagen und so schrill geklungen, dass sie ihm die Hand auf die Wange legen wollte, um ihn zu beruhigen. Sie hatte versucht, sich den Ausblick von dort oben vorzustellen, den Rausch und den Wind, der ihnen in die Gesichter wehen würde, sodass das Haar hinter ihr herflatterte. Doch hatte sie der Gedanke an die schwindelerregende Höhe und die waghalsige Geschwindigkeit nur beängstigt. Jetzt bereute sie, Nein gesagt zu haben. Er war trotzdem geflogen, hatte sich die Lederjacke angezogen und die Schutzbrille aufgesetzt, die der Pilot ihm gegeben hatte, und den Mann mit einem Fünf-Dollar-Schein bezahlt – dem Lohn für eine ganze Woche Arbeit, bei der er schwere, mit Ziegelsteinen beladene Schlitten gezogen hatte. Er hatte sie voller Leidenschaft geküsst, bevor er in die Maschine geklettert war und auf dem Passagiersitz Platz genommen hatte. Hinterher hatte er monatelang über das Erlebnis geredet. »Du würdest mir das heute gar nicht glauben, Tommy«, sagte sie. »Dass ich um die ganze Welt fliege in Flugzeugen, die so groß sind, wie wir es uns damals gar nicht hätten vorstellen können.«

Aus dem Augenwinkel heraus sah sie einen Mann und eine Frau, die sie anstarrten und dann einander anlächelten, als wüssten sie etwas über sie, was andere nicht wussten. Es kümmerte sie nicht. Sie fragte sich, ob Tommy wohl jemals mit einer Düsenmaschine geflogen war. Aber sie nahm an, dass er nie das Geld dafür gehabt hatte, so traurig dieser Gedanke auch war. Sie selbst war nie mit einem Flugzeug geflogen, bis sie im Alter von neunundfünfzig Jahren, vor nunmehr zwei Jahrzehnten, einen Air-Canada-Flug nach Vancouver Island bestiegen hatte. Statt gezielt irgendwo*hin* zu fliegen, war sie von Donald *weg*geflogen, sodass das vielleicht gar nicht richtig zählte. Aber jetzt, dachte sie zufrieden, fühlte sich das Fliegen schon völlig vertraut an. Sie hob ihre große Segeltuchtasche hoch, die ihre Freundin Iris ihr für die Reise geschenkt hatte. Die riesigen aufgestickten Sonnenblumen fand sie viel zu kitschig, aber sie hatte es nicht übers Herz gebracht, Iris das zu sagen. Und immerhin leistete sie hervorragende Dienste, auch wenn sie mit jedem Tag schwerer wurde. Constance bereute, ihr bestes Kostüm angezogen zu haben, was ihr am Vorabend, als es sorgsam über dem Stuhl in ihrem Hotelzimmer in der Innenstadt hing, angemessen vorgekommen war. Es war Martins Lieblingskostüm gewesen. Und ihre erste Reise nach Afrika war für sie ein festlicher Anlass. Afrika! Jedes Mal, wenn sie darüber nachdachte, begannen winzige Flugzeuge in ihrem Bauch zu kreisen, und sie konnte kaum mehr still sitzen. Im Moment fühlte sie sich jedoch zu beengt von der schmal geschnittenen Kostümjacke und sehnte sich nach ihrem Garten-Outfit: nach der alten Jogginghose und dem viel zu großen T-Shirt, das sie im letzten Jahr – seit sie allein lebte – immer getragen hatte. Ab und zu nahm sie neidvoll zur Kenntnis, wie lässig die jungen Leute reisten in ihren Jeans und den Schlabberpullovern. Das Kostüm würde für Nairobi viel zu warm sein, und sie würde so schnell wie möglich ihr Hotel finden und sich umziehen müssen. Ihre Füße hatten es aber bequem: Sie blickte nach unten auf die dunkelblauen, mit weiß abgesetzten Laufschuhe, die sie einen Monat zuvor in Paris erstanden hatte, nachdem sie stundenlang in ihren Pumps über die Champs-Élysées und an der Seine entlanggelaufen war. Die Blasen an den Außenseiten ihrer kleinen Zehen waren schon lange verheilt, und die gepolsterten Sohlen ihrer neuen Sportschuhe milderten die leichte Arthritis in ihrer linken Hüfte. Der Verkäufer in dem Geschäft hatte gesagt, die Schuhe seien in Korea hergestellt worden.

Constance fand eine Bank, setzte sich und stellte die Tasche vor sich auf den Boden. Laut der Dame am Schalter von Cairo Air blieben ihr noch mehrere Stunden bis zum Abflug der Maschine. Sie musste sich eingestehen, dass sie trotz aller Aufregung im Hinblick auf Afrika erschöpft war von den letzten sechs Wochen Reisen, dem Besichtigen und davon, alle paar Nächte in einem anderen Hotel zu wohnen. Sie hoffte, dass sie im Flugzeug etwas Schlaf finden würde.

Sie beugte sich vor und holte einen Kugelschreiber und eine Postkarte aus ihrer Tasche, auf der ein Foto von Michelangelos Statue des David aus den Uffizien in Florenz zu sehen war. Ein Meisterwerk, das sie fast einen ganzen Nachmittag in seinen Bann gezogen hatte. *Liebe Susan*, schrieb sie, dann hielt sie inne und hob den Kugelschreiber vom Papier, den Blick Richtung Decke. Was sollte sie ihrer Tochter nur schreiben? *Mir geht es sehr gut und ich wünschte, Du wärest hier?* Ihr ging es in der Tat sehr gut, doch sie war froh, dass ihre Tochter nicht hier war, und das, obwohl sie hin und wieder gerne jemanden bei sich gehabt hätte. Susan würde kein Verständnis haben für das, was sie hier tat; sie würde wollen, dass sie nach Hause käme. Constance hatte es bisher nicht geschafft, irgendeinem ihrer Kinder zu schreiben. Sie waren sicher schrecklich in Sorge, weil sie nicht wussten, wo ihre Mutter war. Sie drehte die Postkarte um und betrachtete das Foto des David. »Meine Güte, Martin«, sagte sie vor sich hin, »wie konnte ich nur jemals glauben, dass Susan an dieser Postkarte überhaupt Gefallen finden würde? Der Anblick seiner riesigen steinernen Genitalien würde sie nur erschrecken und peinlich berühren, nicht wahr?« Fast konnte sie sehen, wie Martin beipflichtend nickte und ihr dabei mit seinen feinen, schlanken Fingern über die Wange strich und dann lachte beim Anblick von Davids Kronjuwelen. Tränen schossen ihr in die Augen. Sie faltete die Postkarte in der Mitte zusammen und warf sie in den Mülleimer neben der Sitzbank. Das war jetzt die sechste Postkarte an Susan, die sie weggeworfen hatte. Sie griff erneut in ihre Tasche und zog eine Zeitschrift heraus, blätterte sie durch, um sich von ihrem eigenen einsamen Selbst abzulenken, und entschied sich schließlich für einen Artikel mit dem Titel *Büstenhalter bahnen sich den Weg in die Vorstandsetagen: Feminismus in den Achtzigerjahren*.

Trevor Wallace drängelte sich durch die Schlange aussteigender Passagiere. »Ich muss einen Anschlussflug erwischen«, brummte er halblaut und zog ratternd sein Handgepäck hinter sich her: einen Koffer der Marke Samsonite Silhouette, der auf Rollen lief und den er sich selbst zu Weihnachten geschenkt hatte. »Verflucht«, murrte er leise, weil das Paar vor ihm so langsam lief, dass es ihm den Weg versperrte, und nicht zu realisieren schien, wie sehr er sich plagte, an ihm vorbeizukommen. Er verfluchte den Flughafen Frankfurt. Er verfluchte das Wetter. Er verfluchte die Sekretärin, die ihm einen Flug mit einer derart kurzen Zeitspanne fürs Umsteigen gebucht hatte. Während er am Zoll in der Schlange stand, blickte er häufig auf seine Armbanduhr, und als der Beamte seinen Pass stempelte, nickte er ihm kurz zu. Dann rannte er in Richtung der Internationalen Abflüge und kollidierte dabei um Haaresbreite mit einem Mann und dessen Blindenhund. Der Hund blieb abrupt stehen und bellte einmal kurz, worauf Trevor den beiden auswich. Als er in die Nähe der Abflughalle kam, blieb er stehen und überprüfte noch einmal sein Ticket. Cairo Air. *Was zur Hölle war das denn für eine Fluglinie?* Er hatte noch nie von ihr gehört und hoffte inständig, dass es sich dabei nicht um eine dieser verantwortungslosen Gesellschaften handelte, die mit billigst erstandenen Maschinen zu fragwürdigen Zielorten flogen. Er konnte nicht fassen, dass er der Assistentin, die nur vorübergehend bei ihnen beschäftigt gewesen war, diese Buchung hatte durchgehen lassen. »Ich bin im Augenblick zu beschäftigt«, hatte er gesagt. »Ich bin sicher, dass Sie das hinbekommen. Stellen Sie nur sicher, dass ich erster Klasse fliege.«

In Augenblicken wie diesem fragte sich Trevor, wie er diesen Job, bei dem er ständig um die Welt reisen musste, jemals hatte annehmen können. Er hasste Flugzeuge und Flughäfen. Es war alles so schwierig: die ständigen Treffen mit fremden Menschen, Nacht für Nacht ein anderes, unvertrautes Hotelbett, an jeder Ecke etwas Neues und Unerwartetes. Er wünschte, er wäre zu Hause in Calgary, würde sich ein Eishockeyspiel ansehen in seiner Wohnung in Sunnyside, wo der Bow River vor seiner Tür dahinfloss. Trevor mochte Calgary, diesen Ort, der zu klein war, um eine Großstadt zu sein, aber weltoffener als Regina, wo jeder jeden kannte und jeder alles über jeden wusste. Der Umzug von Regina nach Calgary vor inzwischen über zehn Jahren hatte ihm Abstand verschafft von Tante Gladys und Onkel Pat, die beide mittlerweile tot waren, und von jener Katastrophe, die sich seine Kindheit nannte. Trevor liebte den Fluss, der durch die Stadt mäanderte, er hatte sich wegen des Bow für seine Wohnung entschieden. Die Tatsache, dass er zu jeder Tages- und Nachtzeit die Vorhänge aufziehen konnte, um den Fluss fließen und strudeln zu sehen, schenkte ihm ein Gefühl von Sicherheit.

Und dann war da Angela. Er lächelte bei dem Gedanken an die Frau, die er im letzten Winter kennengelernt hatte. Er war gerade von einem Spiel der Calgary Flames im neu eröffneten Saddledome gekommen, und nachdem das Team so haushoch gewonnen hatte, hatte ihm der Sinn danach gestanden zu feiern. Vor einer beliebten Bar war er stehen geblieben und hatte sich gewünscht, jemanden zu haben, mit dem er seine Begeisterung hätte teilen können. Er hatte die Tür aufgestoßen und den von Lärm und Rauch erfüllten Raum betreten. Der Anblick des Menschengewimmels an den Tischen und auf dem Tanzparkett vor der Liveband hatte ihn fast auf der Stelle zurück nach draußen auf die Straße getrieben. Als er sich gerade hatte umdrehen wollen, um wieder zu gehen, hatte er sie plötzlich auf einem

Stuhl an der Bar erblickt; ihre wilde, sonnenblonde Haarmähne hatte ihn quer durch den Raum gezogen. Noch ehe er hatte nachdenken können, hatte er hinter ihr gestanden und nicht gewusst, wie er ihre Aufmerksamkeit erregen sollte. Als ihre Freundin zu kichern begonnen und mit dem Kopf eine Bewegung in seine Richtung gemacht hatte, hatte Angela sich auf ihrem Stuhl herumgedreht. Ihre tiefbraunen Augen hatten ihn sanft durchgeschüttelt und ihn wieder auf den Boden der Tatsachen zurückgeholt, als wollten sie sagen: »Halt still jetzt, damit ich dir die Schnürsenkel binden kann.« Als sie ihm schließlich bei einem Drink erzählt hatte, dass sie Rechtsanwältin war, hatte er gelacht und gesagt: »Niemand sollte es je wagen, diese Augen zu belügen.«

Er liebte sein Leben in Calgary.

Auf der gegenüberliegenden Seite der Halle erblickte Trevor das Schild mit dem Hinweis *Alle anderen Fluglinien*, und er legte einen Schritt zu. Falls er Cairo Air dort nicht finden sollte, würde ihm das Personal sicher wenigstens weiterhelfen können. Wieder schaute er auf seine Armbanduhr. Genau in diesem Moment stieß sein linker Fuß gegen etwas auf dem Boden, und bevor er sich versah, segelte er durch die Luft und hatte keine Zeit mehr sich mit den Armen zu schützen. Er landete mit so viel Wucht auf den Granitfliesen, dass es ihm die Luft aus den Lungen und die Brille von der Nase stieß. Er drehte sich auf die Seite, rollte sich zusammen und schnappte nach Luft, während die Welt um ihn her sich verdunkelte wie unter einem Umhang aus Nebel: der Menschenstrom, der sich um ihn herum teilte, die Sitzbänke, die Leute, die darauf saßen, die Hinweisschilder an den Wänden mit den Pfeilen Richtung Duty-free-shop und Toiletten. Farben und Formen verschmolzen wie bei einem Kind, das mit Fingerfarben malt, und seine Welt wurde zu einem verwaschenen Aquarell. Mit einer Hand tastete er nach seiner Brille und erschauderte, als er spürte, wie schmutzig der Boden war. Normalerweise trug er Kontaktlinsen, doch damit trockneten seine Augen auf langen Flügen aus, sodass er sie im Handgepäck verstaut hatte, zusammen mit seiner Unterwäsche zum Wechseln, seinem elektrischen Rasierapparat und seiner Zahnbürste. Eine Hand berührte seine Schulter, jemand drückte ihm seine Brille in die Hand und fragte besorgt auf Deutsch: »Ihre Brille?« Er setzte sie auf. Schlagartig hatte er den Frankfurter Flughafen klar im Blick. Er drehte sich auf den Rücken, blickte nach oben und sah, wie sich ein Sonnenstrahl seinen Weg durch ein Loch im ansonsten grauen Himmel gebahnt hatte. Durch eine hohe Reihe von Fenstern über der Halle strömte Licht herein und erhellte den höhlenartigen Raum. Vor diese Aussicht schob sich ein Kopf, ein Gesicht, das so alt und so faltig war, dass er sich fragte, ob er jetzt auch noch Halluzinationen hatte, denn um das uralte Gesicht der Frau leuchtete weißes Haar wie ein Glorienschein.

2

Der Mann am Boden erinnerte Constance an ihren jüngsten Sohn Gregory. Es war weniger das Äußere – das Haar war dunkler und gewellt, die Nase länger, die Augenbrauen schmaler, die Haut heller. Doch hatte sein Gesicht den gleichen unschuldigen und verwirrten Ausdruck, der sich in Stress-Situationen auf die Züge ihres Sohnes legte. Das verfehlte niemals seine Wirkung und brachte ihren Mutterinstinkt zum Überschäumen. Sie widerstand dem inneren Drang, den Mann in die Arme zu schließen; stattdessen ließ sie sich auf ein Knie nieder und legte seine Hand in ihre. »Haben Sie sich verletzt?«, fragte sie. »Es tut mir so leid. Das war einzig und allein meine Schuld.«

Er stieß ihre Hand weg und versuchte sich aufzusetzen, wodurch sie den Halt verlor und fast rücklings hingefallen wäre. »Alles in Ordnung«, sagte er. »Ich muss meinen Flug erwischen.« Im nächsten Moment machte sich Panik auf seinem Gesicht breit. »Mein Gepäck. Wo ist mein Gepäck?«

»Keine Sorge.« Sie drehte sich um und wies hinter sie beide, wo sein Koffer auf der Seite lag. »Das ist noch da. Damit hat sich keiner auf- und davongemacht. Wir werden Ihnen jetzt erst mal aufhelfen. Können Sie stehen?«

Der Deutsche, der ihm die Brille zurückgegeben hatte, bot ihm den Arm, und so nahmen sie ihn zwischen sich und halfen dem Mann auf die Füße. Als der hilfsbereite Herr gehen wollte, rief Constance ihm nach: »*Thank you* – danke schön!« Sie dachte sich, dass der arme Knabe, der neben ihr stand, sicher zu erschüttert war, um noch höflich zu sein. Seine Kleidung war von dem schmutzigen Fußboden verschmiert, und Constance rieb an einem Flecken auf seinem Arm. »Einen so verdreckten Fußboden würde man in einem Land wie Deutschland gar nicht vermuten.«

Der Mann wich zurück. »Lassen Sie das bitte sein. Ich muss wirklich los. Meine Maschine nach Nairobi geht jede Sekunde.« Er griff nach seinem Handgepäck.

»Flug 2374?«, fragte Constance und war stolz, dass sie die Flugnummer behalten hatte. Wenn es um die richtigen Bezeichnungen von Dingen und um Nummern ging, war ihr Erinnerungsvermögen nicht mehr so gut wie früher. »Cairo Air. Frankfurt-Nairobi mit Zwischenstopp in Kairo?«

Der Mann drehte sich um und sah sie an. »Was haben Sie da gerade gesagt?«

»Flug 2374. Von Frankfurt nach Nairobi.«

Aber der Mann hörte gar nicht zu. Er wühlte in seiner Jackentasche und zog sein Ticket hervor. Er schaute durch das Bündel Papiere, dann blickte er auf und sah sie an, als habe sie soeben ein Kaninchen aus einem Zylinder gezogen oder eine Münze weggezaubert und sie hinter seinem linken Ohr wieder zum Vorschein kommen lassen. »Wie konnten Sie …?«

»Nichts Übersinnliches. Ich fliege mit der gleichen Maschine«, sagte sie beruhigend. »Da brauchen Sie sich aber nicht zu beeilen. Der Flug ist verspätet.«

»Verspätet?«, wiederholte er, als habe er Mühe sie zu verstehen.

»Mindestens vier Stunden«, antwortete sie und sprach jedes einzelne Wort ganz besonders deutlich und auch lauter aus für den Fall, dass sein Gehör bei dem Sturz Schaden genommen hatte. »Wegen eines Sandsturms.« Sie überlegte einen Moment, was die Frau am Schalter beim Einchecken gesagt hatte, und fügte dann, weil sie sich nicht ganz sicher war, hinzu: »Oder war es wegen eines Kamels auf der Landebahn in Kairo?«

Mit großen Augen sah er sie an, und dabei lag das Ticket so in seiner Hand, dass es ihm jeden Moment auf den Boden fallen würde, wenn er sich nicht bald darum kümmerte. Sie zog es ihm aus den Fingern und steckte es zurück in seine Jackentasche. »Ich bin nicht sicher, dass es Ihnen so gut geht, wie Sie selbst vielleicht glauben«, meinte sie. »Kommen Sie, setzen Sie sich. Ich muss mich bei Ihnen entschuldigen.« Sie rollte sein Gepäck hinüber zu der Bank, auf der sie über die Frauen gelesen hatte, die im Geschäftsleben Durchsetzungsvermögen bewiesen.

Er hinkte ihr hinterher und klopfte beim Laufen seinen Anzug ab. Sie fand, dass er größer wirkte als Gregory, aber nicht so groß wie Donald Junior, der einen Meter achtzig maß und sie so weit überragte, dass es schwierig war ihn zu umarmen. Der Mann war auch schmaler gebaut als Donald Junior. Der Gedanke an ihre Söhne, inzwischen beide erwachsene Männer, die selbst Kinder hatten, beschwor Erinnerungen an das Haus in Winnipeg herauf und dann an den Vater der beiden. Doch an den wollte sie im Moment nun wirklich nicht denken. »Kann ich Ihnen etwas zu trinken besorgen?«

»Nein, bitte nicht«, sagte er. »Ich muss einchecken. Vielleicht gibt es einen früheren Flug.«

»Danach habe ich gefragt, den gibt es nicht«, versicherte sie ihm. »Bitte.« Sie rutschte auf der Bank ein wenig zur Seite und klopfte mit der Hand auf den Platz neben sich. »Setzen Sie sich einen Moment und lassen Sie mich meine Unachtsamkeit wiedergutmachen.«

Sein Gesicht nahm einen Ausdruck an, als gebe er sich geschlagen, und zu ihrem Erstaunen ließ er sich neben sie auf die Bank fallen. »Wiedergutmachung? Wofür?«, fragte er und beugte sich vor, um sich das Schienbein zu reiben.

»Dafür, dass Sie gestürzt sind«, erklärte sie ihm. »Sie sind über meine Tasche gestolpert.«

Er lehnte sich zurück und seufzte. »Ich habe nicht aufgepasst, wohin ich trat.«

»Das war offensichtlich«, meinte sie. »Nur sind die Jungs häufiger im Weg, als mir lieb ist.«

»Die Jungs?« Er sah sich um. »Reisen Sie mit Kindern?«

Constance versuchte sich zu fangen. Sie hatte zu viel gesagt. Iris hatte sie gewarnt, nur ja nicht jedem dahergelaufenen Fremden von den Jungs zu erzählen. »Du könntest Schwierigkeiten bekommen«, hatte ihre Freundin gesagt. Bisher war es ihr gelungen, sie als ihr Geheimnis zu bewahren, aber manchmal wünschte sie sich, ihr Abenteuer mit irgendjemandem teilen zu können. »Ich habe mich noch nicht einmal vorgestellt.« Sie streckte ihm ihre Hand entgegen. »Constance Ebenezer.«

Als er ihre Hand ergriff, fiel ihr auf, dass sich seine Haut glatt und weich anfühlte wie die eines jungen Mädchens. »Trevor«, erwiderte der Mann. »Trevor Wallace.«

Trevor blickte hinab auf die Hand, die in seiner lag, auf das Spinnennetz aus Falten und auf den deutlich sichtbaren Verlauf tiefblauer Adern unter der Haut, die so dünn war wie eine Gardine aus feinstem Musselin. Er hatte noch niemals eine Hand gehalten, die so alt war, nicht einmal die seiner Tante Gladys in den Jahren, bevor sie gestorben war – sie hätte seine Hände sicher auch eher gefesselt, als sie in ihren zu halten. Er hatte sich immer vorgestellt, dass alte Haut kalt sei, als fehle ihr die Lebenskraft, die ausschließlich die Jugend besaß, und dass sie sich rau und klamm anfühlen würde. Die Wärme und die Kraft des Händedrucks der Frau überraschten ihn. Vielleicht hatte seine Großmutter ihn mit Händen gehalten, die so alt gewesen waren, als er ein Baby war. Doch sie war gestorben, bevor er sein zweites Lebensjahr erreicht hatte, sodass er das nie erfahren würde. Er zog seine Hand weg und stand auf. »Es tut mir leid, so unhöflich zu sein, aber ich muss jetzt wirklich gehen. Können Sie mir vielleicht sagen, in welche Richtung ich gehen muss, um zum Schalter der Cairo Air zu gelangen?«

»Da rüber, links und dann um die Ecke. Ich zeige es Ihnen«, antwortete Constance und erhob sich.

»Das ist nicht nötig«, gab Trevor zurück, aber die Frau nahm keinerlei Notiz von ihm und marschierte quer durch die Halle, wobei die Segeltuchtasche immerzu gegen ihr Bein schlug.

Das Gesicht der Angestellten hinter dem Schalter hellte sich auf, als sie Constance erblickte. »Mrs. Ebenezer, ich hoffe, die lange Wartezeit ist nicht zu ermüdend für Sie?«

»Mir geht es gut, meine Liebe. Mein Freund hier fliegt mit der gleichen Maschine. Könnten Sie ihn neben mich setzen?«

Freund? Trevor hob die Hand um zu protestieren. »Moment mal …«

Die fürs Einchecken zuständige Angestellte nahm Ticket und Pass, die zwischen seinen Fingern klemmten, und sagte: »Ich werde sehen, was ich tun kann.« Dann hämmerte sie auf die Tasten ihres Keyboards ein.

»Aber …«

»Keine Sorge, Mister … Wallace. Ihr Anschlussflug mit East Africa Air nach Nairobi wird warten, bis Sie in Kairo eingetroffen sind.« Sie blickte prüfend auf den Monitor. »Sie sind erster Klasse gebucht, und Mrs. Ebenezer fliegt Economy. Einen Augenblick …«

»Aber ich …« Er blickte auf Constance nieder, die ihm nur bis zur Mitte des Oberarms reichte. Er konnte lediglich diesen weißen Haarflaum sehen, der, wie er jetzt feststellte, eine leicht rosafarbene Tönung hatte.

»Darf ich Ihr Ticket noch einmal haben, Mrs. Ebenezer? Normalerweise würde ich das hier nicht machen, aber …« Die Frau lächelte seine Begleiterin mit einer Herzenswärme an, als seien sie alte Freundinnen. »Wir haben Platz in der ersten Klasse. Ich gebe Ihnen ein Upgrade. Irgendwelches Gepäck, Mister Wallace?«

»Dieses Handgepäck. Warten Sie einen Moment …«

Mrs. Ebenezer legte den Kopf in den Nacken, blickte zu ihm auf und strahlte wie ein Schulmädchen. »Stellen Sie sich das mal vor: erster Klasse! Ich bin so froh, dass ich Ihnen begegnet bin.«

Als er sich nicht rührte, weil er immer noch überlegte, was er wohl sagen könne, um rückgängig zu machen, was sich da soeben abgespielt hatte, nahm Constance der Dame jenseits des Schalters seine Reiseunterlagen aus der Hand. »Sie sind Kanadier!«, rief sie aus und fächelte mit seinem Pass vor seinem Gesicht. »Das hätte ich gleich wissen müssen.« Sie stopfte die Papiere in die Tasche von Trevors Jackett und hakte sich bei ihm ein. »Vielen Dank, meine Liebe«, rief sie der Angestellten hinter dem Schalter zu und führte alsdann den verdatterten Trevor zurück zu der Bank. Jedes Mal, wenn er versuchte, etwas zu sagen, fiel sie ihm ins Wort.

»Servieren sie einem dort wirklich kostenlose Cocktails? Nicht, dass ich viel Alkohol trinken würde, nur gelegentlich vor dem Abendessen einen Gin mit Tonic und einen winzigen Schluck Scotch, bevor ich schlafen gehe. Fliegen Sie immer erster Klasse?«

Sie platzierte ihre Tasche zwischen ihnen auf der Bank und schmachtete ihn mit feuchten blauen Augen an. Ihr Gesicht erinnerte ihn an die Puppenköpfe, die Tante Gladys an Winterabenden in Regina aus Äpfeln gebastelt hatte – die Brille mit dem Metallgestell, die sachten Erhebungen und tiefen Furchen ihrer zusammengefallenen Wangen und ihr Geruch nach süßem Apfelmost, den man mit Rosenwasser vermischt hatte. Sie redete und redete und wollte wissen, ob er diese oder jene Leute aus Saskatchewan kenne, die ebenfalls Wallace hießen. Plötzlich wollte er nur noch schreien.

»Drei Stunden und die ganze Flugzeit nach Nairobi, um einander näher kennenzulernen«, fuhr sie fort und hatte die Familie aus Saskatchewan auf einmal vergessen.

Die Anspannung fuhr wie ein Messer zwischen seine Schulterblätter.

»Iris war besorgt, weil ich allein reise, aber ich habe ihr gesagt, dass das Blödsinn ist, weil ich schon einem netten Menschen begegnen würde, der mir Gesellschaft leistet. Und sieh an, da sind Sie.«

Er hätte schwören können, dass sie mit den Wimpern klimperte, als sie ihn ansah. *Du meine Güte. Sie flirtet mit mir.* »Hören Sie, Mrs. Ebenezer, ich …«

»Nennen Sie mich bitte Constance.« Sie berührte mit der Hand den Ärmel seines Jacketts. »Die Leute nennen mich Connie, aber ich ziehe Constance vor. Ebenezer war der Name meines zweiten Ehemanns. Und ein Geizhals war er obendrein.«

Er schluckte seine Wut herunter, die sich in seinem Magen zu einem festen Knoten formte. Er versuchte auf Gedeih und Verderb, fremden Menschen aus dem Weg zu gehen. Fremde waren zu anstrengend.

»Ich werde mich da drüben hinsetzen«, erklärte er und wies mit dem Kopf in Richtung der nächsten Bankreihe, »und ein wenig Papierkram erledigen, wenn es Ihnen nichts ausmacht.« Er wollte die neuen Firmenkataloge durchsehen und sich die technischen Daten der John-Deere-2640-Serie einprägen, obwohl er nicht genau wusste, ob das sinnvoll war. Sein Boss, Andy, machte ihm Druck, ihre älteren Lagerbestände loszuwerden. »Heb auch den Preis ein bisschen an«, hatte Andy vorgeschlagen, obwohl Trevor dagegengehalten hatte, dass die neuen Modelle leistungsfähiger waren. »Die merken den Unterschied nicht.«

»Was machen Sie beruflich, mein lieber Junge? Sind Sie im diplomatischen Dienst?«

»Nein.«

»Journalist?«

»Nein, ich bin Vertreter«, antwortete er in scharfem Ton. »Und ich habe zu arbeiten.« Trevor erhob sich, aber bevor er auch nur einen Schritt tun konnte, zog ihn die Frau an seinem Ärmel wieder nach unten.

»Sie können sich nach einem solchen Sturz wahrscheinlich gar nicht konzentrieren«, protestierte sie. »Es tut mir leid, ich hätte umsichtiger mit den Jungs sein müssen.«

Den Jungs? Was sollte das denn bloß bedeuten? Als er gegen die Tasche getreten war, die ihn auf den Boden des Frankfurter Flughafens hatte fliegen lassen, hatte er nur ein dumpfes Geräusch vernommen. Kein Quietschen, kein Quieken. Und es hatte sich hart angefühlt. Nicht weich oder fleischig. Die Tasche enthielt sicher mehr als Strickzeug. Er zeigte mit dem Finger darauf und fragte lauter und wütender, als er beabsichtigt hatte: »Was zur Hölle ist da drin?«

Der Ausdruck auf ihrem Gesicht veränderte sich so schnell wie der Himmel über Calgary – Erstaunen, Furcht, Misstrauen –, jedes Gefühl wie eine flüchtige Welle, die über ihr faltiges Gesicht hinwegspülte. Sie zog sich die Tasche auf den Schoß und sah ihn mit gerunzelter Stirn an, dabei wurden ihre Augen ganz schmal. Ihre Augenbrauen waren mit einem Stift aufgemalt.

»Sie arbeiten bestimmt nicht für die Zollbehörde?«

»Nein, nein. Ich bin von Calgary über Toronto hergeflogen.« Beschwichtigend hob er die Hände. »Traktoren. Ich verkaufe Traktoren.«

Die Falten auf ihrer Stirn glätteten sich. »Nun, das ist schön.« Sie hielt den Griff ihrer Tasche nicht mehr ganz so fest. »Nützliche Maschinen, solche Traktoren. Iris war überzeugt, dass ich wegen der Jungs in Schwierigkeiten geraten würde und hat mir dringend geraten, sie nur ja nicht jedem dahergelaufenen Fremden vorzustellen. Aber Sie sind natürlich kein Fremder mehr.« Sie schenkte ihm ein süßes Lächeln. »Sie sind Kanadier, und ich weiß, wie Sie heißen.«

Unvermittelt glitt sie mit der Hand in die offene Segeltuchtasche. *Was war da drin? Drogen?* Trevor widerstand dem inneren Drang, ihr über die Schulter zu blicken, und beobachtete mit einem Gefühl nagender Ungewissheit, wie sie eine übergroße weiße Vitamindose aus Plastik hervorzog – Vitamin C, 500 mg, keine Konservierungsstoffe, ohne künstliche Farbstoffe. Trevor hatte vom gleichen Hersteller eine kleinere Dose in seiner Wohnung in Calgary. Auf den Deckel war mit roter Farbe *Thomas* geschrieben worden. Sie stellte den Behälter auf den Sitz zwischen ihnen, und ohne ein Wort zu sagen, holte sie einen weiteren aus der Tasche und stellte ihn neben die Vitamindose. Chipmunk Erdnussbutter. Gewerbliche Größe. Knusprig. Gesalzen. Ganz natürlich. Hier war das Wort *Donald* in Schwarz auf den Deckel geschrieben worden. Zuletzt stellte sie eine große Dose Backpulver neben die anderen Behälter auf die Bank, eine sonnengelb und braun bedruckte Plastikdose, die größte von den dreien, die in säuberlichen grünen Blockbuchstaben auf dem Deckel mit *Martin* gekennzeichnet war. Dann lehnte sie sich zurück. Statt eine Fanfare ertönen zu lassen, machte sie über die drei Behälter hinweg eine entsprechende Bewegung mit der Hand und verkündete: »Trevor Wallace. Die Jungs.«

Trevor zuckte verwirrt mit den Achseln. »Ich … ich verstehe nicht. Was ist das?«

In den Augen der alten Frau glühte etwas, das er nur als Stolz deuten konnte. »Meine Ehemänner sind das. Meine drei Ehemänner.«

3

Constance wusste, dass sie zu weit gegangen war; der arme Mann sah wieder aus wie Gregory, wenn er als Kind verwirrt und verängstigt gewesen und jede Farbe aus seinem Gesicht gewichen war. Er starrte sie an, als entziffere er Hieroglyphen auf ihrem Gesicht. Sie streckte die Hand nach ihm aus, um ihn zu beruhigen, obwohl sie seine Reaktion für überzogen hielt. Natürlich war ihr bewusst, dass ihre Offenbarung ungewöhnlich geklungen hatte und den meisten wahrscheinlich ziemlich verrückt erscheinen musste. Das war schließlich der Grund dafür, dass sie bis zu diesem Zeitpunkt niemandem davon erzählt hatte, nicht einmal den Zollbeamten, die sich bislang mit ihrer Erklärung begnügt hatten, dass die Behälter pulverisierte Kräuter enthielten, die sie für ihre Gesundheit benötigte.

»Es ist ihre Asche«, erklärte sie, erwartete aber nicht, dass dieser Zusatz wirklich helfen würde. Der Mann – Trevor – stützte seine Ellbogen auf die Knie und verbarg sein Gesicht in seinen Händen. »Und nicht einmal ihre gesamte Asche. Nur die Hälfte davon«, fügte sie hinzu und schalt sich dabei insgeheim dafür, immer weiterzuschwafeln wie eine Närrin. Sie hatte sowohl einen Teil von Tommy als auch einen Teil von Martin in ihrem Garten zu Hause in Sooke begraben, weil ihr in letzter Minute Bedenken gekommen waren wegen des Gewichts all der eingeäscherten sterblichen Überreste. Ganz davon zu schweigen, Behälter zu finden, die groß genug waren für die Asche eines ausgewachsenen Mannes. Von Donald hatte sie von Anfang an ohnehin nur die Hälfte bekommen. Sie legte eine

Hand auf Trevors Rücken, voller Bedauern über ihr Geständnis. Sie war zu voreilig gewesen, zu euphorisch über die Aussicht, nach Wochen des Alleinreisens plötzlich ein wenig Gesellschaft zu haben. Selbstverständlich hatte sie sich im Verlauf ihrer Reise mit vielen Menschen unterhalten, war dabei aber allzu häufig an Sprachbarrieren gescheitert und an ihrer inneren Stimme, die ihr zu verstehen gegeben hatte, dass es nicht der richtige Zeitpunkt und nicht der richtige Mensch war. Aus irgendeinem Grund hatte sie gedacht, diesem Mann hier vertrauen zu können. Vielleicht hatte sie sich von seiner Staatsbürgerschaft täuschen lassen, von dem Gedanken, dass er aus ihrer Heimat stammte. »Es tut mir leid«, sagte sie. »Es war nicht meine Absicht, Sie zu beunruhigen.«

An dem Tag, an dem Trevor Wallace fünfeinhalb Jahre alt geworden war, hatte ihn sein achtjähriger Bruder Brent hinter den Getreidespeicher geführt, der wie eine Rakete über der Saskatchewanischen Prärie emporragte, und ihm erklärt, wie Babys gemacht wurden. Trevors Vater und seine Onkel hatten den Tag damit verbracht, Mähdrescher über die Felder zu fahren, während Brent und Trevor hinten auf dem Getreidelaster gesessen hatten. Die frisch gedroschenen Körner waren in fauchenden Kaskaden aus dem Schneckenförderer geregnet und hatten sich zu sachten Hügeln gehäuft, die ihnen bis zu den Knien reichten. Sie hatten ihre Hände in die Kornmassen getaucht, die Heuschreckenköpfe herausgeklaubt und die seidigen Körner zu Weizengummi zerkaut. An jenem Abend, während die Männer sich wuschen und die Frauen auf der Veranda Berge von Essen auf zwei langen Holztischen verteilten, hatten die beiden Jungen in einem brachliegenden Beet gekauert, in dem die Rudbeckien neben der zylindrisch gewölbten Metallwand des Getreidespeichers verrotteten. Mit offenem Mund und großen Augen hatte Trevor seinen Bruder angestarrt, während Brent sich mit gedämpfter Stimme in den grundlegenden anatomischen Details ergangen war. In Trevors Kopf hatte sich alles gedreht. Er war selbst früher ein Baby gewesen. Brent ebenfalls. Seine Mutter hatte es ein ums andere Mal genossen, ihnen Fotos zu zeigen von ihren ersten nackten Minuten auf Erden. Aber wodurch waren diese winzigen Zehen und platten Nasen entstanden? Doch sicher nicht *dadurch*? Trevor hatte nicht gewusst, ob er lachen oder sich übergeben sollte.

»Du veräppelst mich«, hatte er zu seinem Bruder gesagt.

»Ich habe es in einem Buch gelesen«, hatte Brent versichert. »Ehrlich.«

»Schwörst du?«

»Großes Indianerehrenwort«, hatte Brent geschworen und sich mit der Hand ein unsichtbares X auf seine Brust gezeichnet.

Niemand würde es wagen, eine Lüge mit einem Kreuzzeichen zu beschwören. Der kleine Trevor hatte zu den Wolken emporgeblickt, wo laut Aussage des Pastors von der Kirche unten am Ende der Straße Gott der Allmächtige wohnte. Ein Bild von Gott hing im Mittelschiff der Kirche und zeigte einen Mann mit einem wilden Bart, dessen wachsame Augen genau wussten, an welcher Stelle selbst der kleinste Sperling zur Erde fiel. Oder an welcher Stelle die Socke mit gestohlenen Bonbons in der Ecke von Trevors Schrank versteckt war. Gott war nicht glücklich, wenn Trevor sich mit seinem Bruder stritt. Und Er würde nicht glücklich sein, wenn Er erführe, auf welche Weise Babys gemacht wurden. Als die Glocke erklang, die zum Abendessen rief, war Trevor aus seinem Versteck hinter dem Getreidespeicher gekrochen und hatte eine neue Welt voller Mysterien und Gefahren betreten.

Das Gewicht des Grauens dieser neuen Erkenntnis lastete so schwer auf ihm, dass er unfähig war, einen Bissen herunterzubringen, er hatte sein Essen lustlos auf dem Teller hin und her geschoben und aufmerksam seine Eltern beobachtet, um Hinweise zu finden. Nach seinem obligatorischen Bad am Samstagabend, bei dem er verhalten über sein im Wasser treibendes Anhängsel sinniert hatte, hatte seine Mutter ihm seinen Lebertran verabreicht, ihn ins Bett gesteckt, zugedeckt und ihm einen Gutenachtkuss gegeben. Seine Kleidung für die Kirche hatte sie noch ordentlich über die Rücklehne des Stuhls gehängt. Nachdem sie das Licht gelöscht und die Tür geschlossen hatte, wobei ihr Ausgehkleid leicht geraschelt hatte, war sie ins Bad gegangen, um einen Hauch von Lippenstift aufzulegen und sich dann mit ihrem Ehemann auf den Weg zum allmonatlichen Tanzabend im Dorfsaal zu machen.

Kurz nach Mitternacht hatte das Kindermädchen Trevor mit der Nachricht geweckt, dass seine Eltern nur zehn Minuten von der Farm entfernt bei einem Frontalzusammenstoß ums Leben gekommen waren. Trevor hatte sofort und ohne jeden Zweifel verstanden, was geschehen war, und sich am Fußende seines Bettes zu einer Kugel zusammengerollt. Erst als Brent zu ihm gekrochen war und das Oberbett über ihrer beider Köpfe gezogen hatte, erst da hatte er sich zu weinen erlaubt. Gott der Allmächtige war vom Himmel herabgestiegen, um seine Mutter und seinen Vater für ihre Sünden zu bestrafen – für ihre beiden Sünden, Trevor und Brent.

Ein kindliches Wirrwarr von Gefühlen überkam Trevor und machte ihn sprachlos, als Constance ihm ihre Offenbarung machte. »Mein lieber Junge, Sie sehen aus, als würden Sie sich jeden Moment übergeben«, sagte sie. »Ich habe sie nicht umgebracht, falls Sie das denken. Nein, es ist ihre Asche. Ich habe ihre Asche da drin.«

Trevor war verlegen, weil er so heftig reagiert hatte, und kämpfte darum, seine Kontrolle wiederzuerlangen, während die alte Frau ruhig dasaß und die drei verstörenden Behälter aufgereiht zwischen ihnen auf der Bank standen. Er wusste nicht warum, aber überraschende Verkündungen hatten diese Wirkung auf ihn, sie machten ihn zittrig und erzeugten Übelkeit in ihm. Er wandte seinen Kopf und konzentrierte sich auf ihr Gesicht. Ihre Augen waren heller, als er sie in Erinnerung gehabt hatte, und sahen ihn so herausfordernd aufrichtig an, dass er sich schämte.

»Das liegt am Jetlag«, gelang es ihm schließlich hervorzuquetschen. »Ich habe die letzte Nacht auf einer Bank auf dem Flughafen von Toronto zugebracht.«

»Ich hätte es Ihnen nicht erzählen dürfen.« Sie griff abermals in die Tasche, und er erschauerte, aber sie holte lediglich eine Flasche Wasser heraus und hielt sie ihm hin.

Er griff danach, setzte sich etwas entspannter hin, drehte den Verschluss ab und nahm einen Schluck. »Sie haben nur Spaß gemacht, nicht wahr?«

Constance schüttelte den Kopf und zeichnete mit dem Zeigefinger ein unsichtbares X über ihre Brust. »Großes Indianerehrenwort.«

Brents Gesicht – er hatte seit Jahren nicht mehr an seinen Bruder gedacht, nicht mehr, seit die Briefe zurückkamen mit dem Vermerk *Anschrift unbekannt* – schwamm wie ein träger Fisch durch Trevors Gedächtnis, und er schüttelte den Kopf wie ein Hund, der sich das Wasser aus den Ohren schüttelt. Der innere Drang davonzurennen war überwältigend. Er widerstand ihm und kämpfte darum, seine Gefühle im Griff zu behalten, diese gefährlichen und unberechenbaren Mächte. Außerdem befürchtete er, bei einer Flucht doch nur wieder auf die Nase zu fallen, so wackelig und unzuverlässig wie seine Beine waren.

»Drei Ehemänner?«, fragte er stattdessen. Er krächzte wie ein Teenager im Stimmbruch. »In Plastikdosen?« Er räusperte sich, damit sich seine Stimmbänder etwas entspannten. »Das kann nicht Ihr Ernst sein.« Er fühlte sich, als habe er luftleeren

Raum betreten, und die Reize, die dabei auf ihn einstürmten, erinnerten ihn zum zweiten Mal an Brent; diesmal allerdings an den Tag, an dem sein Bruder ihn überredet hatte, auf der Farm vom Dach des Heuschobers zu springen. Brent, der voller Selbstbewusstsein unten am Boden umherstolziert war, hatte ihm nach oben zugerufen: »Spring. Du schaffst das!« Ihm war wegen der Höhe ganz flau im Magen geworden, und Trevor hatte von oben nach unten geschaut, auf die goldenen Ballen, die wie sechzig Zentimeter hohe Ziegelsteine aufgehäuft waren, und er hatte den Kopf geschüttelt: »Nein.« Dann, ganz plötzlich, war er in die Luft hineingetreten, und im Fallen war es ihm so vorgekommen, als würde er sich selbst dabei beobachten. Seine eigene Verwegenheit hatte ihn verblüfft, und er hatte sich gefragt, wer das wohl gewesen war, der sich da am Ende wider besseren Wissens für den Sprung entschieden hatte. Wenn seine Erinnerung ihn nicht trog, hatte er sich bei dem Sturz seinen rechten Arm gebrochen.

Constance war innerlich darauf vorbereitet gewesen, dass Trevor weggehen würde, sie hätte es ihm im Grunde nicht verdenken können. Sie musste ihm vorkommen wie eine übergeschnappte alte Frau. Umso mehr überraschte es sie, als er fortfuhr, ihr Fragen zu stellen. Sie hätte lügen und behaupten sollen, dass alles nur ein dummer Streich war, den sie den Leuten spielte, etwas, womit man ein Gespräch in Gang bringen konnte, aber als sie anhob, ihm das zu sagen, sperrte sich ihr Herz dagegen. Die Muskeln in ihrer Brust verspannten sich und hinderten die Worte daran, ihr über die Zunge zu kommen. Ihr Herz erlaubte ihr nicht, diesen Mann zu belügen.

»Ich hatte drei Ehemänner«, sagte sie mit fester Stimme und lachte dann über ihre eigenen Worte. Wie sich das für einen Fremden anhören musste. »Nicht alle auf einmal. Ich will nicht hoffen, dass Sie das denken. Nein, einen nach dem anderen.«

Sie beobachtete ihn und war erleichtert zu sehen, dass die Farbe in sein Gesicht zurückkehrte. Er hatte sich dieses Mal nicht aufgelöst wie Schnee, der in eine Regenpfütze fiel; ein schwaches Lächeln flog bei ihrem Geständnis über seine Lippen. Es war ihr früher peinlich gewesen, so viele Ehemänner gehabt zu haben, ganz so, als sei das ein Zugeständnis, versagt zu haben. Aber da sie alle gestorben waren, hatte sie aufgehört, sich darum zu sorgen, was andere Leute dachten, und inzwischen glaubte sie insgeheim, dass es ihrer Persönlichkeit einen Hauch von Verwegenheit verlieh. »Ach, Darling, ich hatte nur drei Ehemänner«, pflegte sie mit Iris zu scherzen, wenn sie auf der Terrasse des Cottages in Sooke Tee miteinander tranken.

»Soll ich Ihnen über sie erzählen? Wie das passiert ist, dass ich jetzt hier mit ihren sterblichen Überresten sitze?«, fragte sie. »Ich denke mal, das kommt Ihnen verrückt vor.«

Er nickte so langsam mit dem Kopf, dass sie nicht sicher war, was genau er damit bestätigen wollte: dass *sie* verrückt war oder ihre Geschichte. Allerdings wollte sie das auch gar nicht wissen. »Mit welchem soll ich anfangen?«

Er machte weit hinten im Rachen ein hüstelndes Geräusch, und sie befürchtete, dass er sie nicht wirklich ernst nahm. Sie konnte es nachvollziehen, war aber erfreut, als er unverbindlich mit dem Zeigefinger auf die Dose mit dem Backpulver wies, die neben seinem Oberschenkel stand.

»Das ist Martin«, erklärte sie.

»Er hat mehr Volumen als die beiden anderen«, erwiderte Trevor.

»Nun, ich habe ein paar Sachen dazugegeben.«

»Dazugegeben … ein paar Sachen?« Seine Augen, die, wie sie feststellte, ebenso grün waren wie Martins, wurden immer größer.

»Zu seinem Leichnam, bei der Einäscherung. Dinge, die ihm viel bedeutet haben. Die Pantoffeln, die er jeden Abend nach dem Essen trug, seine Pfeife, seine *Gesammelten Werke von William Shakespeare*. Dinge eben, die er, außer mir natürlich, geliebt hat. Ich dachte mir, dass er sie vielleicht brauchen könnte. Man weiß ja nie.«

Trevor verzog die Mundwinkel zu einem Grinsen, und ihr war klar, dass er versuchte, ein Lachen zu unterdrücken.

»Verspotten Sie mich nicht«, schimpfte sie und schüttelte den Kopf. Dabei spürte sie, wie die überhängende Haut unter ihren Augen über den Wangenknochen vibrierte; das war eine der Folgen des Alterns, die sie sehr lange ignoriert hatte und die ihren Verdruss jetzt nur noch größer machte. »An Martins Tod bin ich beinahe selbst gestorben. Ich habe es geliebt, seine Asche im Haus zu haben und hin und wieder mit ihr zu reden. Wir haben immer über alles geredet.« Sie konnte nur knapp die Tränen zurückhalten und griff in den Ausschnitt ihrer Bluse nach dem Spitzentaschentuch, das sie im Körbchen ihres Büstenhalters aufbewahrte, damit es jederzeit griffbereit war.

»Moment mal.« Trevor hob die Hand um abzuwehren. »Es war nicht meine Absicht, Sie aufzuregen. Ich bin interessiert. Das bin ich wirklich. Hier …«, er wies wieder auf die Dosen, die zwischen ihnen auf der Bank standen, »der hier. Erzählen Sie mir über den in der Erdnussbutterdose.«

Sie atmete tief durch, um den Vogel zu beruhigen, der in ihrer Brust mit den Flügeln flatterte. Sie hatte geglaubt, es würde einfach sein, das alles zu erzählen, dass sie Zeit gehabt hatte, sich mit allem abzufinden und ihren Frieden zu machen. »Donald«, sagte sie mit bebender Stimme. »Das da ist Donald.« Einc Flamme des Zorns flackerte auf, sodass der Vogel in ihrer Brust sich erhob wie Phönix aus der Asche – eine Reaktion, die sie jedes Mal hatte, wenn sie über ihren zweiten Ehemann sprach, selbst nachdem sie zwanzig Jahre getrennt gewesen waren. »Er starb wenige Wochen nach Martin«, sagte sie und löschte mit den Worten die Flamme in ihrem Inneren, indem sie sich selbst sagte, dass Donald tot und nicht mehr da war. »Ich versuche, die beiden voneinander fernzuhalten.«

Trevor sah sie verwirrt an. »Voneinander fernzuhalten? Wen?«

Sie hielt inne und überlegte, ob das, was sie als Nächstes sagen wollte, möglicherweise dazu führen würde, dass der Mann sie in die Irrenanstalt brachte; nur war es jetzt, da sie angefangen hatte zu reden, zu spät, um noch irgendetwas zurückzuhalten. »Donald und Martin. Die Vorstellung, die beiden könnten nebeneinander …« Sie stockte und atmete durch die Enge hindurch, die ihr die Kehle zuzuschnüren drohte. »Donald hasste Martin.« Für den Fall, dass der Mann falsche Vorstellungen hatte, fügte sie noch erklärend hinzu: »Martin hasste keine einzige Seele.« Eine einsame Träne rann über ihre Wange.

Trevor schaute weg.

Constance blinzelte und war auf einmal verzweifelt darauf bedacht, seine Aufmerksamkeit zurückzugewinnen, als sei sie das Einzige, was verhindern konnte, dass sie gänzlich zusammenbrach. »Es tut mir leid, mein lieber Junge, aber wenn ich an Martin denke, werde ich immer etwas weinerlich.« Sanft berührte sie Trevors Knie. »Er hätte Sie sehr gern gehabt.« Trevor rutschte ein ganz klein wenig weg von ihr, und sie zog ihre Hand zurück, weil sie ihm nicht das Gefühl vermitteln wollte in der Falle zu sitzen. Intime Vertrautheit war nicht gut, wenn die Menschen das Gefühl hatten, ihr nicht entrinnen zu können.

Sie wischte die Träne fort, setzte sich aufrecht hin und straffte ihre Schultern. Donald war Bestandteil ihres Lebens, sie konnte ihn nicht ignorieren. Also fing sie noch einmal an, zögerlich und unsicher darüber, wie viel sie preisgeben sollte. »Donald starb im März – Lungenkrebs.« Sie hatte von seinem Tod am Telefon erfahren, von Susan. Sie hatte den Schmerz in der Stimme ihrer Tochter gehört und selbst ein sonderbares Gefühl von Befreiung gespürt. Und sie hatte sich geweigert, für die Beerdigung nach Winnipeg zu fliegen, und den Tag in ihrem Garten verbracht. Erwartet hatte sie, dass sie sich fühlen würde, als habe sie Grund zum Feiern, aber stattdessen hatte sie ihren drei Ehen nachgetrauert. Im Verlauf des langen Nachmittags war ihr Plan ohne ihr Dazutun aufgetaucht, wie ein Keimling, der sich seinen Weg durch den Morast ins Sonnenlicht bahnt. »Ich bat seine zweite Frau um einen Teil seiner Asche.« Sie hielt inne und erinnerte sich, wie schwierig es gewesen war, die vertraute Telefonnummer zu wählen und zum ersten Mal am anderen Ende der Leitung die Stimme der Frau zu hören. »Ich wusste, dass man ihn einäschern würde – er hätte die Vorstellung, in der Erde zu verrotten, niemals ertragen.«

Ihr war bewusst, dass Trevor mit den Augen den Bewegungen ihrer Hände folgte, die wie zwei Schmetterlinge auf der Stelle in der Luft flatterten, eine Angewohnheit, die sie niemals hatte ablegen können. Nicht einmal, als ihr Vater sie gezwungen hatte, sich abends nach dem Essen eine halbe Stunde auf sie zu setzen, während er sie über ihren Tag ausquetschte. »Ich erhielt einen Brief von ihrem Rechtsanwalt, der für die Hälfte von Donalds Asche eintausend Dollar von mir forderte.« Sie hob die Brauen. »Ich hatte mich immer gefragt, welche Motive sie wohl gehabt haben mochte, ihn zu heiraten.« Sie fragte sich, ob Trevor sie für theatralisch hielt. Susan hatte sich schon immer über ihre dramatische Natur beklagt.

»Sie haben aber keine tausend Dollar dafür bezahlt, oder etwa doch?«

Constance nickte, erleichtert, weil der junge Mann endlich ein Wort gesprochen hatte. »Ich habe es getan.«

Trevor begutachtete das Eichhörnchen auf dem Etikett von Donalds Erdnussbutterglas. »Ich schätze, die Asche kam an.«

»Zwei Wochen später. Die Hälfte.«

»Die bessere Hälfte hoffe ich mal.«

»So etwas gab es bei Donald nicht.«

Trevor zeigte auf den letzten der drei Behälter mit Asche. »Was ist mit dem da? Thomas?«

»Der arme Thomas«, gab Constance zur Antwort. Sie schüttelte eine überwältigende Traurigkeit von sich ab, um sich auf den lebendigen Mann an ihrer Seite zu konzentrieren. »Er hatte niemanden.« Sie nahm die Vitamin-C-Dose von der Bank und stellte sie auf ihren Schoß. »Ich habe ihn in den Anzeigen gefunden.«

»Anzeigen?«

»Den Traueranzeigen. Die Polizei hatte seine Leiche auf der East Pender Street in Vancouver gefunden und suchte nach seinen nächsten Angehörigen.« Iris war mit ihr hingefahren, damit sie ihn identifizieren konnte. Die Beamten von der Polizei waren sehr liebenswürdig gewesen. Bei einer Tasse Kaffee hatte ein Officer die große Menge Alkohol, die man in Thomas' Blut gefunden hatte, und die Umstände seines Todes beschrieben. Die Umstände seines Lebens konnte sie nur vermuten. Sie hatten sie ins Leichenschauhaus geführt, eine große Schublade aufgezogen, und da war er, ein Schock, ihn nach der langen Zeit zu sehen. Ein alter Mann, nicht nur tot und steif, sondern auch ergraut und verwelkt, von der Statur her fast wie ein Kind.

»Er war obdachlos«, sagte sie. »Er besaß nur noch ein Taschenmesser und eine billige Uhr.«

Trevor saß stumm neben ihr. Hatte sie ihn sprachlos gemacht? »Erstaunlich, dass sie alle im gleichen Jahr starben, nicht wahr?«

Er nickte, doch sie konnte sehen, dass er verzweifelt nach Worten suchte. Aus den Lautsprechern dröhnte eine Stimme in die Halle: »Passagiere des Cairo-Air-Fluges 2374 werden gebeten, sich zum Abflugschalter zu begeben.« Als er das vernahm, schwand die Anspannung aus seinem Gesicht.

»Das ist unser Flug. Der Sandsturm ist vorbei.« Constance erhob sich und fühlte selbst eine Art von Erleichterung. Noch mehr Erinnerungen an ihr Leben konnte sie schwerlich ertragen. Sie steckte ihre Ehemänner, einen nach dem anderen, zurück in die Tasche mit den Sonnenblumen. »Lassen Sie uns gehen. Wir wollen unser Flugzeug nicht verpassen.«

»Aber Sie haben mir noch nicht erzählt, wie Sie an Thomas' Asche herangekommen sind«, protestierte Trevor, saß immer noch auf seinem Platz und sah wieder aus wie Gregory.

»Die Polizei hat mich gefragt, was ich mit seinen sterblichen Überresten tun wolle.« Sie rüttelte die Tasche. »Und hier ist er.«

Sie drückte Trevor den Griff seines Handgepäcks in die Hand. »Kommen Sie. Wir fliegen nach Afrika!«

Sie lief los. Und bei jedem Schritt blinkten an den Absätzen ihrer Schuhe winzige rote Lämpchen.

4

Für Trevor lag das Erlebnis, mit dem Flugzeug zu reisen, jenseits aller normalen Grenzen von Zeit und Raum. Das unwohle Gefühl unbegrenzter Möglichkeiten, das er beim Start empfand, wurde immer stärker, bis das Flugzeug seine Reiseflughöhe erreicht hatte. Zwei Gläser Scotch halfen in der Regel, nur trug ihn Cairo Air Flug 2374 so weit weg von seinem vorhersehbaren, wohlgeordneten Leben, dass das Gefühl, alles könne passieren, trotz des Scotch anhielt. Er versuchte, sich im Bordmagazin zu verlieren, in einem Artikel über die Schifffahrt auf dem Nil. Aber Constance sorgte für häufige und anhaltende Unterbrechungen, indem sie immer wieder darüber schwatzte, wie luxuriös die erste Klasse und wie bequem die Ledersessel doch seien. Zu seinem Erstaunen hielt sie beim Scotch mit ihm mit. Drei Drinks hatten weder der Geschwindigkeit noch dem Zusammenhang ihres Redeschwalls etwas anhaben können. Vor allem aber konnte er nicht aufhören, an die drei toten Männer zu denken, die unter dem Sitz vor ihr verstaut waren. Ihre morbide Gegenwart entfachte eine untypische Neugier in ihm.

»Mein zweiter Ehemann trank Scotch«, verkündete Constance, nahm einen Schluck und hinterließ mit ihrem rosafarbenen Lippenstift am Rand ihres Glases eine Schmierspur. Sie blickte aus dem winzigen Fenster. »Was meinen Sie, wo wir sind?«

Trevor reckte den Hals, um über ihren Kopf hinwegzusehen. Wo die Wolkendecke aufgebrochen war, konnte er grüne Wälder und Bergketten erkennen.

»Über dem Norden Italiens?«, riet er.

»Werden wir das Mittelmeer verpassen? Hat das wirklich diese wundervolle Türkisfarbe?«

»Ich habe es nie gesehen. Es wird aber langsam dunkel. Wir werden wohl den Reisemagazinen glauben müssen.«

»Sie haben es nie gesehen? Aber sind Sie nicht schon überallhin gereist, wo … ach, hören Sie nur, was ich von mir gebe«, unterbrach sich Constance. »Erfinde Geschichten über Sie. Halt den Mund, Constance. Der Junge kann für sich selbst sprechen, nicht wahr? Erzählen Sie mir bitte über Ihr Leben, mein lieber Junge. Ich möchte alles wissen.« Sie trank einen Schluck, und die Eiswürfel klirrten auf dem Boden ihres Glases; über den Rand hinweg blickte sie ihn forschend und erwartungsvoll an.

Niemand hatte Trevor jemals *mein lieber Junge* genannt. Onkel Pats Spitzname für ihn war *kleiner Scheißer* gewesen. Ihm gefiel die Vorstellung, dass seine Mutter ihn *mein lieber Junge* genannt hätte. Aber diese Möglichkeit war zusammen mit ihrem Leichnam begraben worden.

»Nun … Ich arbeite für eine Firma namens Forrester Agricultural mit Sitz in Calgary.« Warum, zum Teufel, erzählte er ihr das? »Wir verkaufen Gerätschaften für Farmbe…«

»Donald hat als Assistenzarzt in Calgary gearbeitet. Donald Junior ist dort zur Welt gekommen.« Sie hielt inne. »Schsch. Da mache ich schon wieder den Mund auf. Es tut mir leid.«

Trevor fuhr fort mit seinen Ausführungen, mit Bedacht, denn er erwartete, unterbrochen zu werden, aber sie saß ruhig da und sah ihn gespannt an. »Ich bin zuständig für die internationalen Verkäufe.« Trevor hasste es, Menschen zu erklären, was er beruflich machte. »Wir haben eine Menge Verträge mit Organisationen der Entwicklungshilfe.« Er hielt inne und fragte sich, ob er damit genug gesagt hatte, aber sie sah ihn an, als erwarte sie mehr. »Ich verkaufe Traktoren in Entwicklungsländer. Überwache die Lieferungen, solche Sachen.«

»Wie nobel.« Constance nickte beeindruckt. »Den Armen zu helfen, aus der Armut herauszukommen. Sie sind bestimmt stolz auf Ihre Arbeit«, meinte sie.

Trevor zuckte mit den Achseln.

»Mein Großvater hatte einen wunderschönen alten Traktor auf seiner Farm im Süden von Manitoba. Er hat ihn behandelt wie ein Baby. Ich glaube, die Maschine hieß Massiger Harry.«

»Massey-Harris.«

»Ja, genau. Verkaufen Sie die?«

Er nickte. »Tun wir. Heute heißen sie Massey-Ferguson.«

Aber nicht mehr lange. Es gab da das Gerücht, dass die ehrwürdige Firma in finanziellen Schwierigkeiten steckte. Er glaubte nicht, dass sich mit seiner Gesprächspartnerin eine Unterhaltung über die ökonomische Situation der Weltlandwirtschaft ausbauen ließ. Diese Sorgen hätte er sich allerdings nicht machen müssen. Sie wechselte das Thema schon wieder.

»Und Sie dürfen die ganze Zeit reisen«, sagte sie nachdenklich. »Ich wollte immer schon reisen. Meine Ehemänner und ich hatten es oft vor. Aber das Leben kam uns immer dazwischen, und wir haben es nie getan.« Vorsichtig stieß sie mit dem Fuß gegen das Gepäckstück unter dem Sitz vor ihr. »Bis jetzt.«

Trevor hatte seinen Job noch nie für nobel gehalten; er ermöglichte ihm, seine Rechnungen zu bezahlen. Er verbrachte den Großteil seiner Zeit im Flugzeug, in Hotelzimmern und Regierungsbehörden. Constance führte sich auf, als sei sie stolz auf ihn. »Ja, es ist aufregend«, log er.

»Es muss schwer sein für Ihre Frau, wenn Sie immer unterwegs sind.«

»Nein, keine Frau«, erwiderte er.

»Ein netter, junger Mann wie Sie, und da sind Sie nicht verheiratet? Haben Sie denn eine Freundin?«

Trevor dachte an Angela, an ihre gelegentlichen gemeinsamen Mittagessen und ihren noch gelegentlicheren Sex. Sie hatten ihre Abmachungen. Angela würde ihn nicht vermissen. »Ja, sie heißt Angela. Sie ist Rechtsanwältin.« Trevor löste seine Krawatte und stellte die Frischluftdüse neu ein. »Sehen Sie, da kommt das Abendessen.« Er atmete erleichtert auf.

Er hatte seit Stunden keine anständige Mahlzeit bekommen und schlang den Auflauf, den Salat und das Brötchen herunter. Während er sich dem Nachtisch zuwandte, fiel ihm auf, dass Constance noch gar nicht richtig angefangen hatte zu essen. Er beobachtete, wie sie ihr Mahl in mundgerechte Häppchen schnitt, jedes einzelne methodisch durchkaute und dabei mit dem Kopf nickte, als würde sie vor sich hinzählen – wie ein Sperling am Vogelhäuschen, ein Samenkorn nach dem anderen. Jeden Bissen spülte sie mit einem Schlückchen Chardonnay herunter. Sie bot ihm ihr Brötchen und ihren Pudding an, und er nahm beides an, da er nicht wusste, wann es die nächste Mahlzeit geben würde. Als die Tabletts wieder abgeräumt waren, bearbeitete sie ihre Hände mit einer Serviette und holte dann die blumengemusterte Tasche vom Boden. Sie stellte die Vitamindose auf ihren ausklappbaren Tisch und machte sich daran, sie mit einem weichborstigen Bürstchen abzustauben, das sie auch aus der Tasche genommen hatte. Er sah den Namen auf dem Deckel, und die Neugier nagte an Trevor. Thomas, Ehemann Nummer eins, der obdachlose Mann, den man tot auf der East Pender Street gefunden hatte. Wie war er gestorben? Überdosis? Überfall? Selbstmord? Er biss sich auf die Zunge, weil er fürchtete, eine simple Frage könne neuerliches Dauergeschwätz nach sich ziehen.

Das Licht in der Kabine wurde abgeblendet, und ein Film fing an. Trevor war froh über die Ablenkung. Er fingerte nach den Kopfhörern und schob seinen Sitz nach hinten. Eine Gebirgslandschaft erschien auf dem Bildschirm, und er fummelte an den Kontrollknöpfen herum, bis ihm die Musik in die Ohren donnerte. Die Kamera schwenkte auf das lächelnde Gesicht von Julie Andrews, schneebedeckte Gipfel im Hintergrund. Er stöhnte auf. *The Sound of Music.* Auf Arabisch. Mit deutschen Untertiteln. »Um Himmels Willen«, murmelte er, riss sich die Kopfhörer herunter und stopfte sie in die Sitztasche.

Nachdem er sich aus der Gepäckablage über den Sitzen eine Wolldecke und ein Kissen geholt hatte, schob er den Sitz so weit nach hinten wie möglich und kuschelte sich unter die Wolldecke, die Zipfel steckte er unter seinen Achselhöhlen fest. Innerhalb weniger Minuten lullte ihn das Brummen der Flugzeugmotoren so ein, dass er sachte und allmählich hinüberglitt in die Herrlichkeit des Unbewussten. Constance' Stimme folgte ihm hinein in das Loch. »Thomas war ein Träumer. Ich nehme an, dass er an unerfüllten Träumen gestorben ist.«

Trevor konnte sich nicht rühren. Seine Arme und Beine waren in einem engen Durchgang eingezwängt. Schleim verstopfte seine Nase, und als er den Mund öffnete um zu schreien – seine Reaktion darauf, sich in dieser Lage zu befinden –, konnte er nur miauen wie ein junges Kätzchen.

Zwei Menschen – ein Mann und eine Frau – sahen ihn vom Ende eines Tunnels forschend an. Jung – Mitte zwanzig –, ihre Gesichter von der Arbeit verhärmter, als ihr Alter es rechtfertigte. Der Mann hatte sich nicht rasiert und einen entsprechend stoppeligen Bart, er trug eine Baseballkappe, die mit den Worten Massey-Ferguson bedruckt war. Der Schirm verdeckte einen Teil seines Gesichts, sodass es schwierig war, seinen Gesichtsausdruck zu erkennen, doch vermittelte die Art und Weise, wie seine Hände auf den Schultern der Frau ruhten, Trevor den Eindruck von Rücksichtnahme. Der Mann klopfte mit den Fingerknöcheln seiner Hand auf eine unsichtbare Wand zwischen Trevor und dem Paar. Das Klopfen ließ Trevor blinzeln, und die Frau lächelte. In jenem Augenblick wusste Trevor, dass er Perfektion gefunden hatte. Vor ihm schwebte das schönste Wesen, das seine Augen je gesehen hatten. Sein bewegungsunfähiger Körper entspannte sich unter dem Blick der Frau, und er saugte die Details ihres Erscheinungsbilds in sich auf wie Most: ihr ehrliches, ovales Gesicht, die elegante Schwingung ihres Kinns und die beiden Grübchen, die sich beim Lächeln auf jeder Seite ihres Mundes bildeten. Trevor wollte hinaufgreifen und eines der Grübchen berühren. Er wusste, dass ihre Haut sich anfühlen würde wie Seide … Wenn er nur seine Hand hätte bewegen können.

Er versuchte zu sprechen, sie zu bitten, ihn näher heranzuziehen, aber statt Worten formte sich eine Blase auf seinen Lippen und zerplatzte. Das Paar lachte wieder. Die wunderschöne Frau führte ihre Finger an ihren Mund, und die Aura von Liebe, die ihm entgegenstrahlte, war so überwältigend, dass Trevor weinen wollte.

Der Mann schlang von hinten beide Arme um die Frau und legte sein Kinn auf ihre Schultern, sodass ihre Wangen einander berührten. »Nun, May«, fragte er. »Was denkst du über unseren neuen kleinen Mann?«

»Liebe auf den ersten Blick«, erwiderte die Frau ohne zu zögern. »Liebe auf den ersten Blick.«

Constance klemmte ihre Illustrierte in die Sitztasche und beugte sich über Trevor. Der Mann wälzte sich herum und grummelte im Schlaf Dinge vor sich hin. Er hatte sich in seiner Wolldecke verdreht und verfangen. Sanft drückte sie seinen Arm. »Wachen Sie auf«, rief Constance. »Sie werden sich sonst noch erwürgen.«

Trevor öffnete die Augen und sah sie aus großen Pupillen benommen an, dann schloss er die Augen wieder. Constance zerrte an der Decke, die sich um seinen Körper verheddert hatte.

»Ich werde Sie befreien«, sagte sie. »Sie haben sich mit ihrem Gewühle eingewickelt wie ein Karamellbonbon.«

Trevor öffnete abermals die Augen, aber nur um zu sagen: »Meine Mutter hieß May«, dann versank er wieder im Halbschlaf.

»May ist ein hübscher Name. Sie können mir alles über sie erzählen, wenn ich Sie wieder anständig liegen habe. So.« Constance riss den Zipfel der Wolldecke frei.

Mühsam setzte Trevor sich auf, rieb mit beiden Händen über sein Gesicht und blinzelte ins Licht. Constance schaltete die Leselampe ab, sodass nur die Bodenstrahler blieben, die den Gang ausleuchteten. Wassertropfen formten Streifen auf der Außenseite des Fensters, und die Signalleuchte an der Tragfläche pulsierte in der tiefschwarzen Nacht.

»Mein Mund fühlt sich an, als hätte ich Kreide gekaut«, murmelte Trevor und presste seine Finger gegen die Schläfen.

»Kopfschmerzen?«, fragte Constance. Er nickte. »Schlecht geträumt?« Die Frau zupfte die Decke auf seinen Knien zurecht. »Sie haben miaut wie ein Tier. Haben über Liebe auf den ersten Blick geredet.«

»Ich träume nie.« Trevor suchte nach etwas Trinkbarem, einem leeren Scotch-Glas, in dem das Eis geschmolzen war, nach irgendetwas, um seinen Durst zu stillen. »Entschuldigen Sie mich.«

»Unsinn, jeder Mensch träumt«, erwiderte sie, doch er war schon zwischen den Sitzen den Gang hinuntergeeilt und hatte die Wolldecke dabei auf den Boden gleiten lassen.

Trevor wankte durch die Tür in den Waschraum. Der parfümierte Uringestank in der beengten Kabine ließ ihn fast würgen, und als er sich auf den Miniatur-Toilettentopf setzte, stießen seine Knie gegen die Tür. Mit großen Schlucken stürzte er ein Dutzend Pappbecher mit Leitungswasser herunter und ignorierte dabei das Schild über dem Waschbecken, auf dem es hieß *Kein Trinkwasser*. Den letzten Rest Wasser spritzte er sich ins Gesicht, dann vergrub er seine Stirn in den Handflächen. Nie, niemals, solange er zurückdenken konnte – zumindest sein gesamtes erwachsenes Leben lang –, hatte er einen Traum gehabt. Er war ein solider Schläfer, und dass er nicht träumte, war etwas, worauf er stolz war. Ein Beweis für sein reines Gewissen. Träume hatten nur psychologisch Labile, kreative Typen, Menschen mit Ballast. Mit den Fingern massierte er seine Schläfen. Aber was war mit der wunderschönen Frau? Er hatte sie gesehen. May. Und jetzt war sie nicht mehr da.

Als er wieder in seinen Sitz zurückglitt, ließ Constance ihre Illustrierte auf den Schoß sinken und drapierte erneut die Wolldecke über seine Knie.

»Hören Sie«, sagte Trevor, »ich muss schlafen.« Das war eine weitere Lüge; er war ebenso weit davon entfernt, schlafen zu können, wie von Calgary.

»Ist das wahr?«, fragte sie.

»Was soll wahr sein?«

»Glauben Sie an Liebe auf den ersten Blick?«

»Wie können Sie mich so etwas fragen?« Ein weiteres Thema, das zu vermeiden war. Er war nicht einmal sicher, dass er an Liebe glaubte, ganz zu schweigen von Liebe auf den ersten Blick. Das Gesicht der wunderschönen Frau ragte dräuend vor ihm auf. Es mochte sein, dass er Brent geliebt hatte, doch er wusste, dass das nicht die Art von Liebe war, die sie meinte. Außerdem hatte er seinen Bruder seit so langer Zeit nicht mehr gesehen, dass diese Frage rein akademisch war. Weder er noch Angela schenkten einem obskuren Begriff wie Liebe irgendwelchen Glauben. Wenn er an Liebe dachte, erinnerte er sich an Schmerz. Tante Gladys hatte die Worte einmal gesprochen, nachdem sie mit einem Holzlöffel auf seinem Hinterteil einen blauen Flecken hinterlassen hatte, der ihm einen ganzen Monat erhalten geblieben war. »Es ist zu deinem Besten. Weil ich dich liebe.«

»Sie haben im Schlaf immerzu darüber gesprochen, mein lieber Junge.«

»Nein, das habe ich nicht«, brummte er und zog sich die Wolldecke bis zum Kinn. »Gute Nacht.«

Constance studierte Trevors Gesichtszüge, als er sich wieder unter seiner Decke vergrub. Vielleicht sollte er nicht wieder einschlafen. Er sah nicht gut aus. Sie konnte nicht umhin zu glauben, dass es eine schwächende Wirkung auf die Menschen hatte, wenn sie im Flugzeug schliefen. Sie wusste nicht, ob die abgestandene Luft dafür verantwortlich war oder die Tatsache, sich über lange Zeiträume hinweg nicht bewegen zu können, ob es an der Zeitlosigkeit lag oder alles nur die Folge dessen war, dass man keinen Kontakt mehr zur Erde hatte. Sie konnte im Flugzeug nie schlafen und stellte stets sicher, dass sie ausreichend Lesestoff bei sich hatte. Trevor hatte sich mit irgendetwas herumgequält, ganz offensichtlich ein Albtraum. Sie selbst hatte sich nicht auf den Zeitungsartikel konzentrieren können, weil sie an Thomas denken musste und an ihre kurze gemeinsame Zeit.

Sie beugte sich hinüber und flüsterte: »Ich dachte gerade an Thomas, als Sie in Ihrem Traum ausriefen ›Liebe auf den ersten Blick‹.«

»Bitte«, murmelte Trevor und zog sich die Wolldecke nun so hoch, dass sie seine Nase bedeckte. »Ich bin erschöpft.«

»Ich denke mal, dass es eher Hormone waren als Liebe. Ich habe heute Nachmittag einen Zeitungsartikel darüber gelesen, was es auslöst, dass ein Mensch sich zu einem anderen hingezogen fühlt.«

Trevor gab keine Antwort.

»Es kann sich dabei um etwas so Simples handeln wie die

Form eines Ohrs. Tommy hatte wunderschöne Ohren.« Sie legte den Kopf auf die Seite und begutachtete Trevors Gesicht. »Sie haben auch recht hübsche Ohren.«

Trevor seufzte und rutschte tiefer in seinen Sitz.

»Aber was spielt es schon für eine Rolle? Es ging nicht lange gut mit uns. Seit wann sind Sie und Angela jetzt zusammen?«

Trevor stöhnte, klappte seinen Körper auseinander, setzte sich auf und signalisierte der vorübereilenden Flugbegleiterin, sie möge zwei weitere Scotch bringen. »Nicht lange«, sagte er.

»Wo sind Sie einander begegnet?«

Er stützte sich auf die Armlehne, das Kinn in der Hand, und tat so, als habe er ihre Frage nicht gehört.

Die Drinks wurden serviert, und Trevor ließ mit einem großen Schluck die Hälfte der wohltuend brennenden Flüssigkeit seine Kehle hinablaufen.

»Thomas und ich haben einander 1925 in Winnipeg kennengelernt.«

Trevor stieß die Hitze des Alkohols zwischen den Zähnen hervor. »Bisschen jung waren Sie da, nicht wahr?«

»Neunzehn. Alt genug.« Es war eine großartige Zeit in ihrem Leben gewesen. Sie war mit der Schule fertig und hatte einen Job als Verkäuferin für Haushaltswaren gefunden, bei Eaton's, in Winnipeg an der Ecke von Portage and Main. Sie hatte ihr eigenes Geld und mehr Freiheit, als sie je zuvor erlebt hatte. »Ich habe mich schick angezogen, hatte perlenbestickte Charleston-Kleider, und wir sind zum Tanzen ausgegangen.«

»Charleston-Kleider? Wie im Film?«, fragte Trevor, als habe sie ihm gerade erklärt, die Welt sei eine Scheibe.

Constance konnte sich vorstellen, dass er Schwierigkeiten hatte, sich vorzustellen, wie sie als junges Mädchen ausgesehen hatte: mit Bubikopf-Frisur in einem kurzen, sackartigen Kleid, an dem die Perlen hin und her schwangen, und mit hohen

Absätzen, während sie einen Jitterbug aufs Parkett legte. Sie war damals ziemlich hübsch gewesen. »Ich sah aus wie Louise Brooks.«

»Wer zur Hölle ist Louise Brooks?«

Lächelnd schüttelte sie den Kopf. »Vergessen Sie es.« Sie machte sich nicht die Mühe, Trevor zu erzählen, wie sie sich in der Nacht an ihrem Vater vorbeischleichen musste – ein Vorgang, der gleichermaßen beängstigend wie berauschend war. Sie war so sehr in Thomas verliebt gewesen, dass sie alles getan hätte, um ihn zu sehen. Als ihr Vater dahintergekommen war und verlangt hatte, dass sie die Beziehung beendete, waren sie weggelaufen und hatten sich beim Standesamt in Brandon von einem Friedensrichter trauen lassen. Sie hatte im Hinblick auf ihr Alter gelogen.

»Thomas und ich haben nach sechs Wochen heimlich geheiratet«, erzählte sie. »Ich dachte, ich sei schwanger.«

Trevor zuckte sichtlich zusammen. »Noch ein Drink?«, fragte er mit brüchiger Stimme. Er hielt sein Glas hoch. »Guter Scotch. Schmeckt er Ihnen?«

»Nicht schlecht, aber ich habe noch jede Menge.« Sie nickte ihrem eigenen Glas zu, das halb voll war.

Trevor sah aus, als sei ihm unbehaglicher zumute denn je, also beschloss sie, ihm die Einzelheiten zu ersparen. Sie war sehr naiv gewesen und keineswegs schwanger, aber in größter Sorge, man könne von einem Kuss ein Baby bekommen. Sie war froh, dass die Mädchen von heute mehr über Sex wussten.

Ihr Vater war außer sich gewesen vor Wut. Sie wollte glauben, diese Wut sei darin begründet, dass sie ihn seiner Chance beraubt hatte, sie zum Altar zu führen. Doch in ihrem Herzen wusste sie, dass es nur um Kontrolle gegangen war.

»Haben Sie die Absicht, eine Familie zu gründen?«, fragte sie Trevor und nahm voller Mitgefühl zur Kenntnis, wie bleich sein Gesicht geworden war. Der Mann schüttelte den Kopf.

Vielleicht hatte ihr Vater am Ende recht gehabt. Tommy war ein Jahr später verschwunden, nachdem er seinen Job als Schienenleger bei der Eisenbahn verloren hatte. Wer konnte ahnen, wohin er gegangen war? In ein Arbeitercamp im Norden, gen Westen auf die Ölfelder, auf einen Walfänger nach Japan.

Sie starrte auf das Rückenteil des Sitzes vor ihr und erinnerte sich, wie ihr Vater sich gewaltsam Zutritt verschafft hatte in ihr schäbiges Einzimmer-Apartment und wie er sie mit nach Hause genommen hatte, obwohl sie fest entschlossen gewesen war, bis ans Ende ihres Lebens auf Tommy zu warten.

»Haben Sie ihn jemals wiedergesehen?«

»Was?« Sie drehte sich zu ihm und blickte Trevor an. Sie schien plötzlich verwirrt, geradezu überrascht, dass er da war und neben ihr saß.

»Nachdem er weggegangen ist, meine ich. Sie sagten, er habe Sie verlassen.«

Constance war nicht bewusst gewesen, dass sie laut gedacht hatte. »Ja … Er kam Monate später wieder und suchte nach mir, und mein Vater drohte, die Polizei zu rufen. Ich wäre mit ihm gegangen, wenn die Verlobung nicht gewesen wäre.«

»Verlobung? Ist mir da irgendetwas entgangen?« Trevor sah ganz konfus aus.

»Donald. Aber das ist eine andere Geschichte. Der Punkt ist, dass ich Tommy aus meinem Leben habe gehen lassen. Mein Vater hat es irgendwie geschafft, die Ehe annullieren zu lassen.« Sie lächelte und machte eine Geste in Richtung des weißen Behälters auf ihrem Schoß. »Mir gefällt die Vorstellung, dass diese Reise ihn für meine Feigheit entschädigt und für die verlorenen Jahre. Aber jetzt erzählen Sie mir mal über Ihre Familie.«

Trevor rutschte auf seinem Sitz hin und her. »Eine langweilige Geschichte«, sagte er und tat so, als müsse er gähnen. »Schlafen Sie nie?«

»In meinem Alter ist jede Minute kostbar«, gab sie zurück. Constance öffnete die Deckelklappe einer silbernen Taschenuhr, die an ihrer Bluse festgesteckt war. »Es ist spät.« Sie ließ Thomas zurück in die Tasche gleiten, zog unter ihrem Sitz eine der Wolldecken der Fluglinie heraus und legte sie über ihrer beider Knie. Wehmut umhüllte sie wie Nebel.

5

Das Rollfeld verströmte die gespeicherte Hitze des Tages, als die Passagiere von Cairo Air Flug 2374 durch die schwüle Nachtluft auf das Flughafengebäude zuliefen. Constance bückte sich, stellte ihre Tasche auf den harten, schwarzen Asphalt, und dann breitete sie die Arme aus, als wolle sie ganz Afrika umarmen. Noch war sie nicht in Schwarzafrika, dem tiefen, wilden Herz des Kontinents, doch waren dies ihre ersten Schritte auf seiner urtümlichen Erde. »Ich kann nicht fassen, dass wir in Ägypten sind«, rief sie aus, warf ihren Kopf in den Nacken und atmete tief ein. Die Luft roch vornehmlich nach Abgasen und schmelzendem Teer statt nach großen Tierherden und Wildnis.

»Nicht lange.« Trevor blieb stehen und glitt mit den Augen über die Düsenmaschinen, die auf dem Rollfeld standen. »Wo ist unser Anschlussflug?«

»Muss doch ein Kamel auf der Startbahn gewesen sein«, meinte Constance und klemmte sich ihre Tasche unter den Arm. »Kein bisschen Sand hier.« Das Bild, das sich vor ihr auftat, war nicht, was sie erwartet hatte. Allerdings war sie inzwischen eine erfahrene Reisende und wusste, dass der erste Eindruck oftmals trog. Sie erinnerte sich, wie sie nach ihrem ersten Flug weg von ihrem Zuhause mitten in der Nacht in Amsterdam angekommen war. Ein Taxi hatte sie – nach dem langen Flug erschöpft und verwirrt – vor ihrem Hotel abgesetzt, einem heruntergekommenen Gebäude in einer Straße, in der halb bekleidete Frauen in Schaufenstern saßen und Cafés mit Haschisch-Milchshakes Kunden warben. Es war ein fürchterlicher Schock gewesen. Doch ein freundlicher Fremder hatte ihr den Weg gewiesen zu einem anderen Hotel, das sich als sauber und ruhig herausstellte und von dessen Zimmer sie Ausblick auf eine Gracht gehabt hatte. Ein paar Tage später, als sie Amsterdam wieder verlassen wollte, um nach Prag weiterzureisen, hatte sie sich unsterblich in die Stadt verliebt.

Sie folgte Trevor und der auseinanderstiebenden Schlange müder Passagiere durch die doppelten Glastüren in das Gebäude des Flughafens von Kairo. Die Transithalle war ein düsterer Raum, in dem schlafende Reisende mit Turbanen und langen Gewändern oder Jeans und Rucksäcken an der Wand neben der Tür ausgestreckt auf dem Boden lagen oder die Reihen der Plastikschalensitze in der Mitte der Halle belagerten.

Zwei Beamte in Khaki-Uniformen standen genau am Eingang hinter einem billigen Metallschreibtisch, der die gleiche Farbe hatte wie ihre Kleidung. »Ihre Pässe und Tickets bitte.«

Constance und Trevor händigten ihre Dokumente aus. Die Beamten prüften sie und warfen sie anschließend auf einen immer größer werdenden Stapel auf dem Schreibtisch. »Gehen Sie bitte weiter.«

Constance machte ein paar Schritte und blieb dann stehen, um auf Trevor zu warten, der die Schlange aufhielt. »Geben Sie mir meinen Pass zurück«, verlangte Trevor.

»Es tut mir leid, Sir, aber das können wir nicht tun«, erklärte der Mann höflich in einwandfreiem Englisch. »Solange Sie sich in der Transithalle befinden, müssen sämtliche Dokumente im Besitz der ägyptischen Behörden sein. Gehen Sie bitte weiter.« Er wies auf die Gruppe von Passagieren, die sich am anderen Ende des Raums versammelt hatten.

»Wir bleiben nicht. Wir fliegen mit East Africa Air weiter«, wandte Trevor ein.

»Ich bedaure, aber Ihre Maschine ist abgeflogen.« Zum ersten Mal fiel Constance die Pistole am Gürtel des Mannes auf.

Sie sah sich die anderen Beamten an, die in der Nähe standen. Sie trugen alle Revolver um die Hüften.

»Abgeflogen? Was meinen Sie mit abgeflogen?« Trevors Gesicht war vor wütender Fassungslosigkeit ganz rot geworden.

Constance ging die paar Schritte zurück, nahm seinen Arm und flüsterte: »Mein lieber Junge, lassen Sie uns tun, was sie sagen.«

»Cairo Air hat gesagt, der Anschlussflug würde auf uns warten.« Er quälte sich damit seine Krawatte zu lockern und brüllte den Mann an: »Wann ist die Maschine abgeflogen?«

»Vor fünfzehn Minuten, Sir. Bitte. Im Speisesaal werden wir Ihnen erklären, wie das heute Nacht abläuft.« Der Mann wandte sich dem nächsten Passagier in der Warteschlange zu, der sich hinter Trevor gedrängelt hatte.

»Die haben Waffen«, flüsterte Constance ihm ins Ohr und steuerte mit ihm auf die anderen Passagiere zu, die sich in der Halle versammelten. »Besser, wir regen sie nicht auf.«

»Aber …«, protestierte er. »Unsere Maschine ist weggeflogen. Vor noch nicht einmal einer halben Stunde. Wie konnten die das tun?« Er starrte sie an, als fiele ihm erst jetzt auf, dass ihre Hand auf seinem Arm lag. »Waffen?«

Sie schlossen sich der wartenden Menschenmenge an, die sich an der Wand zusammengefunden hatte. Constance vernahm deutsche wie auch englische Unterhaltungen. Jeder wirkte erschöpft und entnervt von der unerwarteten Verzögerung in der Planung. Ein Herr in Uniform stellte sich vor die Gruppe und hob die Hände, um damit für Ruhe zu sorgen. »Wenn ich um Aufmerksamkeit bitten darf. Wir möchten Ihnen unser tiefstes Bedauern ausdrücken. Ihr Flug nach Nairobi konnte nicht länger warten. Sie sind Gäste der ägyptischen Regierung. Wir werden Sie in unserem Drei-Sterne-Transithotel unterbringen, Frühstück inklusive«, verkündete er.

»Wann geht unser nächster Flug?«, rief jemand.

»Wir bedauern zutiefst. Ihr nächster Flug geht in einer Woche.«

Ein fassungsloses Schweigen senkte sich über den Raum.

»In einer Woche?« Eine junge Frau in engen Jeans und Pulli kämpfte mit den Tränen. »Aber wir sollen morgen auf Safari gehen. Die dauert nur eine Woche.« Ihr Ehemann stand neben ihr und nickte bekräftigend. Er hielt ein schlafendes Kind in seinen Armen.

»Warum können wir denn jetzt mit keiner anderen Airline fliegen?«, schrie jemand.

»Es gibt keine Flüge«, antwortete der Beamte. Ein Blick, der Genervtheit signalisierte, huschte über sein Gesicht.

»Was ist mit unseren Pässen?«, brüllte ein dürrer Deutscher im Anzug.

»Ihre Pässe werden bis zu Ihrer Abreise im Besitz der Zollbeamten bleiben.«

»Aber wir brauchen unsere Pässe, um nach Kairo reinzukommen, oder nicht?«, protestierte eine deutsche Frau.

»Sie müssen im Transitgebäude und im Hotel bleiben, bis Sie Ägypten wieder verlassen. Wir werden keine Einreisevisa ausstellen. Bitte holen Sie Ihr Gepäck, und gehen Sie damit weiter zum Speisesaal für die Zimmervergabe.« Er drehte sich schwungvoll auf dem Absatz um, hielt dann inne und wandte sich noch einmal der Menschenmenge zu. »Herzlich willkommen in Ägypten.«

Als er weg war, brach die Menschenmenge in eine Kakophonie aus lärmenden Einzelstimmen aus, wie ein Gänseschwarm, der sich von einem Feld erhebt. Constance lief zum Fenster hinüber, das Ausblick über das Rollfeld bot. Sie konnte nicht glauben, was für ein Glück sie hatte. Sie hatte bedauert, keine Zeit in Ägypten verbringen zu können; es war einer von Thomas' Träumen gewesen, die Pyramiden zu sehen, durch das Tal der Könige zu laufen und auf dem Nil zu segeln. Aber sie hatte sich zwischen Ostafrika und Ägypten entscheiden müssen, da ihr Geld nicht ausreichte um einen extra Zwischenstopp einzulegen. Jetzt hatte das Schicksal interveniert. Das musste ein Zeichen sein.

Trevor trat neben sie, seine Brille in der Hand. »Wie zum Teufel soll ich um halb zwei in der Frühe Nairobi und mein Büro in Calgary kontaktieren?« Er rieb sich über seinen Nasenrücken. »Ich wette, die Telefone funktionieren nicht an diesem gottverlassenen Ort.« Er sah Constance an. »Worüber sind Sie so glücklich?«, knurrte er. »Wir sitzen fest, in Ägypten.«

»Genau.« Mit einem Lächeln auf den Lippen drehte sie sich zu ihm. »Wir sitzen fest, in Ägypten.«

»Gucken Sie nicht so aufgeregt. Es ist nur für eine Nacht«, erwiderte er. »Wo ist denn Ihr Gepäck?« Constance zeigte auf ihren großen weißen Koffer auf dem Gepäckband. Er grunzte, als er ihn anhob. »Was haben Sie da drin?« fragte er. »Noch weitere Ehemänner?«

»Selbstverständlich nicht«, wehrte sie ab, dann fiel ihr auf, dass er scherzte. »Drei waren mehr als genug.«

Der Geruch nach exotischen Gewürzen und ranzigem Olivenöl stach Constance in die Nase, als sie den Speisesaal betraten, einen lang gestreckten, freudlosen Raum, der vollgestellt war mit Holztischen und Stühlen, an der Wand eine Bar. Bunte Fliesen mit geometrischen Mustern schimmerten durch die Schmutzschicht auf dem Fußboden. Einstmals prachtvolle Kronleuchter, auf denen sich der Staub ballte, hingen von der Decke herab. Mehrere Männer, die mit Klemmbrett, Kugelschreiber und der vorschriftsmäßigen Pistole bewaffnet waren, wiesen den Menschen willkürlich Räumlichkeiten zu, die Männer zusammen mit anderen Männern, die Frauen mit Frauen. Sie schenkten den Wünschen der Passagiere keinerlei Beachtung, gleichgültig, ob sie verheiratet oder alleinstehend waren, jung oder alt. Wortgefechte brachen aus; ein deutscher Mann stolzierte davon und ließ seine weinende Gattin bei ihren neuen Zimmergenossinnen zurück.

Trevor lehnte sich gegen die Bar. »Ich würde sogar mit King Kong kampieren, so müde wie ich bin.«

Constance hielt sich mit der Hand an seinem Ellbogen fest und fühlte sich plötzlich erschöpft wie schon lange nicht mehr. So abenteuerlich die Situation auch war, so brauchte sie doch ein Bett und ein vertrautes Gesicht. Als der Beamte mit den Fingern auf sie beide zeigte, hängte sie sich bei Trevor ein, und als er auf sie herabblickte, starrte sie geradewegs geradeaus, denn sie wollte nicht wissen, was er dachte. Und erst recht wollte sie nicht allein sein.

»Sie … und Sie.« Der Mann zeigte auf Constance und auf zwei große, dicke, schwitzende Engländerinnen, die an einem der Tische saßen. »Zimmer 205.«

Constance schüttelte den Kopf.

Der Beamte wiederholte seinen Befehl, und eine der Engländerinnen griff sich Constance' freien Arm. »Lassen Sie uns tun, was er sagt, damit wir heute Nacht ein paar Stunden Schlaf bekommen«, versuchte die Frau sie in breitem Cockney-Dialekt zu überreden.

»Constance«, drängte Trevor. »Gehen Sie mit ihnen.«

Constance umklammerte Trevors Arm nur noch fester, dankbar, dass er sich daraufhin nicht rührte oder versuchte, ihren Arm aus seinem zu lösen. Sie war es leid, von Männern herumkommandiert zu werden. Martin war ein lieber Kerl gewesen, hatte sie immer nach ihrer Meinung gefragt, war interessiert gewesen an ihren Ideen, aber Donald und sogar Thomas hatten sich aufgeführt, als habe sie keinen Funken Verstand im Schädel. Der Beamte umfasste mit einer seiner Hände fest ihr Handgelenk und versuchte sie loszureißen. Sie beschwor ihre letzten Energiereserven, starrte ihm in die Augen und drückte mit ihren Fingern nur noch fester zu.

Trevor verzog das Gesicht und blickte auf Constance nieder. Sie wirkte gebrechlich, kraftlos, als könne ein Windhauch sie umstoßen, und aus einem Riss in den Tiefen seines Körpers stieg Mitgefühl empor wie ein Sprühstoß Dampf aus einem Spalt in der Erde. »Nehmen Sie Ihre Pfoten von ihr«, verlangte er.

Constance vergrub ihr Gesicht in Trevors Armbeuge und fing an zu weinen. Der Beamte seufzte und ließ ab von ihr. »Ihre Mutter?«, fragte er Trevor.

Trevor hielt inne, und das Gesicht der Frau aus seinem Traum glomm in seiner Erinnerung auf wie eine sich windende Feuerflamme. Als Constance ihm auf der Innenseite seines Arms in die Haut kniff, zuckte er zusammen. »Ja«, sagte er. »Sie ist meine Mutter.«

Ein barfüßiger Hotelpage, nicht älter als zwölf, in verdreckten Hosen und einem T-Shirt der New York Islanders, quälte sich mit Constance' großem Koffer drei Etagen über die Treppe. Nackte Glühbirnen erhellten die langen, kahlen Korridore.

»Drei-Sterne-Hotel?«, schnaubte Trevor. Seine Reisebegleiterin schien sich erholt zu haben und schwatzte auf den Hotelpagen ein. Sie sprach über das Wetter und fragte nach seiner Familie, obwohl es so schien, als spreche der Junge nur wenige Worte Englisch. Bis sie ihr Zimmer erreicht hatten, waren sie und der Junge bereits ausreichend miteinander bekannt, sodass sie ihn umarmte und es anschließend Trevor überließ, ihm von den paar kanadischen Münzen, die er in der Tasche hatte, Trinkgeld zu geben. Der Junge machte einen Diener, murmelte etwas auf Arabisch und machte sich dann davon. Bevor er davonhuschte, wies er den Korridor hinunter. Trevor zerrte

Constance' Koffer über die Türschwelle in den Raum, in dem ein Einzel- und ein Doppelbett standen.

»Vielen Dank, mein lieber Junge, stellen Sie den Koffer darauf.« Constance zeigte auf das größere der beiden Betten. Zu abgekämpft um zu streiten hievte Trevor den Koffer auf die Matratze. Die metallenen Sprungfedern quietschten aus lauter Protest.

»Hübsches Zimmer«, meinte Trevor voller Sarkasmus, während er den schmutzigen Putz an den Wänden auf sich einwirken ließ, den einsamen Stuhl, der genauso aussah wie die im Speisesaal, und die kitschigen Postkartenmotive ägyptischer Touristenfallen, die gerahmt an den Wänden hingen. Der rotschwarze Fliesenboden musste dringend gefegt werden, allerdings sah er keine Anzeichen für Insekten, und die Bettlaken schienen sauber zu sein. Ein hohes vergittertes Fenster ohne Glas umrahmte die dunkle Nacht.

Er zog seine Schuhe und die Socken aus und warf sich auf die kaum beanspruchte Matratze. Constance öffnete ihren Koffer und zog Sachen heraus, dann drehte sie sich mit einem seidenen Nachthemd und einem Bademantel in der Hand zu ihm und räusperte sich. Als Trevor nicht darauf reagierte, räusperte sie sich abermals.

»Was?«, fragte Trevor mit gedehnter Stimme, schon halb eingeschlafen.

»Würden Sie wohl bitte auf dem Gang warten«, meinte sie. Eine Frage war es nicht.

»Oh … klar.« Trevor seufzte, rollte sich vom Bett und stolperte aus der Tür.

Constance schloss die Augen und versuchte, ausreichend Energie aus den Tiefen ihres Innersten zu schöpfen, um sich auszuziehen und es ins Bett zu schaffen. Iris behauptete steif und fest, dass fünf Minuten tiefen Durchatmens – eine Technik, die sie angeblich beim Yoga gelernt hatte – jeden revitalisieren würden. Doch vermutete Constance, dass Iris bei ihrer langjährigen Ehe und ihrer guten Gesundheit niemals einen Grad von Erschöpfung erlebt hatte, der diesem hier nahekam. Sie versuchte es dennoch mit ein paar langen und langsamen Atemzügen, und sie musste zugeben, dass sie ihr ein wenig Auftrieb gaben. Langsam kleidete sie sich aus, legte ihre Sachen zusammen und in den Koffer, hüllte sich dann in ihr Nachthemd und den Bademantel, ein Geschenk von Martin zum letzten Weihnachtsfest, das sie miteinander erlebt hatten. Wenn sie gewusst hätte, wie wenig Zeit ihnen nur noch bleiben würde, hätte sie Susan und den Jungen gesagt, dass sie über die Feiertage nicht kommen sollten, damit sie und Martin die kurze Zeit für sich allein gehabt hätten in ihrem kleinen Cottage, vor einem gemütlichen Feuer, mit guten Büchern und etwas Wein. Es hatte am Heiligabend sogar geschneit. Constance durchforstete ihren Koffer nach ihrer Kulturtasche und holte einen Beutel hervor, der voller Medikamentenschachteln war. Sie wünschte, sie bräuchte sie nicht, könnte sie in der Toilette hinunterspülen, aber dieser Wunsch zog lediglich hundert weitere Wünsche nach sich. Dass Martin noch am Leben wäre, dass die Menschen nicht alt und nicht sterben würden, dass sie die Zeit zurückdrehen, Gott spielen könnte. Dann erinnerte Constance sich daran, wo sie war. Nordafrika. In der Heimat der Pharaonen, der Pyramiden, des Nils. Sie schob sich eine Pille unter die Zunge und spülte sie mit einem Schluck Wasser hinunter.

Draußen vor der Tür wippte Trevor auf den Zehenspitzen auf und nieder, die Arme über der Brust gekreuzt, die Hände unter die Achseln geklemmt. Zehn Minuten vergingen. Wie lange brauchte eine Frau, um sich umzuziehen? Er lief den Korridor hinunter und suchte nach einem Bad, blieb vor einer Tür stehen, auf der *WC* stand. Das Schild war überflüssig, der Geruch unverkennbar. Die Tür schwang auf, und vor ihm tat sich ein stinkender, feuchter Betonraum auf, und wenn er nicht diesen schmerzhaften Druck auf seiner mit Scotch gefüllten Blase verspürt hätte, wäre er sofort wieder davongelaufen. Stattdessen atmete er tief durch und schritt über den feuchten Boden. Eine altertümliche Toilettenschüssel thronte in einer Ecke des Raums, eine Porzellanschüssel mit Rostflecken. Eine zerrissene Kette baumelte vom Wassertank, der an die Wand montiert war und unheilvoll fauchte. Ein verrosteter Duschkopf hing gefährlich wackelig in einer anderen Ecke, der Abfluss am Boden war mit Haaren und anderem Unrat verstopft. Kein Duschvorhang, kein Toilettenpapier. Er drückte sich an dem zerbrochenen, vergilbten Standwaschbecken vorbei zur Toilette und erblickte dabei in einem geriffelten Spiegel sein verzerrtes Konterfei. Er blieb stehen und beugte sich vor, um sich genauer in Augenschein zu nehmen. Mit der Hand rieb er sich über die stacheligen Stoppeln an seinem Kinn. Es kam nie vor, dass er sich nicht rasierte. Manchmal rasierte er sich sogar zweimal am Tag. Heute würde er bis zum nächsten Morgen und bis zum Spiegel in seiner Tasche warten müssen. Er pinkelte in die Toilettenschüssel, dann umwickelte er seine Hand mit dem Zipfel seines Hemdes und zog an der Kette. Ein Rinnsal von Wasser tröpfelte in die Schüssel. Als er am Spülbecken das Wasser aufdrehte, entwich keuchend die Luft aus dem altertümlichen Kran. Finsteren Blickes schaute er auf die Dusche. Bestimmt kalt. Bis jetzt war diese Reise ein einziges Desaster.

Als er ins Zimmer zurückkehrte, saß Constance in ihrer Nachtwäsche auf dem Bett, eine Kulturtasche mit Paisleymuster auf dem Schoß. »Hier gibt es kein Badezimmer«, sagte sie.

Trevor faltete sich auf der schmalen Matratze zusammen. »Ist den Gang runter«, war das Einzige, was er noch sagte. Er war eingeschlafen, bevor sie das Zimmer verließ.

Trevor stand allein in einem endlosen Weizenfeld, mit weit ausgestreckten Armen. Die Halme reichten ihm bis zur Taille, und die zarten Ähren, von den Körnern schwer geworden, streiften seine offenen Handflächen. Über ihm ein wolkenloser, türkisblauer Himmel. Schwalben flogen vorüber, und neben seinen Füßen am Boden zirpten die Grillen. Die Hitze einer unsichtbaren Sonne legte sich wie eine Decke nieder auf seinen Kopf und seine Schultern.

Am Horizont brachen in die makellose Landschaft plötzlich die dunklen Schatten fallenden Korns. Schwaden von Weizen fielen in seine Richtung wie Wellen auf einen Strand. Ein Traktor stob über den Kamm des Hügels. Ein amerikanischer Steiger Panther mit Allradantrieb. Einer der schwersten Traktoren, die es gab. Seine gewaltigen Reifen drehten sich durch das Feld, stießen die zerbrechlichen Halme um, rissen Wurzeln heraus. Die breite Krempe eines Cowboyhuts gab den Blick auf das Gesicht des Fahrers nicht frei. Die riesige Maschine fuhr um Trevor herum und ließ ihn gestrandet zurück auf einer Insel aus Gold. Er umfasste mit den Händen die heißen Ähren, die zwischen seinen Fingern zerbröselten, während er bis zu den Armbeugen in glühend heißem Sand versank. Ohne Vorwarnung wurde aus dem Traktor ein rotes Cabriolet, das sich in der Wüste um die eigene Achse drehte. Die Stoßstangen aus Chrom blitzten in der Sonne. Der Hut des Fahrers flog in das Feld, und Trevor erkannte das Gesicht des Mannes: sein Vater. May saß neben ihm, mit einem strahlenden Lächeln, mit funkelnden Augen. Das Paar winkte, während es im Kreis fuhr. Er rief nach den beiden, aber sie preschten lachend davon. Der Wagen schlingerte durch die Wüste, die Reifen wirbelten massenhaft Sand auf und ließen ihn durch die Luft fliegen. Musik drang aus ihrem Radio an Trevors Ohren, aus der Ferne, unmerklich erst, wurde lauter und lauter, bis sie ihn umhüllte, fordernd und fremd.

Constance glitt aus ihrem Bett und tappte barfuß durch den Raum zu dem hohen, schmalen Fenster. Leise trug sie den Stuhl, der in der Ecke an der Wand gestanden hatte, und kletterte darauf. Sie musste sich auf die Zehenspitzen stellen, um nach draußen sehen zu können. Der Duft tropischer Blumen, deren Namen sie nicht kannte, stieg ihr in die Nase, und sie lauschte dem Ruf des Muezzins, der durch die Fenstergitter schallte. Draußen hing der Mond wie ein silberner Krummsäbel am tiefschwarzen Himmel, der sich über die Wüste und jenseits der Gebäude erstreckte, und in der Ferne, erhellt von den Lichtern Kairos, ein glitzerndes Dach über der Stadt bildete. Unten auf der Straße waren die Menschen im schwächlich gelben Schein der Straßenbeleuchtung auf dem Weg zur Moschee. Der eindringliche Sprechgesang zog sie wie Bienen zum Honig, dem Honig ihres Lebens, ihrer Religion. Obwohl sie ihre Hingabe bewunderte, war sie nie willig gewesen, sich irgendeiner Religion mit ganzem Herzen zu ergeben. Donald hatte darauf bestanden, dass sie jeden Sonntag mit den Kindern in die Kirche gingen, aber unter der Woche war er gewalttätig. Es fühlte sich so scheinheilig an, im Alltag ein Leben zu leben, als spiele Religion keine Rolle. Sie wünschte, Tommy wäre hier mit seiner eigenen, so besonderen Religion, seiner Leidenschaft für das Leben. Sie hatte niemals jemanden gekannt, der das Leben mehr geliebt hatte, nicht einmal Martin.

Trevor wälzte sich in seinem Bett. Sie hatte ihn nicht wecken wollen, um diesen Augenblick ganz für sich allein zu haben. »Constance?«, murmelte er mit verschlafener Stimme. Sie antwortete nicht, hoffte, er würde wieder einschlafen. Doch stattdessen hörte sie, wie er auf dem Tisch neben seinem Bett nach irgendetwas tastete – seiner Brille vielleicht –, das schließlich mit einem klappernden Geräusch zu Boden fiel. Während er über die Fliesen auf ihr Bett zustolperte, murmelte er etwas von »beschissenen Träumen«. Mit größtem Bedauern stellte sie sich vor, dass er gleich ihre Perücke finden würde, die am Bettpfosten hing. Sie legte sich die Hand auf den Kopf, als er über den Boden in ihre Richtung taumelte; seine Kleidung war ganz zerknittert. Sie musste zum Fürchten aussehen in dem weißen Nachthemd, das im Mondlicht erstrahlte wie das Gewand eines Gespensts. Mit der freien Hand umklammerte sie das Fenstergitter. Als er näher kam, konnte sie dem verwirrten Ausdruck auf seinem Gesicht ablesen, dass er ihr Haar gesehen hatte, die dünnen Büschel und den spärlichen Flaum, die rosafarbene Kopfhaut, die durchschien. Zum Glück sagte er nichts, wisperte nur: »Was machen Sie da?«

Sie drehte sich auf ihren Zehen, stellte ihre Fersen auf den Stuhl und nahm ihre Hand vom Kopf. »Es ist der Ruf zum Gebet«, flüsterte sie und winkte ihn zu sich. »Der Ruf des Muezzins.« Sie drehte sich wieder zum Fenster. »Ist das nicht wundervoll?«

Trevor verzog das Gesicht, während er über den kalten, verdreckten Boden lief. Er lehnte sich neben ihr gegen die Wand, und gemeinsam schauten sie über den breiten Rand des Betonfensters. Die Landschaft unter ihnen war ein Meer aus Flachdächern und getünchten Häusern. Schwache orangefarbene Straßenlaternen beleuchteten eine schmale asphaltierte Straße. Ein Lkw schlängelte sich die Straße entlang, auf der Ladefläche kauerte eine Menschenmenge. Eine verhüllte Gestalt erschien im Dachgarten nicht weit von ihnen und verbeugte sich mit ausgestreckten Armen.

»Was geht da vor?«, fragte Trevor.

»Der islamische Ruf zum Gebet«, flüsterte Constance. »Sie beten fünfmal täglich gen Mekka. Thomas hätte das geliebt.«

»Mekka?«, flüsterte er zurück. Und dann: »Warum flüstern wir?«

»Die Heilige Stätte des Islam. In Saudi-Arabien. Muslime glauben, dass es die erste Stadt war, die es je gab auf der Welt.«

»Jeder betet fünfmal am Tag?«

»Jeder, der ein gläubiger Muslim ist.« Sie wandte sich zu ihm, und die Schatten auf seinem Gesicht sahen unheimlich aus im Glanz des Mondes. »Haben Sie das noch nie zuvor gesehen?«

»Oh … klar … nur nicht mitten in der Nacht«, murmelte er. »Ich bin nicht religiös.«

Sie wusste, dass er sie anlog. Warum auch nicht? Sie war ja nur eine Fremde, die er niemals wiedersehen würde. Aus irgendeinem Grund stimmte der Gedanke sie traurig.

»Ich gehe wieder ins Bett.« Trevor löste sich von der Wand.

Constance hörte einen winzigen Hauch von Schuldgefühl in der ungezügelten Entnervtheit seiner Stimme. Sie beobachtete, wie er zu seinem Bett zurückstolperte. Dieses Mal zog er sich bis auf die Unterwäsche aus, bevor er sich auf die Matratze legte. Eine plötzliche Sehnsucht, einen warmen Körper neben sich zu spüren, erfasste sie, als er sich auf die Seite drehte und sich das Laken über die Schultern zog. Sie war zu lange allein gewesen.

Dann drehte sie sich wieder zurück zum Fenster und schaute hinaus, bis der Lkw um eine Ecke verschwunden war und die Geräusche langsam in der Nacht verhallten.

6

»Schsch!« Wieder scheuchte Trevor eine ausgemergelte Katze vom Tisch. Ein halbes Dutzend ausgehungerter, räudiger Tiere strich durch den Speiseraum. Es überraschte ihn nicht; der Ort an sich – die Bestecke und das Geschirr, die Fußböden und die Fenster mit Blick auf das Rollfeld und die langweilige Wüste – bedurfte dringend einer Säuberung. Wenigstens der Kaffee war gut.

Ein graues Tigerkätzchen pirschte unter ihrem Tisch umher und miaute vor Hunger. Dem Tier war heute Glück beschieden, denn Constance fütterte es mit einer Ecke Fladenbrot, die großzügig mit Joghurt und Honig bestrichen war. »Gehen Sie mit den Katzen nicht so hart zu Gericht, sie sind doch von uns abhängig. Ich habe drei Siamesen zu Hause. Wohlgemerkt haben die in meinem Haus auf dem Tisch nichts verloren.« Sie strich der Katze über den Rücken, die daraufhin einen Buckel machte und schnurrte, wobei sich die Hüftknochen durch ihr glanzloses Fell bohrten. »Armes Ding.«

»Diese Engländerin von gestern Abend hat mir erzählt, sie habe gehört, dass die Ägypter die Fluggäste belügen würden, um sie als Touristen hier festzuhalten«, sagte Trevor.

Draußen vor dem Fenster des Speisesaals standen einige Passagierflugzeuge aufgereiht auf dem Rollfeld. Er wusste, dass eines von ihnen nach Nairobi flog. Sogar schon um acht Uhr morgens dampfte die Hitze in flirrenden Wellen vom Asphalt. Bewaffnete Wachen lungerten in der Nähe jedes Flugzeugs und vor jeder Tür und jedem Tor des Flughafengeländes herum. Trevor presste die Handballen gegen seine Schläfen, schon wieder von rasenden Kopfschmerzen geplagt. »Wie zum Henker sollen wir hier wegkommen?«, murrte er.

Er hatte versucht, Nairobi und Calgary anzurufen, vom Telefon an der Rezeption – dem einzigen Telefon auf dem gesamten Transitgelände des Flughafens –, ein Versuch, der belohnt wurde mit einem Wirrwarr aus unverständlichem Arabisch, gefolgt vom Freizeichen. Er konnte nicht einmal ein Telegramm schicken. Durch die Türen des Speisesaals beobachtete er, wie ihre Mitpassagiere an der Rezeption in der Transithalle mit den Fäusten auf den Schreibtisch einschlugen und auf einer Weiterreise nach Nairobi bestanden.

»Wir bedauern. Ihr nächster Flug geht in einer Woche. Genießen Sie bitte Ihren Aufenthalt«, imitierte Trevor den aufgebrachten Beamten, mit dem er zweimal gesprochen hatte.

Ein Mann in einem Anzug mit Weste, dessen glänzendes Haar straff nach hinten gekämmt war, versuchte, die Menschenmenge mit einer Einladung zu einer Busfahrt zum Parfümgeschäft seines Onkels zu beglücken. Mit den besten Empfehlungen von Cairo Air und der ägyptischen Regierung. In Begleitung bewaffneter Wachmänner nahm Trevor an. Onkel Faisels Parfümgeschäft, Tante Tutus Teeladen, der Familienbetrieb Teppichfabrik. Lassen Sie Ihr Geld gleich hier.

»Genießen Sie Ihren Aufenthalt in Ägypten?«, wollte Trevor von Constance wissen, die gerade Ameisen aus der Zuckerdose klaubte.

»Seien Sie nicht gehässig, mein lieber Junge. Unser Aufenthalt hat gerade erst begonnen«, erwiderte sie und blickte zu ihm auf.

»Haben Sie sich zu der Busfahrt angemeldet?«

»Heute nicht. Ich habe andere Pläne für uns.« Sie nahm eine kleine gläserne Dose aus ihrer Tasche und reichte sie ihm.

»Nehmen Sie zwei davon, und trinken Sie nicht noch mehr Kaffee. Ich bin gleich wieder zurück.«

Trevor nahm die Dose in die Hand. Aspirin. Wie konnte sie wissen, dass er Kopfschmerzen hatte? Sie verschwand über die Treppe, die zum Zimmer führte. Was um Himmels willen hatte sie vor? Er winkte nach dem Kellner, damit der ihm Kaffee nachschenkte.

Trevor hatte den Kaffee nicht angerührt, als Constance eine halbe Stunde später zurückkam. Ihre Perücke war frisch frisiert, und sie trug ein mit Blumenmotiven bedrucktes Kleid mit einem runden, weißen Kragen. Wenn man von den Laufschuhen absah, sah sie aus, als sei sie auf dem Weg zum sonntäglichen Kirchgang.

»Mein Oma-Kleid«, vertraute sie ihm an und strich eine Falte aus dem Rock. »Ich dachte mir, dass ich es irgendwann würde gebrauchen können.«

Sie hatte sich zurechtgemacht mit Lidschatten, einem Hauch von Rouge auf jeder Wange und sorgsam aufgetragenem, rosafarbenem Lippenstift. Milchig weiße Perlenohrringe hingen von ihren Ohrläppchen herab. In der einen Hand hielt sie eine weiße Ledertasche, in der anderen die Segeltuchtasche mit den Ehegatten. Sie stellte sie vor Trevor auf den Tisch. »Würden Sie wohl bitte auf die Jungs aufpassen? Wir wollen ja nicht, dass sie noch mal jemandem im Weg stehen.«

Dann drehte sie sich schwungvoll um und marschierte durch den Speisesaal in die Eingangshalle. Trevor schnappte sich die Tasche, sprang auf – die Jungs wogen mehr, als er gedacht hatte – und folgte ihr. Constance stiefelte schnellen Schrittes in die Transithalle und auf eine unscheinbare, von einem jungen Soldaten bewachte Tür zu, der von seinem Stuhl aufsprang, als sie sich näherte. Sie hob ihr Kinn und sprach zu dem Mann, der sich weder rührte noch etwas sagte oder in irgendeiner Form reagierte, seine Augen waren geradeaus fixiert auf ein unsichtbares Objekt in der Ferne. Trevor blieb zwanzig Schritte entfernt stehen und beäugte die glänzende Waffe des Mannes, das einzige saubere Teil, das er seit seiner Ankunft in Kairo gesehen hatte. Constance hängte sich ihre Tasche über den Arm, schob ihre Hand in die Armbeuge des Wachmanns und klopfte an die Tür. Als sie aufflog, wechselte die alte Frau ein paar Worte mit jemandem im angrenzenden Raum. Der Wachposten trat zur Seite, und sie entschwand durch den Türrahmen. Die Tür schloss sich hinter ihr mit einem klickenden Laut.

Als Constance verschwand, schnürten Gefühlsregungen mit langen Krallen Trevor die Kehle zu. Was ihn zutiefst verstörte, denn er rühmte sich seiner Fähigkeit, Gefühle in Schach halten zu können, sämtliche Gefühle, die angenehmen wie die unangenehmen. Zügellose Gefühle waren gefährlich und maßgeblich verantwortlich für die Leiden in der Welt. Aber bei dieser Gefühlsregung, die nicht zügellos, wohl aber undefinierbar war, wusste Trevor nicht mehr weiter. Constance war außer Sichtweite und damit nicht mehr kontrollierbar, und sie hatte ihn zurückgelassen mit drei toten Männern in einer mit Sonnenblumen bedruckten Reisetasche. Was, wenn sie nicht zurückkam?

Er blickte nieder auf die Tasche an seiner Hand – was angeblich Leichenrückstände waren, sah aus wie Staub und konnte ebenso gut Mehl sein – und ließ sie auf den Boden gleiten. Er musste nicht warten, sagte er sich. Schließlich war sie ja nur eine Fremde, eine spinnerte Frau mit einer spinnerten Geschichte. Morgen würde er sie vergessen haben. Trevor drehte sich um und lief rasch durch die Hotelhalle und die Treppe hinauf, wobei er von einer Stufe auf die nächste sprang, so erleichtert fühlte er sich, diese Entscheidung getroffen zu haben. Auf der vierten Stufe wurde er langsamer, und auf der sechsten blieb er stehen. Er wandte sich um, bis er die Tasche sehen konnte, die zusammengeknautscht an der Wand lehnte, auf der anderen Seite des Raums, wo er sie zurückgelassen hatte, verloren wie ein ausgesetztes Kind. »Verdammt«, murmelte er, trat mit dem Fuß gegen die siebte Treppenstufe und lief dann zurück in die Transithalle.

Trevor lehnte sich gegen die Wand – mit Martin, Thomas und Donald zu seinen Füßen – und wartete, mit vor der Brust verschränkten Armen, biss sich auf die Unterlippe, während er die Situation einschätzte. Constance war vor zehn Minuten hinter einer unscheinbaren Tür verschwunden. Der Wachmann erschien nicht minder grimmig und starr, seine Waffe war keine Fata Morgana. Warum war sie nicht wieder herausgekommen? Eine Stelle in der Mitte seiner Brust antwortete auf die Frage mit einem stechenden Schmerz. Er rieb mit dem Zeigefinger an einem Fettfleck auf seinem Hemd, das ganz zerknittert war, weil er es in der Nacht anbehalten hatte.

Es war nicht zu leugnen. Er spürte diesen stechenden Schmerz jedes Mal, wenn er einen neuen Verkaufsjob annahm. Verantwortung. Aber nie, niemals in seinem Leben, hatte sich diese Gemütsregung, dieses Gefühl – er zuckte zusammen bei dem Gedanken an dieses Wort – auf ein anderes menschliches Wesen bezogen. Er sollte ihr eigentlich nachgehen, das wusste er. Doch sah der Soldat an der Tür, ein Junge von achtzehn oder zwanzig Jahren, wie ein Idiot aus, der nicht zögern würde, seine Waffe zu benutzen, wenn er provoziert wurde, weil es ihm Vergnügen bereitete, an einem Ausländer das Schießen zu üben. Trevor blickte in Richtung des Schreibtischs, wo sich die aufgehaltenen Passagiere scharten und mit den Angestellten von Cairo Air stritten, und es tröstete ihn in gewissem Maße zu wissen, dass er eine gute Versicherungspolice und Zeugen hatte. Die Ägypter würden einen internationalen Zwischenfall, bei dem Touristen involviert waren, nicht mögen

Er schluckte und trat entschlossen einen Schritt vor. Der

Wachmann rührte sich nicht, aber Trevor war überzeugt, dass sich die Hand des Burschen sofort fester um den Lauf seiner Waffe legte. Mit heftig pochendem Herzen machte er drei weitere Schritte, jeden mit mehr Selbstvertrauen. Dabei studierte er im Flüsterton eine kleine Ansprache ein, debattierte mit sich selbst über den Ton seiner Argumentation, ob sie fordernd oder eher entschuldigend klingen sollte, da öffnete sich die Tür plötzlich, der Soldat trat zur Seite, und Constance kam in die Halle, mit einem Lächeln auf den Lippen. Sie klopfte dem Wachposten auf die Hand, die den Abzug hielt. Als sie an Trevor vorüberrauschte, beugte sie sich leicht zu ihm herüber und flüsterte: »Wir holen besser unsere Sachen, bevor sie es sich anders überlegen.«

»Was sollte das Ganze?« Trevor lief hinter ihr die Treppen hinauf in Richtung ihres Zimmers. »Mit wem haben Sie sich da unterhalten? Ist Ihnen bewusst, dass Sie sich in die größten Schwierigkeiten hätten bringen können? Diese Männer haben Waffen. Die sind irrsinnig. Würden Sie mir bitte sagen, was hier läuft?«

Als sie in ihrem Zimmer waren, verschloss Constance die Tür und setzte sich aufs Bett.

»Und? Werden Sie mich jetzt endlich aufklären?«, fragte er fordernd.

Constance öffnete ihre Handtasche und ließ Trevor hineinsehen. Darin lagen, ordentlich gebündelt, ihre Reisepässe und Flugtickets.

»Wo … wie …?« Mit großen Augen sah er auf die Dokumente.

Sie schenkte ihm ein zuckersüßes Lächeln.

»Jeder hat eine Großmutter.«

7

Die kühle Luft und das gedämpfte Licht des Ägyptischen Museums waren eine Erleichterung nach der gleißenden Mittagssonne draußen. Trevor befasste sich mit einer Schale mit langen Metallhaken, die in einem Glaskasten ausgestellt war. Auf dem Schild darunter wurde erklärt, dass die Instrumente benutzt worden waren, um einem Leichnam das Gehirn durch die Nasenlöcher herauszuziehen, der erste Schritt im Prozess der Einbalsamierung und Mumifizierung. Trevor verzog das Gesicht und rieb sich mit dem Zeigefinger über die Nase. Hatte Constance über das Mumifizieren Bescheid gewusst, als sie sich fürs Einäschern entschieden hatte? Sie stand am anderen Ende des Raums über die Inhalte eines Schaukastens gebeugt und sprach mit sich selbst, vermutlich hielt sie den Jungs – die fest in ihrer Tasche unter einem Ellbogen klemmten – eine Vorlesung über die Geschichte Ägyptens. Sie hatte darauf bestanden, ihren Koffer im Taxi zu lassen, das draußen wartete, und dessen Fahrer überglücklich war, für amerikanische Dollars in der Sonne schlafen zu können, aber Trevor hatte sich geweigert, den suspekten Knaben mit seinem Gepäck zu betrauen. Sein Arm schmerzte davon, sein rollendes Handgepäck durch die engen Gänge des Museums zu manövrieren.

Eine vergoldete Holzfigur, die ein Tier darstellte und neben dem Kasten mit den Haken stand, erregte Trevors Aufmerksamkeit. Er begutachtete den Kopf aus Ebenholz und versuchte festzustellen, um was für eine Art von Tier es sich handelte, dessen spitzes Maul und aufrecht stehende Ohren Ähnlichkeit hatten mit denen eines Fuchses oder eines Präriewolfs. Laut Beschriftung wussten die heutigen Ägypter auch nicht, was für ein Tier es war, vermutlich ein Schakal oder ein Hyänenhund. Tiere, die sich häufig in den Randgebieten der Wüste aufhielten, wo die Toten begraben lagen. Die Figur, die man am Eingang der Gruft des Königs Tutanchamun entdeckt hatte, stellte Anubis dar, den hundeköpfigen Gott der Totenriten, den Führer und Schutzherrn der Toten, der sie durch die Unterwelt ins Leben nach dem Tod führte. Eine steinerne Skulptur neben der Holzfigur stellte die gleiche Gottheit als Menschen mit einem Hundekopf dar. Er stand aufrecht auf zwei menschlichen Beinen, einen Stab in einer Hand, die andere Hand ausgestreckt. Trevor las die Beschriftung:

> *Der hundeköpfige Anubis (Ah-nuh-bis), ebenfalls bekannt als »Der die Herzen zählt«, hält die Waagschalen, auf denen das Herz des Toten gegen die Feder des Maats aufgewogen wird. Ist das Herz ebenso leicht wie die Feder, geleitet Anubis die Seele ins Jenseits, ins Königreich des Osiris; erweist sich das Herz als schwerer, wird es von der Göttin Ammit gefressen, und die Seele ist auf ewig zerstört.*

Trevor schüttelte den düsteren Umhang der Furcht von sich, der sich beim Lesen über seine Schultern gebreitet hatte. Warum waren die Menschen so besessen vom Tod? Er hatte nie groß darüber nachgedacht. *Einen Tag bist du hier, am nächsten bist du weg.* Wen kümmerte, was nach dem Tod mit einer Leiche passierte? Soweit es ihn betraf, hatten die alten Ägypter den Selbstbetrug zur Perfektion getrieben, indem sie Gruften mit Gold und Juwelen vollgestopft hatten, um sie in einem anderen Leben nutzen zu können. Und sie hatten sich in Essig eingelegt und in Stoff-Fetzen eingewickelt, und alles nur, damit ein Mann mit einem Tierkopf sie in ein anderes Leben eskortieren konnte. Er reichte mit der Hand nach unten und strich mit den Fingern über die Umrisse der Gottheit auf der Tafel. *Wenn der Verstorbene Glück hatte und sein Herz nicht schwerer wog als die Feder.*

Er fröstelte, auf einmal war ihm kalt. Er suchte nach der Ursache für den plötzlichen Temperatursturz und sah sich um. Stand eine Tür offen, die in ein unterirdisches Grabgewölbe führte? Ein Deckenventilator? Der Zustand dieses weltberühmten Museums erstaunte ihn. Die Wände waren karg und schmucklos, auf dem Boden verliefen kreuz und quer staubige Fußspuren, als seien er und Constance seit zehn Jahren die ersten und einzigen Besucher. Auf den Regalen und Tischen häuften sich nicht gekennzeichnete Artefakte, die man schwerlich als Ausstellungsstücke bezeichnen konnte. Alles vermittelte den Eindruck, als seien sie in einen Lagerraum hineingeraten statt in ein richtiges Museum. Dass er keine bewaffneten Wachen gesehen hatte, war immerhin ein Trost.

Als sie mit ihrem Gepäck und ihren Reisedokumenten aus der Transithalle des Flughafens geflüchtet waren, hatte er vorgehabt, den Schalter von East Africa Air zu finden, um sich nach Weiterflügen nach Nairobi zu erkundigen, aber Constance hatte ihn irgendwie bezirzt und zu ein paar Stunden in Kairo überredet. Zuerst die großen Märkte, ein Labyrinth aus Gassen, in denen es lärmte und von Menschen nur so wimmelte, wo sich klapprige Verkaufsstände aneinanderreihten und es nach Gewürzen und nach toten Hühnern stank. Straßenkinder zupften an ihren Jackenärmeln und offerierten ihnen hohe, schmale Gläser mit süßem, milchigem Tee; Verkäufer boten Fladenbrot und Schafskäse feil, billige Sonnenbrillen und Flipflops aus Gummi. Während Constance fast alles kaufte, was man ihr unter die Nase hielt, trotzte er dem Flehen und Sticheln der bettelnden Massen. Er war die ganze Zeit auf der Hut und hatte die Hand fest in der Hosentasche, um seine Geldbörse zu sichern.

Im Museum war es wenigstens still. Hatte sie gesagt, dass sie seinen Schutz brauchen würde? Er erinnerte sich nicht, dass sie es wortwörtlich so ausgedrückt hatte. Er sollte eigentlich in einem Flugzeug sitzen, statt gelangweilt durch die modrigen Überreste des alten Ägyptens zu wandern.

»Kommen Sie, Trevor, und sehen Sie sich das an!« Constance gestikulierte auf der anderen Seite des Raums in seine Richtung, mit ihrem freien Arm, den anderen beanspruchten die Gatten. Er fühlte sich wie das vierte Opfer, das zur Schlachtbank geführt wurde. Hatte sie in der Tasche vielleicht außer den Jungs auch noch einen Eisenhaken?

Constance beobachtete, wie Trevor sich zwischen dem Tisch und den Schaukästen seinen Weg bahnte. Sein Gesicht hatte einen ganz besonders weinerlichen und unglücklichen Ausdruck, und sie verspürte einen Anflug von Reue, ihn dazu überredet zu haben, sie ins Museum zu begleiten. Neben Donald war er der verklemmteste Mensch, der ihr je begegnet war. Sie machte sich Gedanken über seine Kindheit, über sein Leben daheim in Calgary, über das er sich bislang nicht hatte äußern wollen. Ihr gefielen die kleinen Risse, die seine Fassade bekam, wenn er unter Druck geriet, weil sie ihr Einblick verschafften in seine Sanftmut, die sonst nicht offensichtlich war. Sie war erleichtert gewesen, dass er immer noch mit ihrer Tasche auf sie gewartet hatte, als sie mit ihren Pässen aus dem Flughafenbüro gekommen war. Am Vorabend, als er gelogen und behauptet hatte, sie sei seine Mutter, hätte sie ihn am liebsten fest an die Brust gepresst.

»Wer ist das?« Trevor zeigte mit dem Finger auf den waagerecht stehenden, beleuchteten Glaskasten, in dem auf schwarzem Samt eine überladene Gestalt lag.

»Der Kindkönig. Ist er nicht wundervoll?«

Auf dem schlichten Schild am Ende des Schaukastens hieß

es *König Tutanchamuns Totenmaske – 1350 v. Chr.* Die Maske war aus purem Gold und mit Lapislazuli und Glas besetzt.

»Nicht übel«, meinte er. »Kein Staub. Noch einer Ihrer Ehegatten?«

»Sie sind frech. Das ist König Tut, seine Totenmaske, einer der größten Schätze Ägyptens«, schimpfte sie. Sie bedauerte, dass Thomas nicht da war, um sich König Tut anzusehen. Er hatte immer davon geträumt, nach Ägypten zu reisen – ein unerfüllter Traum, wie alle anderen. Er war eines Nachmittags nach Hause gekommen, beladen mit sämtlichen Büchern über Ägypten, die er in der Bibliothek von Winnipeg hatte auftreiben können. Sie hatten den Nachmittag auf dem Fußboden ihrer Einzimmerwohnung verbracht, während er ihr ein Bild nach dem anderen zeigte von Pharaonen und Grabstätten und Göttern mit merkwürdigen Namen und besonderen Merkmalen.

»Ich glaube, das da drüben war sein Hund.« Trevor wies mit dem Daumen hinter sich.

»Hund?«

»Na ja, ein Typ mit einem Hundekopf, den sie in seiner Gruft gefunden haben.«

»Anubis?« Constance' Augen hellten sich auf. »Er war einer von Thomas' Lieblingen. Zeigen Sie ihn mir.«

Trevor führte sie zu der Figur.

»Oh, wie hübsch«, stieß sie aus und bewunderte die glatten und anmutigen Linien der Hundegestalt. »Thomas war der Ansicht, dass Anubis eine der bedeutsamsten Figuren in der ägyptischen Kultur war. Genau wie es hier steht.« Sie las die Beschreibung. »Der letzte Führer und Schutzherr der Seele auf ihrer Reise in den Himmel. Ohne Anubis würde man auf ewig in der Unterwelt umherirren. Wie grauenhaft.«

»Vielleicht ist es besser, von Ammit gefressen zu werden. Stellen Sie sich die mal vor«, frotzelte Trevor. »Tom war also Ägypten-Experte, neben all den anderen Talenten, die er hatte?«

»Er träumte davon, Ägyptologe zu werden.«

»Vom Tod besessen war er sicher auch, richtig?«

»Oh nein, im Gegenteil. Vom Leben war er besessen. Vom ewigen Leben.« Constance beugte sich tiefer über die Gedenktafel, um die Details der Zeichnung von Anubis zu untersuchen, die ihn in der Gestalt eines Mischwesens aus Mann und Hund zeigte, mit dem schwarzen, spitzen Maul, hochstehenden Ohren und glühenden Augen. »Haben Sie jemals nachgedacht über das Leben nach dem Tod?«

Trevor seufzte. »Ich kann nicht behaupten, dass mir das sinnvoll erscheint. Ich habe noch nicht viel Überzeugendes gehört, das beweisen würde, dass da noch mehr ist als das hier.« Er wedelte vage mit dem Arm durch die Luft, lehnte sich dann gegen den staubigen Schaukasten hinter sich und verschränkte die Arme vor der Brust.

Constance drehte sich zu ihm um. Sein Gesichtsausdruck war undurchdringlich wie eine steinerne Mauer. »Was ist mit der Seele, Trevor, was ist mit der Seele?«

Er zuckte mit den Achseln.

»Es spielt keine Rolle, mein lieber Junge.« Sie legte ihre Hand auf seinen Arm. »Einen Ort gibt es noch, den ich sehen will, bevor wir wieder zum Flughafen fahren.« Sie wandte sich ab und marschierte den Gang hinunter zum Ausgang.

Trevor eilte ihr nach, wobei ihm sein Handgepäck stetig gegen die Lenden schlug. »Sie könnten mir wenigstens sagen, wohin wir gehen!«, rief er ihr hinterher.

Zu Trevors Erstaunen war das Taxi nicht weggefahren. Der Fahrer lag lang ausgestreckt auf den Vordersitzen, die Füße hingen aus dem offenen Fenster heraus, die Baseballkappe hatte er sich über das Gesicht gelegt, und er wachte erst auf, als sie die Autotür öffneten.

»Zur Cheopspyramide bitte«, sagte Constance.

Obwohl es ihn zusehends nervte, dass die alte Frau wie selbstverständlich davon ausging, ihn herumführen zu können wie einen Hund an der Leine, wurde Trevor hellhörig, als plötzlich von den Pyramiden die Rede war, einer Stätte, für die sogar er sich begeistern konnte. Er erinnerte sich, in der Grundschule aus Hunderten winziger Stücke Würfelzucker ein Modell einer Pyramide gebaut zu haben, und dass er nicht hatte begreifen können, wie es den Ägyptern möglich gewesen war, diese Bauwerke ohne elektrisches Werkzeug und schwere Maschinen zu errichten. Seine Pyramide war eingestürzt, und die Würfel hatten sich über den Schreibtisch ergossen wie eine Lawine aus Schnee.

Der Taxifahrer lenkte den Wagen durch das Chaos des zehnspurigen Gewimmels aus Kraftfahrzeugen, Motorrädern und Eselskarren, in dem die Verkehrsteilnehmer ignorierten, was die Ampelanlagen anzeigten, und Fußgänger wie Wasser durch sämtliche Ritzen strömten. Eine Frau, die von Kopf bis Fuß in ein schwarzes Gewand gehüllt war, trug auf dem Rücken einen schweren Schrank vor dem Taxi quer über die Straße. Durch den schmalen Schlitz in ihrer Verhüllung fixierte sie Trevor mit forschendem Blick. Die Intensität, mit der sie ihn ansah, ließ ihn auf dem Sitz hin und her rutschen. Ihr Kopf drehte sich, damit sie ihn weiterhin im Blick behalten konnte, als sie den Bürgersteig erreichte. Die Temperaturen waren stark gestiegen, seit sie sich auf den Weg gemacht hatten; er rollte die Ärmel seines Hemdes hoch und öffnete einen weiteren Kragenknopf, dann schloss er das Fenster vor dem Gestank der Abgase.

Das Taxi fuhr eine breite, mit Palmen gesäumte Allee entlang, die dem Verlauf des schlammigen Nils folgte, auf dem traditionelle Feluken mit ihrer anmutigen lateinischen Besegelung zwischen Schleppkähnen aus Stahl und modernen Kreuzfahrtschiffen lavierten. Im weiteren Verlauf des Flusses ließen sie das grüne Band der Vegetation hinter sich und gelangten in die Wüste. Trevor erwartete, dass es, je extremer die Landschaft wurde, immer weniger Anzeichen menschlichen Lebens geben würde, doch ballten sich zu beiden Seiten der Straße immer wieder getünchte Lehmziegelhäuser. Sie erstreckten sich über die monotone, farblose Landschaft, die öder war als die Prärie von Saskatchewan, in der er aufgewachsen war. Er hatte sich die Wüste immer vorgestellt wie eine vergängliche Hügellandschaft aus verwehendem Sand, die den wogenden Weizenfeldern ähnelte, aber der Boden hier war hässlich, grau und uneben vom Schotter.

»Gottverlassene Einöde«, murmelte er vor sich hin. Dann sagte er laut: »Haben Sie eine Klimaanlage?«

Der Taxifahrer schüttelte den Kopf. Constance fächerte sich mit dem Katalog des Museums Luft ins Gesicht. Sie hatte sich umgezogen, bevor sie aus dem Flughafenhotel gegangen waren. Sie trug jetzt weite Khakihosen, eine weiße, ärmellose Bluse und einen Strohhut mit einer breiten Krempe. Trevor verstand allmählich, warum ihr Koffer eine ganze Tonne wog, enthielt er doch für jede Gelegenheit das passende Outfit. Das Einzige, was er selbst dabeihatte, war eine Anzughose aus Polyester und das eine Hemd, das er trug und das ihm jetzt bei vierzig Grad Hitze am Rücken klebte. Vor ihnen ragten die gewaltigen Pyramiden von Gizeh über die flachen Hausdächer.

Constance hörte auf, sich Luft zuzufächeln, beugte sich nach vorn gegen den Vordersitz und spähte aus dem Fenster. »Meine Freundin Iris sagt, dass Menschen, die auf die Pyramide klettern, den unwiderstehlichen Drang verspüren hinunterzuspringen, wenn sie sich der Spitze nähern«, verkündete sie.

»Wie will sie das denn wissen?« Trevor lehnte sich zurück und spürte diese Spannung zwischen den Schulterblättern, die sich wie ein Messer anfühlte und ihm inzwischen sehr vertraut war.

»Iris liest viel«, antwortete Constance. »Lesen Sie gern?«

Aber Trevor hatte die Augen geschlossen, tat, als ob er schliefe und antwortete nicht. Er fragte sich, ob sie wusste, dass er ihr nur etwas vormachte.

»Die alten Ägypter glaubten, das Leben nach dem Tod sei eine Fortsetzung ihrer Existenz auf Erden. Trotzdem sind die Gründe für die Erbauung dieser gewaltigen Pyramiden bis heute ein Rätsel für die Ägyptologen. Wir wissen nur, dass die sterblichen Überreste der ägyptischen Königsfamilie darin zur Ruhe gebettet waren, die der Pharaonen und ihrer Ehefrauen. Diese spezielle Pyramide, die man die Cheops-Pyramide nennt, ist die größte aller ägyptischen Pyramiden und das Grabmal des Herrschers Chufu, der auch unter seinem griechischen Namen Cheops bekannt ist. Sie gehört zu den sieben Weltwundern der Antike, erhebt sich hundertfünfzig Meter in die Höhe und besteht aus sechseinhalb Millionen Tonnen Kalkstein. Jeder einzelne Kalksteinblock wiegt …«

Trevor öffnete noch ein paar Knöpfe seines Hemdes und wischte sich mit dem Hemdsärmel den Schweiß von der Stirn. Aber der Wind und die dörrende Hitze saugten ihm den letzten Tropfen Feuchtigkeit aus der Haut und wehten ihn davon in die Wüste. Ein Wirbel aus Sand fegte durch die Gruppe von Touristen, während sie dem Vortrag eines Reiseführers über die Pyramiden lauschten. Trevor rieb sich den grobkörnigen Staub mit dem Handrücken von den Augenlidern. Etwas weiter weg zu ihrer Linken flegelten zwei Araber in wallenden Gewändern rittlings auf zwei Kamelen herum, von deren Zaumzeug und Sattel farbenprächtige Quasten und Glocken herabbaumelten. Die Tiere reckten ihre einfältigen Köpfe in den Wind, öffneten die dicken, fleischigen Lippen und zeigten ihre abgenutzten, vierkantigen Zähne, die vom Alter ganz gelb waren. Ein Kamelhöcker. Ein von Hand geschriebenes Schild – *Kamelritt $25 Amerikanische Dollar* – hing vom Hinterteil des Sattels. Alles für ein paar Mäuse. Er hatte gehört, dass die verdammten Biester einem in die Augen spuckten, wenn man ihnen zu nahe kam. Hinter den Kamelen erhoben sich die Steinmassen der Großen Sphinx, das Gesicht mit einem Baugerüst verkleidet, die Nase fehlte. Laut Aussage des Reiseführers war sie bei Schießübungen von Türken zerschossen worden. Wie in der Transithalle des Flughafens wimmelte es auch an den Pyramiden von bewaffneten Wachen.

An seinem Arm konzentrierte Constance sich auf den Vortrag, das Kinn vor lauter Interesse in die Luft gestreckt. Wenn man von ihrem von der Hitze leicht geröteten Gesicht und dem zimtfarbenen Staub auf ihren Laufschuhen absah, wirkte sie kühl und gefasst, als sei sie auf Einkaufstour in einer kanadischen Shopping-Mall. Wie konnte sie in dieser Hitze bloß diese Perücke tragen? Trevor blickte zum zwanzigsten Mal auf seine Armbanduhr. Die Pyramiden waren nett, aber nachdem sie nun fünf Stunden lang Sehenswürdigkeiten besichtigt hatten, wurde es Zeit, zum Flughafen zurückzukehren und einen Flug nach Nairobi zu ergattern. Ein herrenloser Hund schnüffelte an seinem Schuh, und er trat mit dem Fuß nach dem Tier.

Die Touristengruppe bewegte sich geschlossen auf den Eingang der Pyramide zu. Sein Entschluss stand fest: Dies hier war das letzte Zugeständnis, das er Constance gegenüber machte. Er hatte seinen Beitrag geleistet, den Tourismus in Ägypten am Laufen zu halten. Wenn sie sich weigerte, mit ihm zu gehen, würde er sie einfach hier zurücklassen.

»Würden Sie die Jungs wohl mal gerade für einen Moment festhalten?« Constance legte ihm die geblümte Tasche ums Handgelenk. »Ich muss den Ort für kleine Mädchen suchen.«

»Heißt das, dass Sie nicht da rein wollen?« Er gestikulierte in Richtung der niedrigen dunklen Öffnung, die hinein in die Pyramide führte, und sah endlich so etwas wie einen Hoffnungsschimmer.

»Um nichts in der Welt würde ich mir das entgehen lassen. Gehen Sie nur vor. Ich komme nach.« Sie enteilte in Richtung des Gebäudes, in dem es die Eintrittskarten zu kaufen gab.

»Wissen Sie, wie Sie laufen müssen?«, rief er ihr nach. »Wie wollen Sie uns wiederfinden? Constance!« Wieder fegte ein Miniatur-Sandsturm über sein Gesicht. Als er sich davon wieder erholt hatte, war sie spurlos verschwunden.

Er quetschte sich durch den gedrungenen, dunklen Türrahmen ins Gedärm der Pyramide und stieß sich dabei prompt an einem der Kalksteinblöcke über ihm den Kopf. Ein enger Tunnel, erhellt von schwachen elektrischen Lampen, die in Einbuchtungen in die Wand eingelassen waren, wand sich verwinkelt aufwärts. Er folgte dem Durchgang und den Beinen, die vor ihm gingen. Die Luft war stickig und muffig. Das Atmen fiel ihm schwer, und sein Herz hämmerte ihm in der Brust. Der kalte Schweiß troff ihm von den Achseln. Seit seinem zwölften Lebensjahr hasste er geschlossene, enge Räume, seit dem Tag, da Onkel Pat ihn im Schrank eingesperrt hatte, weil er in Mathematik eine Vier geschrieben hatte. Er drehte sich um und blickte hinter sich. Wo war Constance? Sollte er auf sie warten? Der Mann hinter ihm starrte ihn finster an und scharrte dabei ungeduldig mit den Füßen. Trevor griff nach dem metallenen Geländer und musste sich vorbeugen, da die Steigung schräger wurde und die Decke abfallend auf ihn niederging. Der Tunnel schloss sich um ihn her. Er spitzte die Ohren, um den Reiseführer zu verstehen, der ihrer Gruppe voranging und sie davor warnte, dass man kriechen müsse, um in die Kammer des Königs zu gelangen.

Fünfundvierzig Minuten später tauchte Trevor ein in die Backofentemperaturen und das blendende Licht des Wüstennachmittags – dankbar, den klaustrophobischen Fängen des Innenlebens der Pyramide entronnen zu sein. Warum war Constance nicht zur Gruppe zurückgekehrt? Er wollte ihr über ein paar Fakten berichten, die er auf der Tour gelernt hatte. Dass die alten Ägypter ebenso wie sie Pantoffeln und Bücher mit ihren Angehörigen begraben hatten – nun ja, keine Pantoffeln und Bücher, wohl aber Dinge, die sie in ihrem Leben im Jenseits vielleicht brauchen konnten: Krüge mit Öl und kostbare, mit Juwelen besetzte Kronen, sogar mumifizierte Hunde. Er grinste bei der Vorstellung, wie Martin hoch droben auf einer Wolke saß, versunken in die *Gesammelten Werken von William Shakespeare* und dabei an seiner Pfeife zog, die Lieblingspantoffeln an den Füßen, auf dem Rücken zwei eingeklappte Flügelchen.

Weiter vorn brüllte jemand und zeigte auf die Pyramide. Die Gruppe von Menschen vor ihm blieb geschlossen stehen und wandte sich um. Eine Woge der Aufregung fuhr durch die Menge. Ein Gewehrschuss ertönte. Trevor hob den Kopf und schaute ebenfalls nach oben. Im oberen Drittel auf der Vorderseite der Pyramide plagte sich jemand von Stein zu Stein, und eine zweite Person folgte mehrere Etagen weiter unten. Am Fuß der Pyramide liefen Wachen umher, gestikulierten wild und brüllten auf Arabisch.

»Ein Kletterer«, verkündete ein Mann, der vor Trevor stand, seiner Ehefrau. Beide trugen rot-grün-karierte Bermuda-Shorts und T-Shirts mit dem Logo von Pharaoh Tours. Um ihre Hälse hing ein Knäuel aus Kameras, Ferngläsern und Sonnenbrillen.

»Letzte Woche ist ein Mann zu Tode gekommen, ist von ganz oben heruntergefallen«, sagte die Frau und hielt sich die Hand vor die Augen, um nicht von der Sonne geblendet zu werden.

Trevor blickte weiter in Richtung des Parkplatzes, um nach Constance zu suchen. Er hasste es, wie das Drama die Menschen anzog, wie sie vereint in der Menge glotzten und gafften und gegenseitig ihre Blutlust stillten. Fast erwartete er, dass sie bald in einen Sprechchor einfallen und »Spring! Spring!« rufen würden. Barbaren. Er blieb stehen und drehte sich um die eigene

Achse. Wo zum Himmel war Constance abgeblieben? Er wollte hier weg, und sie hatte ihn wieder mal mit ihrer Tasche zurückgelassen. Hatte sie sich von irgendeinem Kamel ablenken lassen oder von einer weiteren Zufallsbekanntschaft? Er rieb mit den Fingerknöcheln über seine ausgetrockneten Lippen und suchte in der Segeltuchtasche nach Wasser: Bürstchen, zwei Ehegatten, kein Wasser. Moment mal. *Zwei* Ehegatten? Abrupt drehte er sich um, kniff die Augen zusammen und fixierte die Gestalt, die in den obersten Höhen der Pyramide herumkletterte. Dann rannte er zurück zu der Gruppe und griff nach dem Arm des Amerikaners in den Bermuda-Shorts.

»Ich brauche Ihr Fernglas«, brüllte er.

Der Mann wich erschrocken zurück.

»Jetzt!« bellte Trevor, griff sich das Fernglas vom Hals des überrumpelten Touristen und hielt sich das Visier vor die Augen. Er fummelte, um die Schärfe richtig einzustellen, dann, als das Bild klar wurde, hielt er die Luft an.

»Oh, mein Gott«, murmelte er leise vor sich hin.

Constance wagte nicht, nach unten zu blicken. Anfangs hatte sie Angst gehabt, die Steinblöcke seien zu groß, zu glatt von Jahrhunderten Verschleiß und Witterung, um daran emporzuklettern, aber darüber hätte sie sich keine Sorgen machen müssen, denn es gab jede Menge Haltegriffe und Fußstützen. Das Problem war, dass sie schon jetzt den Sog der Pyramide spüren konnte, genau wie Iris gesagt hatte. Der innere Drang den Sprung in die Leere zu wagen – vielleicht war es auch einfach nur die Anziehungskraft der Erde – lenkte ihre Aufmerksamkeit zurück zum Boden, wo sie eigentlich hingehört hätte. Die Idee, mit Thomas, der in einer Plastiktüte an ihrem Gürtel hing, auf die Pyramide zu klettern, hatte sie spontan in dem Moment bekommen, als sie hörte, wie ihr Reiseführer über die Maße des Bauwerks und seine illustre Vergangenheit erzählte.

Gregory hatte als Kind unter Höhenangst gelitten. Sie war gezwungen gewesen, jedes Mal seine Hand zu halten, wenn sie die Brücke überquerten, die unweit ihres Zuhauses über den Red River führte. Auf der ganzen Strecke war der Junge in Tränen aufgelöst gewesen und hatte es nicht ein Mal geschafft, nach unten auf die Boote zu schauen, die auf dem Fluss kreuzten, etwas, was er normalerweise von Herzen gern sah. Höhenangst war es aber nicht, was sie jetzt davon abhielt, nach unten zu blicken, sondern vielmehr die Angst, sie würde es dann nicht mehr bis ganz nach oben schaffen. Sie blickte empor zur Spitze der Pyramide und in den heißen, weißen Himmel, der sich darüber auftat. Was, wenn sie ihr Ziel nicht erreichte? Thomas, der Meister der unerfüllten Träume, zählte auf sie.

Sie konnte den jungen Ägypter hören, der ihr weiter unten folgte, konnte hören, wie Gesteinsstücke, die er mit dem Auftritt seiner Stiefel löste, krachend in die Tiefe fielen und wie sein Atem keuchte; sie nahm an, dass er Raucher war wie die meisten jungen Männer, die sie bisher in Kairo gesehen hatte. Donald hatte geraucht, eine widerliche Angewohnheit, die sie verabscheute. Sie hatte die dreckigen Aschenbecher gehasst, die überall im Haus standen, den Gestank seiner Kleidung und wie ekelhaft sein Mund schmeckte, wenn er sie küsste. Selbst als Susan als Baby an Asthma gelitten hatte, hatte sie ihn nicht dazu bewegen können aufzuhören. Am Ende hatten die Zigaretten ihm den Garaus gemacht. Sie fühlte einen Anflug von selbstgerechter Schadenfreude in sich aufsteigen, aber im nächsten Moment schämte sie sich ihrer selbst.

Das Schild war deutlich gewesen, in fünf verschiedenen Sprachen. *Auf die Pyramiden zu klettern ist verboten.* Normalerweise befolgte sie Gesetze und Verordnungen, doch seit Martins Tod ging sie häufiger schon mal bei Rot über eine Ampelkreuzung. Überquerte Straßen sogar an Stellen, an denen es absolut verboten war. Einmal hatte sie aus einer Drogerie in Sooke einen Schlüsselanhänger gestohlen, obwohl sie gar keinen brauchte. Als sie ihre Verfehlungen Iris gebeichtet hatte, hatte ihre Freundin gelacht. »Du bist fast achtzig, und endlich rebellierst du. Hat es dir wirklich genutzt, dein Leben lang anständig gewesen zu sein?« Vielleicht hatte Iris recht. Bisher hatten ihre kleinen Meutereien keine Bankräuberin oder Mörderin aus ihr gemacht.

Der Wind wurde stärker, je höher sie kletterte. Jetzt war sie dankbar für die Fitnesskurse, die sie mit Iris im Gemeindezentrum besucht hatte. Dennoch musste sie zwischendurch Pausen einlegen, um wieder zu Atem zu kommen; dabei behielt sie aber immer im Auge, wie weit der Wachmann, der ihr folgte, noch von ihr entfernt war. »Stopp!«, rief er ihr alle paar Minuten in krächzendem Englisch zu.

Die Spitze konnte nicht mehr weit sein, obwohl das schwer zu sagen war. Als sie nach oben blickte, blendete sie die Wüstensonne. Sie blinzelte und konnte nicht mehr klar sehen, weil sie von dem grellen Licht jetzt dunkle Flecken vor den Augen hatte. Sie versuchte zu ignorieren, wie erschöpft sie sich fühlte, bei jedem Haltegriff, bei jeder Fußstütze ein bisschen mehr. Einen Schritt nach dem anderen. Sie konzentrierte sich auf die Maserung des Kalksteins und erging sich in Verwunderung darüber, dass dieser Stein einstmals in der Antike Teil des Meeresbodens gewesen war. Wie sonderbar es war, dass er jetzt in der Mitte der Wüste stand.

In dem Moment, in dem sie vor ihrem geistigen Auge das Bild des Meeresbodens in der Antike sah, wurde ihr klar, dass sie es nicht schaffen würde. Das lag nicht nur daran, dass ihr Verfolger immer näher kam, und es lag auch nicht an ihrer Erschöpfung. Plötzlich spielte es keine Rolle mehr, ob sie auf der Spitze der Pyramide oder auf dem Grund des Meeres war. Sie war Thomas gerecht geworden. Sie, seine Constance, hatte es gewagt zu fliegen.

Mit einer letzten heroischen Anstrengung hievte sie sich auf den nächsten Felsblock. Ihr Rücken protestierte, aber sie hielt sich fest und stellte sich aufrecht hin, so mühsam es auch war. Die Beine ihrer Hose flatterten im Wind. Ihre Hände zitterten, als sie die Plastiktüte vom Gürtel nahm und die Vitamindose herausholte. Sie schraubte den Deckel ab und hielt Thomas empor in den unendlichen Himmel.

Der Amerikaner zerrte an Trevors Arm. »Geben Sie mir mein Fernglas zurück, Sie Dieb.« Seine Frau beschwerte sich lautstark im Hintergrund. Trevor schenkte beiden keine Beachtung, war ganz auf Constance fixiert, die auf einer Felsplatte nur drei Etagen von der Spitze entfernt festzusitzen schien, der Wachmann nicht weit von ihr entfernt. Die Menschenmenge um ihn jubelte ihr zu. »Sie wird es schaffen! Geh weiter! Bleib jetzt nicht stehen!«

Durch das Fernglas beobachtete er, wie Constance sich wacklig auf die Füße stellte und den Arm hob. Die wartende Menschenmenge wurde still, als ihr Verfolger auf den Fels hinter ihr kletterte. Aus ihrer Hand stieg eine Staubwolke empor und wurde sofort von einer Brise erfasst. Die Wolke, von der Trevor wusste, dass sie aus Asche bestand, drehte sich zu einem Wirbel und verschwand dann im Wind. Trevor konnte wegen ihres Hutes ihren Gesichtsausdruck nicht erkennen, aber er ging davon aus, dass Constance lächelte und ein paar Tränen vergoss und dass sie ein Liedchen aus den Zwanzigerjahren summte, mit dem sie dem Penner aus Vancouver ein Ständchen brachte, weil er es endlich nach Ägypten geschafft hatte.

Der Wachmann schlug sich den Arm vors Gesicht, als die Asche hoch- und an ihm vorüberwirbelte. Er fiel auf die Knie, und seine Brust ging schwer auf und nieder. Constance wandte sich um und kniete sich neben ihn. Ein Taschentuch erblühte in ihrer Hand wie eine Blume. Sie wischte damit über die Kleidung des Mannes, dann half sie ihm, sich hinzusetzen. So hingen die beiden zehn Minuten auf dem Felsblock herum, wobei Constance die ganze Zeit in Bewegung war, weil sie redete. Ihre Hände flatterten auf eine Weise, die Trevor bereits zu vertraut war. Endlich begannen die zwei mit ihrem Abstieg.

Trevor gab dem Amerikaner das Fernglas zurück, der es ihm mit einem Blick der Verachtung aus den Händen riss und dann davonstolzierte, die Gattin im Schlepptau. Eine Stunde später sprang Constance von der letzten Stufe auf den Boden. Trevor sah sich ihr Gesicht genau an und war erleichtert, dass sie lediglich müde wirkte. Unter ihren Füßen knirschten die Bröckchen zerbrochenen Kalksteins, und sie stolperte. Ihr Gesicht war bleich, doch lächelte sie dem schweigenden Publikum zu, das sie erwartete.

»Es ist eine alte Dame«, raunte eine Frau.

Trevor ging auf Constance zu. Er wollte ihr gratulieren, und dann würden sie sich auf den Weg machen können. Doch bevor er zu ihr gelangte, griffen zwei Beamte nach ihren Armen und führten sie ab.

»Warten Sie!«, rief Trevor, aber sie schenkten ihm keinerlei Beachtung. *Verdammt noch mal.* Er folgte ihnen über das Gelände zu einer flachen Hütte aus Beton mit Metalldach und sah dann ungläubig dabei zu, wie Constance und die Männer darin verschwanden.

»Scheiße, Scheiße, Scheiße!« Er warf die Sonnenblumentasche auf den Boden und trat dreimal mit den Füßen danach, dann hob er sie aus dem Dreck und lief zum wartenden Taxi.

8

Trevor saß mit lang ausgestreckten Beinen im Sand, den Rücken an die Wand dessen gelehnt, was er in der Zwischenzeit den Wachraum getauft hatte. Da sie keine Fenster und ein Wellblechdach hatte, verströmte die aus Schlackenbeton gebaute Hütte Hitze wie ein Pizzaofen. Im Verlauf der letzten paar Stunden war die Sonne zentimeterweise aus dem Zenit gewandert, sodass sich inzwischen entlang der staubigen Wand ein schmales Band aus Schatten gebildet hatte, das ihm einen gewissen Schutz bot. Auf der anderen Seite der drei versandeten Treppenstufen faulenzte ein bewaffneter Wachmann vor der gleichen Wand und tat so, als sei Trevor überhaupt nicht da – zumindest, solange der nicht versuchte, das Gebäude zu betreten. Trevor hatte den Mann »G.I. Joe« getauft nach den Spielsoldaten, die Brent nach Hause geschmuggelt hatte, ohne dass ihre Vormunde etwas davon mitbekamen. An Samstagnachmittagen verwandelten die beiden Jungen das leere Grundstück neben dem Haus in Regina in ein Kriegsgebiet mit Schützengräben und Bunkern für ihre bewegungsunfähige und unzureichend große Armee.

»Weißt du, Joe«, sagte Trevor, »ich könnte ein Bier vertragen. Wie steht es mit dir? Eiskalt, frisch aus dem Kühlschrank. Ich habe eine Vorliebe für helles Bier. Gibt es hier in Ägypten helles Bier?«

Joe antwortete nicht. Er saß in buckliger Haltung an der Wand, der Kolben seines Gewehrs ruhte im Dreck. Gelegentlich zog er ein Päckchen türkischer Zigaretten aus seiner Brusttasche. In den letzten zwei Stunden hatte sich zwischen den beiden Männern eine angenehme Koexistenz entwickelt. Trevor fand ihre einseitige Konversation hilfreich, um sich die Zeit zu vertreiben.

»Kennst du den von dem Mann, der mit einem Pinguin den Zoo besuchen will, als sein Truck liegen bleibt?« Trevor bezweifelte, dass Joe überhaupt irgendetwas über Pinguine wusste, doch was machte das schon, der Knabe sprach ja auch kein Wort Englisch. »Na ja, ein anderer Mann fährt vorbei und sieht den Mann und den Pinguin. Also …«

Die Tür ging auf. Joe ließ seine Zigarette fallen, sprang auf und nahm Habachtstellung ein. Trevor wand sich aus dem Staub auf die Füße. Ein großer, dünner Mann mit Schnurrbart rannte die Treppe hinunter, seine Stiefel klapperten auf jeder Stufe. Als Trevor versuchte, ihm um die Ecke des Gebäudes herum zu folgen, griff Joe nach seinem Arm.

»Was tut ihr der Frau da drinnen an?«, brüllte Trevor.

Minuten später kehrte der Mann zurück und balancierte dabei ein Tablett auf den Händen, auf dem eine Teekanne und eine Teetasse aus Porzellan standen und ein Keramikschälchen mit honigfarbenen Vierecken. Klappernd eilte er die Treppenstufen wieder hinauf und trat mit der Stiefelspitze die Tür auf. Als die Tür aufschwang, strengte Trevor sich an, in die dunkle Öffnung hineinzusehen, aber bevor sich seine Augen den veränderten Lichtverhältnissen anpassen konnten, wurde sie ihm auch schon wieder vor der Nase zugeschlagen. Joe ließ seinen Arm los, und Trevor sank zurück in den Dreck an der Wand.

»Tee, Joe. Sie trinkt mit deinen Kumpanen Tee. Quatscht ihnen die Ohren voll mit wilden Geschichten, und ich sitze hier draußen in der heißen Sonne und mache mir Sorgen über … über Folter.«

Verhör, das war das Wort, nach dem er gesucht hatte. Im

wolkenlosen Himmel über ihnen bildete sich in weitem Bogen der Kondensstreifen eines Jets. »Ich wette, das ist mein Flugzeug. Auf dem Weg nach Nairobi. Eine simple Geschäftsreise. Falls dir jemals eine alte Frau mit einer rosafarbenen Perücke begegnen sollte, Joe, meide sie, meide sie wie die Pest.«

In einer Stunde würde die Sonne am Horizont versinken. Trevor überlegte, was für Möglichkeiten ihm blieben, falls Constance vor Sonnenuntergang nicht wieder auftauchte. Zwei Wildhunde, die Ähnlichkeit hatten mit den Kojoten, die er gelegentlich beim Joggen am Bow River sah, allerdings größere Ohren hatten, schlichen jenseits der Pyramiden am Rand der Wüste herum. Die Aasfresser beäugten ihn mit wachen Augen und offenkundiger Intelligenz. Gruselig. Möglicherweise Schakale. Wie der Mann mit dem Hundekopf im Museum. Auf der Suche nach einer freien Mahlzeit, einer herumliegenden Leiche. Ihm behagte die Vorstellung nicht, in der Dunkelheit mit ihnen zu tun zu bekommen, außerdem hatte er gehört, dass es nachts in der Wüste sehr kalt wurde. Ganz anders als in der Prärie im Sommer, wo die Quecksilbersäule des Thermometers zur Mittagszeit oben anschlug und nur ein Geisteskranker versuchte, in der Nacht mit mehr als einem dünnen Laken zu schlafen. Er und Brent hatten immer wach gelegen in der stickigen Hitze von Tante Gladys' Dachzimmer und nicht gewagt, sich zu rühren oder etwas zu berühren unter dem Gewicht der schwülen Luft. Oder sie waren aus dem Fenster nach draußen geklettert, hatten sich aufs Dach gehievt und hastig die Dachspitze erklommen, weil sie wussten, dass es eine Tracht Prügel geben würde, wenn Onkel Pat sie erwischte. Die Dächer von Regina hatten ihnen zu Füßen gelegen, die Innenstadt in der Ferne ein funkelndes Lichtermeer. Sie hatten sich nach einer Brise, nach einem Windhauch gesehnt, der ihren schweißnassen jungen Körpern etwas Abkühlung verschaffen würde. In klaren Nächten, wenn das Sternenzelt in pulsierendem Licht über ihnen erstrahlt war, hatten sie auf dem Rücken gelegen und Namen erfunden für die einzelnen Konstellationen, Sternschnuppen gezählt und sich Geschichten über Außerirdische ausgedacht. Trevor hatte im Flüsterton gesprochen, aus Angst vor Onkel Pats Wut und Tante Gladys' unvermeidlichem »Was würde deine arme, tote Mutter bloß dazu sagen?«. Brent hatte leichtsinnig laut geredet. Er hatte das Schicksal herausgefordert, hatte Onkel Pat provoziert, ihn zu finden, ihn vom Dach herunterzuzerren und zu verprügeln. Brent hatte immer gelacht, wenn Onkel Pat ihn schlug. Dessen Gesicht war von der Anstrengung und Wut immer ganz rot geworden. Am Ende hatte er den Stock hingeworfen, war aus dem Raum gestakst und hatte nach seiner Frau gebrüllt, damit die versuchte, irgendwie mit dem Jungen fertig zu werden. Sie waren aber nie erwischt worden, zumindest nicht, wenn sie nachts auf dem Dach gelegen hatten. Trevor fragte sich, ob die Sterne in der Wüste in einer anderen Farbe erstrahlten und ob er Orion würde sehen können.

Die Tür öffnete sich wieder. Ein anderer Wachmann, klein und von stämmiger Statur, klapperte die Treppenstufen herunter und baute sich vor Trevor auf. Wild gestikulierte er mit den Händen in Richtung der Segeltuchtasche, die neben Trevors Bein im Dreck lag, dabei quasselte er stakkatohaft auf Arabisch. Als Trevor die Tasche hochhob, riss der Mann sie ihm aus der Hand, drehte sich auf dem Absatz um und donnerte die Treppe wieder hinauf, die Tür hinter sich zuschlagend. Der Lärm verhallte in der Weite der Wüste. Die Touristen waren schon vor langer Zeit in ihrem voll klimatisierten Autobus davongefahren, der Wolken von Abgasen in die sengende Wüstenluft gespien hatte. Trevors Taxi war der einzige Wagen, der noch auf dem Parkplatz stand. Er hatte dem Fahrer zwanzig amerikanische Dollar dafür versprochen, im Notfall die ganze Nacht zu warten. Der Gauner hatte ihn auf vierzig hochgehandelt.

Zum dritten Mal wurde die Tür geöffnet. Einer der Männer trat nach draußen und bedeutete Trevor mit einer Gebärde hereinzukommen.

»Das wurde ja auch langsam Zeit«, murmelte er, als er an Joe vorbei die Treppen hinauf- und durch die offen stehende Tür ging. Es dauerte einen Moment, bis seine Augen sich an das gedämpfte Licht im Raum gewöhnt hatten. Die Einrichtung war ebenso trist wie die Wüstenlandschaft: ein grauer Tisch aus Metall, vier Metallstühle und ein Aktenschrank. Feiner Sand klebte in den Ecken der mit Khakifarbe gestrichenen Wände. Ein Ventilator, der zu schwach war, um für Erleichterung sorgen zu können, quälte sich, die Luft in dem engen Raum in Bewegung zu halten. Drei Männer kauerten wie Gespenster in einer Ecke. Von Constance fehlte jede Spur. Ihre Tasche lag offen neben der Teekanne auf dem Tisch. Einer der Männer, sein olivgrünes Gesicht glänzte vor Schweiß, zeigte auf den Fußboden, und vorsichtig trat Trevor einen Schritt vor, um etwas zu sehen.

Constance lag lang ausgestreckt auf dem Rücken, die Perücke war ihr quer über ein Auge gerutscht. Sie sah aus wie eine Leiche. Unerwartet schnürte sich Trevors Kehle zusammen; heiß drückte es hinter seinen Augen. »Ihr Schweine«, murmelte er und lief über den Boden, um sich neben sie zu knien. Seine Finger schwebten einige Zentimeter über ihrem Körper, während er versuchte, sich an das zu erinnern, was er im Sportunterricht in der zehnten Klasse über Wiederbelebung mittels Mund-zu-Mund-Beatmung gelernt hatte, seinerzeit ein peinlicher Witz. Puls überprüfen. Atmung. Er legte die Spitzen seiner Finger auf die Seite ihres Halses, konnte aber keinen Puls finden. Sein eigenes Herz schlug ihm wild in der Brust. Er griff nach ihrer Hand, legte zwei Finger auf die Innenseite ihres schmächtigen Handgelenks, das ihn an die zerbrechlichen Gliedmaßen eines Vögelchens erinnerte, und war erleichtert, als er ein schwaches

Pochen verspürte. Der Ägypter, der neben Trevor von einem Fuß auf den anderen trat, rieb sich nervös mit seinen dunklen Fingern über die Stirn.

»Was habt ihr der Frau angetan?«, insistierte Trevor.

Der Mann zuckte mit den Achseln, zeigte auf die Tasche auf dem Tisch und brabbelte etwas auf Arabisch.

»Constance?« Mit zitternder Hand berührte Trevor ihr Gesicht in der Erwartung, dass sich die faltige Haut trocken und rau anfühlen würde, doch sie war zart wie die eines neugeborenen Kindes.

»Constance?«

Ihr Name drang wie aus weiten Fernen an ihr Ohr, wie ein Vogel, der so weit entfernt von einem selbst vorüberflog, dass man nur das Flattern der Flügel sehen konnte. Vielleicht war es einer ihrer Ehemänner, der gekommen war, um sie abzuholen, nur konnte sie nicht feststellen, um welchen es sich handelte.

»Constance!«

Dann erkannte sie die Stimme – Trevor, ihr neuer Freund vom Flughafen, und sie erinnerte sich, dass sie in Ägypten war. Zitternde Finger schoben ihr ihre Perücke aus dem Gesicht. Sie versuchte, die Augen zu öffnen. Sie hatte ihm etwas Wichtiges zu sagen, konnte sich aber nicht mehr daran erinnern, was das war.

»Constance. Ich bin's, Trevor.«

Sie zwang sich, ein Auge einen Spaltbreit zu öffnen, vor ihr erschien sein Gesicht wie durch Nebel.

Er legte ihre Hand in seine. »Sind Sie okay?«

Sie nickte schwach, kaum in der Lage, ihren Kopf zu bewegen, wenngleich sie den Raum und sein Gesicht allmählich deutlicher erkennen konnte.

»Sind Sie verletzt?«, fragte er. »Haben die Männer Ihnen wehgetan?«

»Nein«, stöhnte sie.

Er half ihr, sich aufzusetzen, und sprach mit jemand anderem im Raum. »Holen Sie Wasser, Tee, irgendetwas, was sie trinken kann.«

Sie wandte den Kopf. Beim Anblick der drei Männer, die sich das Ganze im Hintergrund ansahen, erinnerte sie sich, was geschehen war. Ein Gefühl von Panik erfasste sie, und sie umklammerte Trevors Hand. »Die Jungs, Trevor. Meine Tasche ist leer. Sie haben die Jungs gestohlen.«

9

»Ich kann sie nicht hier zurücklassen«, lamentierte Constance, als die Ägypter sie und Trevor zu ihrem Taxi eskortierten. Sie hatte sich solche Mühe gegeben, und nun sollten ihre Reise und ihre Pläne ruiniert werden. »Ich werde hier nicht weggehen«, beharrte sie. Doch sie hatte keine Chance gegen zwei große, schwere Männer mit Waffen, und Trevor war ihr keinerlei Hilfe.

»Die haben Ihnen nicht wehgetan?«, fragte er zum dritten Mal. »Sie sind sicher, dass die Ihnen nicht wehgetan haben?«

Als das Taxi vom Parkplatz fuhr, fing sie an zu weinen und dachte an die Asche von Martin und Donald. Sie waren verloren, als Müll entsorgt auf einer Schutthalde oder hinausgestreut in die Sahara, wo sie nirgends ihre ewige Ruhe finden konnten. Die ägyptische Wüste war für Thomas ein passendes Endziel gewesen, für ihn war es angemessen und gebührlich, ein Reisender auf den Schwingen des Windes zu bleiben. Aber die beiden anderen waren so ganz anders veranlagt gewesen, beide Männer Gewohnheitstiere, die Sicherheit schätzten.

»Wohin fahren wir?«, fragte Trevor die Männer auf den Vordersitzen – den Fahrer und einen der Wachposten der Pyramiden-Anlage, dem man unerwartet befohlen hatte, sie zu begleiten. Keiner der beiden Männer antwortete. Aus dem Radio dröhnte Arabisch in der Geschwindigkeit einer Maschinengewehrsalve, untermalt von lauter, schriller Musik.

Sie ergriff das Papiertaschentuch, das Trevor ihr reichte. Er verhielt sich wie ein wahrer Gentleman, seit er sie in der Hütte vom Fußboden aufgelesen hatte. Sie war dankbar dafür, gleichzeitig versetzte sein Unwillen, die Männer wegen der Jungs zur Rede zu stellen, sie in Wut. »Was ist mit meinen Ehemännern?« Sie schnäuzte sich die Nase mit dem steifen, grauen Papiertaschentuch.

»Machen Sie sich keine Sorgen.« Er trommelte mit den Fingern auf die Armstütze. Jenseits des Wagenfensters wurde die dunkle Straße vom uringelben Glanz der Laternen erhellt. »Ich frage mich, wo – wie heißt er doch gleich, Abdul? – uns hinbringt.«

»Er heißt Haji«, blaffte Constance, verärgert über Trevors mangelnden Respekt. Haji und der andere Mann hatten sie gedrängt, ihnen zu erklären, was sich auf der Pyramide zugetragen hatte. Sie drohten ihr damit, Anzeige gegen sie zu erstatten, weil sie gegen die Bestimmungen verstoßen hatte, aber sie hatte sich nicht beirren lassen und sie abgespeist mit Geschichten über ihre Kinder und Kanada. Sie war stolz auf ihre Ausweichtaktik, fühlte sich wie eine Scheherazade der Neuzeit. Im Verlauf des Nachmittags hatte sie angefangen, Haji zu mögen. Er hatte ihr Tee und die honigfarbenen Vierecke gebracht, und sie hatten miteinander Karten gespielt. Sein Englisch, das er in der Schule gelernt hatte, war recht gut.

»Dann eben Haji«, blaffte Trevor zurück.

Für den Rest der Fahrt versank Constance in brütendes Schweigen, denn sie zerbrach sich den Kopf, um eine Lösung für ihre Situation zu finden. Vielleicht würde die Polizei ihr am Morgen helfen, die Jungs zu suchen. Es musste in Kairo eine kanadische Botschaft geben. Fünfundzwanzig Minuten später, als das Taxi vor dem Flughafen vorfuhr, stockte ihr das Herz.

»Das sieht vielversprechend aus.« Trevor öffnete auf seiner Seite die Tür. Haji drehte sich auf dem Vordersitz herum und hielt ihnen seine Hand entgegen. »Reisepass? Ticket?« Constance und Trevor sahen einander kurz an, dann händigten sie ihm widerwillig ihre Dokumente aus. Haji blätterte kurz darin und führte sie dann, ohne ein Wort zu sagen, vom Taxi in die Abflughalle und zum Schalter der East Africa Air, wo er sich mit dem Herrn am Abflugschalter beriet.

»Was macht der da?«, fragte Constance, während sie im Kreis um Trevor herummarschierte.

»Wenn wir Glück haben, schickt er uns nach Nairobi.«

»Ich kann die Jungs nicht hier zurücklassen«, jammerte sie und fühlte sich dabei wie ein ungebärdiges kleines Kind. Es kümmerte sie nicht. Ohne die Asche ihrer verbliebenen Ehemänner weiterzureisen, ergab überhaupt keinen Sinn.

Sie lauschte, als Trevor sich an den Schalter heranschlich und fragte: »Checken Sie uns ein nach Nairobi?«

Der Mann am Abflugschalter nickte und stempelte ihre Tickets.

»Wie viele Flüge nach Kenia gibt es eigentlich in der Woche?«, wollte Trevor wissen.

»Drei pro Tag«, antwortete der Mann und gab Haji die Dokumente zurück.

»Diese gottverdammten Lügner!«, sprudelte es aus Trevor heraus.

Haji reichte ihnen ihre Dokumente. »Sie verlassen Ägypten jetzt. Besuchen Sie uns wieder.« Er grinste und warf Constance' Koffer auf das Gepäckband. Als er nach Trevors Handgepäck greifen wollte, kam Trevor ihm zuvor.

»Ich behalten.« Trevor klemmte sich sein Köfferchen vor die Brust.

Constance fand es empörend, dass er auf einmal auf dieses primitive Pidgin-Englisch zurückgriff. Unter anderen Umständen hätte sie ihm etwas über Manieren erzählt und über Respekt für andere Kulturen, aber jetzt hatte sie anderes im Kopf. Sie griff nach Hajis Arm. »Sie haben meine Behälter, eine Erdnussbut…«

»Lassen Sie uns gehen, Constance.« Trevor zog sie weg. »Unsere Maschine steht bereit. Lassen Sie uns gehen, bevor der seine Meinung ändert und uns ins Gefängnis steckt.«

Constance protestierte die ganze Zeit, während sie durch die Sicherheitskontrolle und durch die Transithalle gingen, wo sich eine Gruppe von Touristen mit Angestellten der Cairo Air zankte und sich auf einem Schreibtisch Reisepässe und Flugtickets häuften. Sie hörte, wie Trevor irgendetwas von Tourismus nach ägyptischer Art murmelte.

»Was haben Sie gesagt?« Constance hatte Mühe, sich aus seinem Griff zu befreien. »Und lassen Sie mich los. Ich kann hier nicht wegfliegen.«

Trevor nickte mit dem Kopf in Richtung Haji, der ihnen wie ein Schatten folgte. »Ich glaube nicht, dass wir eine andere Wahl haben.« Bestimmt führte er sie am Arm durch die doppelten Glastüren und über das Rollfeld zu ihrer Maschine. Haji folgte ihnen bis zum Fuß der Gangway und wartete, bis die Türen geschlossen waren und das Flugzeug anrollte, erst dann machte er sich auf den Rückweg zum Gebäude. Constance konnte ihn durch das Fenster sehen, konnte verfolgen, wie er in der Dunkelheit auf den Terminal zulief, eine einsame Gestalt, ihre letzte Verbindung zu Ägypten. Der Stein in ihrer Brust war so schwer, als habe der Tod ihr neuerlich einen geliebten Menschen genommen. Ein Gefühl, das mit keinem anderen zu vergleichen war.

Ihre Plätze waren in der Economy, und jeder Scotch kostete Trevor fünf Dollar, war das Geld aber wert; Constance hatte aufgehört zu weinen und presste die Stirn gegen das Fenster.

»Darf ich mir Ihre kleine weiche Bürste ausborgen?«, fragte er. »Meine Sachen sind voller Sand.«

Ohne ein Wort warf sie ihm die leere Tasche auf den Schoß, dann schmollte sie weiter. Er steckte die Bürste in die Sitztasche vor sich und schob die Segeltuchtasche mit dem Fuß unter den Sitz. Dann stand er auf, holte seinen Koffer aus dem Gepäckfach und platzierte ihn in dem engen Spalt zwischen seinem Magen und dem Vordersitz. Er zog den Reißverschluss auf. Leise summte er vor sich hin und bürstete dabei Sand und Staub von den beiden Plastikdosen, die in seinem Handgepäck gesteckt hatten, neben seiner Unterwäsche zum Wechseln. Constance starrte weiterhin aus dem Fenster, doch als Trevor begann, lauter vor sich hin zu summen, geschah, was er erwartet hatte: Ihr Atem wurde schneller, dann vernahm er einen quietschenden Laut, und im nächsten Moment schlang sie ihm die Arme um den Hals.

»Ein Dankeschön reicht völlig«, frotzelte er und war darauf vorbereitet, mit Lob überschüttet zu werden, aber stattdessen schlug sie ihm mit der Hand auf den Arm. »Autsch!« Er zuckte zusammen. »Wofür war das denn?«

»Das hätten Sie mir sofort sagen müssen, gleich bei den Pyramiden«, schimpfte sie, und ihre Lippen waren vor lauter Anspannung ganz dünn und weiß. »Ich habe mich fast zu Tode gesorgt, weil ich dachte, Donald und Martin verloren zu haben. Ich dachte, sie hätten sie gestohlen. Dass ich jetzt kehrtmachen und nach Hause fliegen müsste.«

»Passen Sie auf«, protestierte Trevor. »Ich wollte nicht, dass der alte Abdul und seine Kumpanen irgendetwas über die Asche erfahren. Wer weiß, sie hätten annehmen können, dass das Drogen sind, und Sie ins Gefängnis stecken können. Ich habe sie aus der Tasche herausgenommen und im Taxi gelassen.«

»Hmpf.« Sie ließ sich in ihren Sitz zurückfallen, die Arme vor der Brust verschränkt.

Trevor schnaubte vor sich hin. Sein Arm schmerzte. Sie hätte ihm zumindest danken können. Ihretwegen hatte er seine eigene Sicherheit aufs Spiel gesetzt, sie vor einer Zukunft bewahrt in einer verdreckten, von Ungeziefer verseuchten Zelle in irgendeinem gottverlassenen Gefängnis, mit ungewissem Schicksal. »Sie haben nicht das Recht, mich …«

Ein gedämpfter Laut vom Nebensitz machte seinen Einwänden ein Ende. Weitere Tränen. Die Passagiere, die auf der anderen Seite des Ganges saßen, starrten ihn an. Er schwieg; die arme Frau hatte genug durchgemacht, und er verstand ihre Seelenqualen. Ein weiterer Schluchzlaut presste sich durch ihre Lippen, dann ein dritter, und sie begann zu zittern, sacht und leise. Er fühlte sich hilfloser als in dem Augenblick, da ihr lebloser Körper vor ihm auf dem Fußboden des Wachhäuschens gelegen hatte. Er seufzte, nahm je einen Ehegatten in eine seiner Hände, blickte an die Decke und auf die ordentlich nebeneinander aufgereihten Knöpfe und Düsen und Lämpchen und sagte: »Es tut mir leid, ich …«

Sie gab abermals ein schniefendes Geräusch von sich, diesmal sogar noch lauter. Mitten im Satz hielt er inne und sah sie an. Sie hatte sich die Hand vor den Mund gelegt, und Tränen rannen über ihr Gesicht. Ein Laut, der dem Schreien eines Esels nicht ganz unähnlich war, brach zwischen ihren Fingern hervor. Zu seinem Erstaunen stellte er fest, dass sie lachte.

»Sie hätten …«, stieß sie aus und schnappte dabei nach Luft, weil sie kaum in der Lage war, ein Wort herauszubringen, so sehr lachte sie. »Sie hätten diesen jungen Mann da oben auf der Pyramide sehen sollen. Der hat … gekeucht. Ich dachte, er würde rücklings umfallen, als er sah, dass er eine Oma jagte.« Mit einer durchweichten Serviette tupfte sie sich das Gesicht ab. »Der arme Junge. Wussten Sie, dass kürzlich erst ein Tourist von der Pyramide gestürzt ist? Und ihr Präsident ist vor noch gar nicht langer Zeit ermordet worden. Kein Wunder, dass sie Waffen tragen.«

Trevor fing an zu verstehen, warum diese Frau so viele Ehemänner gehabt hatte. »Aber die sprachen doch gar kein Englisch. Wie haben Sie …«

»Haji schon. Er war auch ein ausgekochter Pokerspieler. Ich habe zehn Dollar an ihn verloren.«

»Sie wollen sagen, dass Sie Poker gespielt haben, während ich da draußen in dieser Hölle Panik hatte, dass Sie tot wären … oder Schlimmeres?«

»Es tut mir leid.« Sie nahm Donald und Martin aus Trevors Händen und stellte sie vor sich auf ihren Klapptisch. »Haji und seine Freunde waren bewaffnet. Das musste ich mir immer vor Augen führen.« Sie drückte seine Hand. »Ich wusste, dass Sie warten würden.«

Trevor schämte sich. Fünfzehn Minuten war das Taxi bereits auf der Straße Richtung Flughafen unterwegs gewesen, bis er den Fahrer angewiesen hatte, umzudrehen und zurückzufahren zu den Pyramiden und zu Constance. »Sie sind ziemlich fit für eine Frau Ihres …«

»Jazzercise. Jeden Dienstag und Donnerstag. Und danke, Trevor. Dafür, dass Sie die Jungs gerettet haben … und mich.«

Für einen Moment saßen sie schweigend da, das Summen der Düsenmotoren erfüllte die Stille.

»Ich hätte Sie nicht schlagen dürfen«, sagte sie.

»Kein Problem.« Trevor hob eine seiner Hände. »Das hatte ich verdient.«

»Nein«, widersprach sie. »Es tut mir leid. Ich verabscheue körperliche Gewalt.«

Aus dem Lautsprecher erklang knisternd die Stimme des Piloten, der verkündete, dass sie sich über dem Sudan befänden. Die Flugbegleiter würden gleich Snacks, Zeitschriften und Getränke austeilen.

»Donald hat mich geschlagen.«

»Wie bitte?«

»Donald. Er hat mich geschlagen«, wiederholte Constance. »Weil ich den Kindern neue Wintermäntel gekauft hatte. Können Sie sich das vorstellen?«

Dieses Geständnis machte Trevor sprachlos.

»Sie sind ein ordentlicher Mensch«, fuhr sie fort und vergaß, was sie soeben gebeichtet hatte, als sie in das Innenleben seines Handgepäcks schaute. Er folgte ihrem staunenden Blick auf die Unterhosen und die Socken, die gefaltet, nicht zusammengerollt waren, auf die Papiere, die er so gestapelt hatte, dass kein einziges Blättchen verrutschen konnte, auf seine marineblaue Kulturtasche längs daneben, die Stifte klemmten in dafür vorgesehenen Vorrichtungen unter der Oberseite des Koffers.

»Ich ... ich denke mal, das stimmt. Ich habe es gern, wenn Dinge ihren Platz haben«, murmelte Trevor, den der abrupte Themenwechsel verwirrte. Er wollte ein paar Sätze zurück. Zu dem, was sie über Donald gesagt hatte. Über das Schlagen. Aber er wusste nicht, wie man sich durch die Intimität einer zwischenmenschlichen Unterhaltung manövrierte, durch das Labyrinth aus Vokalen und Konsonanten, Nomen und Adverbien und durch das verborgene Minenfeld aus ungesagten Worten und Schlussfolgerungen. Die traurige Schwere ihrer Worte war ihm ebenso vertraut wie sein eigener Handrücken, denn schließlich war er ja der Meister, wenn es um verdrängte Trauer ging. Er trug die verborgenen Narben von Onkel Pats Weidenstock, von Tante Gladys' bissigen Worten. Vom erdrückenden Verlust seiner Eltern. Diese Gefühle gehörten ihm, nicht dieser kleinen, zarten, lebhaften Frau. Er wollte sie ihr wegnehmen und in seine ordentlich gepackte Tasche stecken, um sie vor diesem überwältigenden Quell des Elends zu retten. Aber er wusste nicht, wie. »Ja ... ordentlich«, lautete sein kümmerlicher Kommentar.

»Jeder Mensch ist anders, nicht wahr?«, meinte sie frohgemut. »Donald war ein Ordnungsfreak. Bei ihm lag niemals etwas herum. Er beschwerte sich ständig über meine Unordentlichkeit. Ich wünschte, ich hätte den Mut gehabt, ihm zu sagen, dass er die verdammte Bude selbst aufräumen soll.« Sie lachte leise in sich hinein. »Und Thomas. Hoffnungslos, alles ein einziges Durcheinander, überall auf dem Boden Kleidungsstücke und Bücher. Er machte nie lang genug Pause, um aufzuräumen. Es ist ein Wunder, dass wir uns nie die Knochen gebrochen haben, wenn wir durch unsere Wohnung liefen. Hör auf, die Fußböden zu wischen, und lass uns tanzen gehen, hat er gesagt.«

Sie schüttelte den Kopf. »Lustig, nicht wahr? Ich war die gleiche Frau, habe die gleichen Dinge genauso gemacht, wie ich sie immer gemacht hatte, aber für jeden dieser beiden Männer war ich ein anderer Mensch. Martin und ich haben die Hausarbeit zusammen erledigt, was sehr viel mehr Spaß machte. Vergessen Sie das nie. Ich hoffe, Sie und Angela werden die Hausarbeit immer zusammen erledigen.«

»Hm, ich werde versuchen ... das nie zu vergessen«, murmelte er. Angela war mit ihrem Umfeld ebenso nachlässig wie mit ihrem äußeren Erscheinungsbild. An dem Abend, an dem sie einander kennengelernt hatten, waren sie spät in der Nacht in ihre Parterrewohnung im Südwesten von Calgary gegangen. Während sie Knöpfe aufgeknöpft, Reißverschlüsse aufgezogen und sich gegeneinandergepresst hatten, hatte sie mit dem Fuß Kleidungsstücke und Papiere aus dem Weg ihres leidenschaftlichen Tanzes über den Fußboden zum Bett geschubst. Sie hatte sich nur aus der Umarmung gelöst, um sich kurz mit nackten Brüsten vorzubeugen und weitere Bücher, einen Stapel ungefalteter Wäsche und einen Teller mit einem angenagten Muffin auf den Boden zu werfen, bevor sie ihn auf das Gewirr aus Laken und Decken gezogen hatte. Seither hatte er immer dafür gesorgt, dass sie am Ende zu ihm nach Hause gingen. Er wusste nicht genau, warum er sich immer wieder mit ihr traf. Toller Sex? Sie hatte keinerlei Sinn für Mode, ihr Haar war immerzu zerzaust und fiel ihr ins Gesicht, und ihre Fingernägel waren kurz geschnitten. Er nahm nicht an, dass sie ein Bügeleisen besaß. Eines Abends, als er angeregt hatte, sie solle ein wenig Make-up auflegen und ein Kleid anziehen, hatte sie ihm scharf erklärt, mit Mascara und tiefem Ausschnitt gewinne man weder Gerichtsverfahren noch das Herz eines Mannes, und sollte sich das jemals ändern, würde sie beides aufgeben. Was alles noch schlimmer machte, war ihre Vorliebe für seltsame Speisengemische. Nach ihrem ersten Sex war sie in der Küche verschwunden und mit einem Mischmasch aus Erdnussbutter und Käse auf Brot zurückgekehrt. Als er so getan hatte, als müsse er würgen, hatte ihr Gesicht zu seinem Erstaunen einen enttäuschten Ausdruck angenommen.

»Hallo … kleiner Träumer«, sagte Constance bei dem Versuch, Trevors Aufmerksamkeit zu erregen; der Mann schien Meilen entfernt zu sein. Als er sich ihr endlich wieder zuwandte, sah er aus, als habe sie ihm sein Lieblingsspielzeug weggenommen. »Das Abendessen kommt.« Sie wies auf die Flugbegleiterin, die mit ihrem Essen im Gang stand. »Ich weiß nicht, wie es bei Ihnen war, aber ich hatte seit heute Morgen nichts als süßen Tee, Halva und Scotch.«

Trevor reichte ihr das Tablett. »Nicht zu vergessen, dass Sie auf eine fünfzig Stockwerke hohe Pyramide geklettert sind«, fügte er hinzu. »Wer ist als Nächster dran?«

»Um auf die Pyramide zu klettern?«

»Nein, welcher Ehemann?«

»Donald«, erwiderte sie. »Er war mein zweiter Mann. Ich weiß nur nicht, wo. Er war der Schwierige.«

»Schwieriger als Tom?«

»Sehr … viel schwieriger.« Sie hielt der Flugbegleiterin zwei Finger entgegen. »Könnten wir wohl bitte noch mehr Scotch bekommen?« Sie wollte nicht weiter über Donald sprechen. Sie hatte bereits zu viel über seine Grausamkeit gesagt, den körperlichen Missbrauch. Bis jetzt hatte sie noch keiner Seele von seinen Schlägen erzählt, nicht einmal Iris. Vielleicht wäre ja alles weniger schlimm gewesen, wenn er nicht in diesen Krieg gezogen wäre. »Er tanzte nicht«, sagte sie. »Wie konnte ich nur einunddreißig Jahre mit einem Mann verheiratet bleiben, der nicht tanzte?«

»Sie haben ihn aber verlassen«, sagte Trevor.

»Ja, das habe ich.« Diese vier kleinen Worte klangen so simpel. *Ja, das habe ich.* Nur hatte es Jahre gedauert, bis es so weit gekommen war. Sie hatte Geld vom Haushaltsgeld abgezweigt und es wie ein Eichhörnchen gehortet, bis der Tag gekommen war, an dem Susan aus dem Haus ging. Constance hatte ihre Taschen gepackt und war gegangen, ohne irgendjemandem ein Wort zu sagen, mit genug Geld in der Tasche, um es nach Victoria zu schaffen, wo Iris, ihre alte Freundin aus der High School, mit ihrem Ehemann lebte. Sie war neunundfünfzig Jahre alt gewesen und hatte weder irgendwelche Fähigkeiten noch eigene Mittel gehabt. Iris hatte ihr dabei geholfen, eine Wohnung zu finden und einen Job in einer Buchhandlung in der Innenstadt. Als die Scheidungspapiere eingetroffen waren, hatte sie mit einer Piccolo-Flasche Champagner gefeiert, die sie auf einer Holzbank geleert hatte, von der man auf die Juan-de-Fuca-Straße und die Olympic Mountains blicken konnte. Auf der Tafel, die am Rückenteil der Bank angebracht war, hieß es: *In Gedenken an Joseph Smith, der das Meer liebte.*

Trevor hob sein Glas. »Auf Ihre Scheidung.«

Sie stieß mit ihm an. »Auf meine Scheidung.« Sie nahm einen Schluck. »Donald hat sofort Anna geheiratet. Ich bin sicher, dass er nebenher schon was mit ihr hatte, bevor ich ihn verließ.«

»Mistkerl.«

»Ich mache ihm das nicht zum Vorwurf. Meine Einfahrt war ganzjährig geschlossen.«

Trevor verschluckte sich an seinem Scotch; die bernsteinfarbene Flüssigkeit schwappte ihm auf den Hosenstall.

»Sie sind viel zu verkrampft, mein lieber Junge«, meinte Constance mit einem Lächeln und reichte ihm eine Serviette.

10

Alberta, Winter 1985

Wie ein gewaltiger, von Menschenhand geschaffener Raubvogel kreiste die Boeing 747 über die schneebedeckte Prärie Albertas, in deren Mitte die Stadt Calgary mit ihrem einsamen Tower und der Traube von den Hochhäusern in der Innenstadt wie festgepinnt war. Trevor hatte die Stirn gegen das ovale Fenster gepresst und suchte mit den Augen am Nordwestufer des Bow River nach dem dreistöckigen Gebäude ohne Fahrstuhl in Sunnyside, das er sein Zuhause nannte. Er war nicht einmal eine Woche weg gewesen, doch hatten ihn die unerwarteten Ereignisse, die diese Geschäftsreise zu etwas gemacht hatten, was sie deutlich von anderen unterschied, erschöpft und aus dem Gleichgewicht gebracht. Deshalb war er sogar noch dankbarer als sonst, unter sich das vertraute Flechtwerk der Straßen zu sehen und zu wissen, dass er bald, nach einer wohlverdienten Dusche, lang ausgestreckt auf seinem eigenen Bett liegen würde und geordneten Gedanken über ein normales Leben nachhängen konnte.

Die vergangenen paar Tage waren alles andere als normal gewesen, als sei er in eine bizarre unterirdische Welt hinabgestürzt, in der die Menschen Waffen trugen und in der der Gauner in Gestalt einer alten Frau auftauchte, die einen auf die Palme brachte. Allerdings sein eigener Fehler. Er rieb mit einer Papierserviette an dem nervigen Lippenstift-Schmier auf seinem Hemdsärmel herum und fragte sich, wie er bloß seiner Kardinalregel hatte untreu werden können. *Sprich nicht mit fremden Leuten.*

Abgesehen von der Schneedecke und dem Geflecht aus Straßen, von denen die eintönige Landschaft durchwoben wurde, erinnerte Trevor die Prärie aus der Luft an die Savanne in Kenia. Vor achtundzwanzig Stunden hatte er Constance Ebenezer über die Schulter geschaut, als sie im Morgengrauen den Flughafen von Nairobi angeflogen waren. Die alte Dame war nur mit Mühe und Not in der Lage gewesen, ihre Erregung zu zähmen, als sie auf die Giraffen – für ihn sahen sie aus wie Bäume – gezeigt und vor Begeisterung über die rote Erde laut aufgeschrien hatte. Sie hatte darauf beharrt, Schnee auf dem Gipfel des Mount Kenia gesehen zu haben, dessen seitlich sacht abfallende Ausläufer und die aus drei Spitzen bestehende Kuppe weit in der Ferne halb von einer Wolke verdeckt wurden. Am Horizont hatte eine riesige, melonengelbe Sonne den Himmel im Osten orangerot gefärbt, als sie mit ihrem Gepäck in einer Ankunftshalle gestanden hatten, die sich mitten auf freiem Feld befand. Trevor hatte nach einem Weg gesucht, sich zu verabschieden, und dann etwas getan, was so überhaupt nicht seiner Art entsprach; er hatte ihr eine Visitenkarte gegeben, auf deren Rückseite er seine Privatadresse und Telefonnummer gekritzelt hatte. Sie hatte ihn auf die Wange geküsst, als ein Straßenverkäufer mit Constance' Kamera ein Foto von ihnen schoss. Bevor er sich von der Geste der Zuneigung hatte erholen können, war sie auf den Linienbus zugelaufen, eine uralte Diesel-Klapperkiste, die vollgepackt war mit Kisten und Hühnern. Er hätte schwören können, im Inneren eine Ziege meckern zu hören. Schwarze Gesichter mit dunklen Augen hatten an den Fenstern geklebt; Menschen hatten im Schneidersitz auf dem Wagendach gesessen, auf den Stoßstangen balanciert und halb aus der Tür herausgehangen. Er hatte sie aufgehalten, ein Taxi herbeigewunken und dann dagestanden, unsicher, mit gehobener Hand, als ihr Taxi hinausgedonnert war in den afrikanischen Morgen – mit einem dicke Abgaswolken speienden Auspuff.

Trevor zog seinen Sicherheitsgurt fest und umklammerte die Armstützen, da das Flugzeug mit dem Landeanflug auf den Flughafen von Calgary begann. Die zerklüftete Silhouette der Rocky Mountains erstreckte sich am westlichen Horizont. Das Gefühl der Einsamkeit, das an ihm nagte, seit sie sich voneinander verabschiedet hatten, hätte eigentlich in der Zwischenzeit im umhüllenden Falz der Zeit verschwunden sein müssen, doch fragte er sich unentwegt, wo Constance jetzt wohl gerade sein mochte. Er erinnerte sich an die letzten Worte, die sie zu ihm gesagt hatte. Als sie in das Taxi geglitten war, hatte er ein unbeholfenes »Passen Sie gut auf sich auf« über die Lippen gebracht. Sie hatte sich aus dem Fenster gebeugt und die behandschuhten Finger über den Türrand gelegt, ihr Haar hatte ausgesehen wie ein Heiligenschein, der von der Morgensonne hinter ihr beleuchtet wurde. Auf ihrem Gesicht hatte ein nicht zu entschlüsselnder Ausdruck gelegen, als sie gesagt hatte: »Nein, Trevor Wallace. Man muss was riskieren.«

Trevor, der die Armstützen so fest umklammerte, dass seine Fingerknöchel weiß hervortraten, lockerte seinen Griff, als das Flugzeug ausrollte und zum Stillstand kam. Landungen waren angenehmer als Starts, und dieser Flug hier brachte ihn zumindest nach Hause. Er schnappte sein Gepäck und reihte sich ein in die Schlange der anderen Passagiere, die durch den Gang in die Ankunftshalle liefen. Als er sich vor den Gepäckbändern seinen Weg durch Berge von Koffern und wartende Reisende bahnte, hielt er die Augen dabei gesenkt und mahnte sich zur Achtsamkeit. Diesmal keine Fehler machen. Ein Moment der Unachtsamkeit war sein Niedergang gewesen. Im buchstäblichen Sinne.

Der Beamte der kanadischen Zollbehörde schlug Trevors Reisepass auf, setzte seinen Stempel hinein und gab ihn zurück. »Willkommen daheim, Mister Wallace.« Fast hätte Trevor dem Mann die Hand geküsst. Wieder in der Zivilisation zu sein war eine wunderbare Sache. Seines Erachtens durfte er sich glücklich preisen, nicht in einem ägyptischen Gefängnis vor sich hin zu siechen.

Trevor konnte es nicht erwarten, draußen in der klaren Luft von Alberta zu sein. Das Einzige, was ihn davon abhielt, die letzten paar Schritte zu den automatischen Ausgangstüren zu rennen, war ein Knubbel unter seinem linken Fuß. Er blieb stehen, schlüpfte heraus aus dem Schuh, der ihn plagte, und entdeckte einen Teelöffel Sand, ein Souvenir aus der Sahara. Als er die feinen, blassgelben Körner in den Abfalleimer rieseln ließ, lächelte er, zuckte mit den Achseln, und dann lachte er.

Draußen vor dem Terminal preschte der Winterwind auf Trevor ein; die trockene Präriekälte ließ ihm den Atem stocken. Er winkte ein Taxi herbei. Die Minustemperaturen waren nahezu eine willkommene Erleichterung nach der Wüstenhitze, nur war er zu dünn angezogen. Er stellte den Kragen hoch und war froh, in das warme Taxi schlüpfen zu können. Auf der Fahrt ins Stadtzentrum verlagerten sich seine Gedanken von den Ereignissen der letzten paar Tage auf die Aufgaben, die vor ihm lagen. Zuerst schlafen. Morgen Lebensmittel einkaufen, Wäsche machen, Angela anrufen und einen Verkaufsbericht über die Reise schreiben. Er würde einige Details auslassen müssen. Andy würde ihm die Geschichte niemals abnehmen. Vielleicht war die ganze Sache nur ein böser Traum, den verdorbenes Essen oder der Jetlag ausgelöst hatten. Zurück zu traumlosen Nächten und ereignislosen Tagen. Gott sei Dank. Und Constance Ebenezer? Eine sonderliche, entzückende Frau. Doch würde er niemals wieder von ihr hören, davon war er überzeugt. Als das Taxi vor seiner Wohnung vorfuhr – der gefrorene Bow auf der anderen Seite der Straße bot einen beruhigenden Anblick –, waren ihm seine Gedanken an Constance entglitten, wie der Sand aus seinem Schuh in den Mülleimer gerieselt war, waren hinabgeglitten in die dunkle strudelnde Leere seiner

Erinnerung – zusammen mit den Erinnerungen an all die anderen Menschen, die es je in seinem Leben gegeben hatte.

Durch das überfüllte Café bahnte Angela sich ihren Weg zu ihm, und ihr Gesicht glühte von der Kälte draußen. Das blonde Haar war unter einer Wollmütze hochgesteckt, den ramponierten Aktenkoffer hielt sie unter dem Arm. Aus irgendeinem Grund war er stärker als sonst bestrebt gewesen, sich mit ihr zu treffen, und hatte sie noch am gleichen Tag angerufen, an dem er zu Hause angekommen war. Sie war jedoch mit einem Fall beschäftigt gewesen, sodass sie über eine Woche gebraucht hatten, um dieses kurze Treffen auf eine Tasse Kaffee zu arrangieren.

»Hi.« Angela ließ sich auf den Stuhl fallen, der seinem gegenüberstand.

Sie schien glücklich zu sein, ihn zu sehen. Er verspürte einen ungemeinen Drang, sich über den Tisch zu beugen und sie zu küssen, aber so etwas zu tun, wäre ungewöhnlich gewesen, zumindest ungewöhnlich für sie. Er lächelte träge zurück und fragte: »Wie geht es dir?«

»Viel zu viel zu tun.« Sie befreite sich aus ihrem Mantel. »Ich habe so viel Arbeit, dass ich fast den Überblick verliere. Aber hey, schön, dich zu sehen.« Sie bestellte bei der Kellnerin einen Kaffee und lehnte sich zurück. »Wie war deine Reise?«

»Wild.«

»Wild? Passt gar nicht zu dir.« Sie zeigte auf das Stück Karrottenkuchen, das vor Trevor auf dem Tisch stand. »Darf ich?« Als er nickte, schabte sie mit dem Löffel eine Ecke ab und steckte das Stückchen in den Mund, an ihrem Mundwinkel blieb ein bisschen von der Käsecremeglasur hängen.

Trevor wollte sich vorbeugen und es wegwischen, eigentlich hätte er es am liebsten heruntergeleckt, stattdessen zeigte er auf seinen eigenen Mundwinkel. »Glasur.«

»Oh, danke.« Angela leckte sich den weißen Schmier mit der Zungenspitze herunter, ein Akt, der Trevors Blut leicht in Wallung brachte. »Also, wirst du mir erzählen, was *wild* bedeutet?«

»Es war in Wahrheit gar nicht so wild. Nur ein unerwarteter Zwischenstopp in Kairo.«

»Hast du dir irgendetwas Interessantes angesehen?«

»Die Pyramiden«, antwortete er, während ihm plötzlich ein Bild vor Augen stand: Constance auf der Cheops-Pyramide. Es war das erste Mal, dass er an sie dachte, seit er wieder zu Hause war. »Und das Museum, mehr nicht.«

»Hört sich für meine Ohren nicht unbedingt wild an.«

»Ich bin von einer alten Frau gelöchert worden, die mich einfach nicht in Ruhe lassen wollte«, sagte er. »Und in dem Museum hatten sie einen Gott mit einem Hundekopf und dem Körper eines Mannes, der dein Herz wiegt, wenn du stirbst, um festzustellen, ob du dich für den Himmel qualifiziert hast.«

»Bizarr.« Angela nippte an ihrem Kaffee. »Ich mag diesen ganzen Kram, weißt du, diese Rituale und diese sonderbaren übermenschlichen Wesen.«

»Nun, Kairo hättest du nicht gemocht«, sagte er. »Dreckig, überall bewaffnete Soldaten und Leute, die versuchen, dich über den Tisch zu ziehen.«

»Vielleicht doch«, erwiderte sie. »Aber da komme ich ja eh nie hin bei all der Arbeit, die ich habe.« Sie schaute auf ihre Armbanduhr. »Scheiße, ich habe in fünfzehn Minuten eine Besprechung. Tut mir leid, ich muss los.«

»Jetzt schon?« Trevor fühlte sich bei dem Gedanken, dass sie schon wieder ging, auf sonderbare Weise unbefriedigt. »Willst du später vorbeikommen?«

Sie war schon dabei, ihren Mantel wieder anzuziehen, hatte den Kaffee nur halb getrunken. »Ich glaube nicht, dass ich das die nächste Zeit hinkriege.« Sie setzte ihre Mütze auf. Ein paar dünne Haarsträhnen ragten unten heraus wie eine Handvoll Stroh. Sie streifte sich ein Paar wuchtige Handschuhe über, die aussahen, als seien sie selbst gemacht. »Ich rufe dich am Wochenende an, aber verlass dich auf nichts.« Sie warf einen Geldschein auf den Tisch, neigte den Kopf und sah ihn eingehend an. »Du siehst aber gut aus, muss ich sagen, irgendwie … entspannt oder so.«

Trevor blieb sitzen, und sie verschwand durch die Tür. Er wollte aufstehen und ihr nachlaufen, wollte, dass sie den Tag miteinander verbrachten, aber auch damit hätte er gegen die Regeln verstoßen, gegen ihre Absprache. Er hatte vor ihr andere Freundinnen gehabt, nie länger als ein paar Monate, und er hatte jedes Mal den Fehler begangen, zu schnell eine feste Beziehung daraus machen zu wollen. Jede der Verbindungen hatte für ihn mit Liebeskummer geendet, während die jeweilige Frau das Ende offenbar als Erleichterung empfunden hatte. Als er Angela begegnet war, schien sie ebenso wie er äußerst bedacht auf eine lockere Beziehung zu sein.

Trevor legte noch ein wenig Kleingeld zu dem Schein, der auf dem Tisch lag, und ging zu seinem Wagen. Die Straßen waren vereist und spiegelglatt, der Wind so kalt, dass er sich schützend die Hände über die Ohren legen musste. Bis jetzt hatte ihr Arrangement gut funktioniert. Er wollte nichts versauen. Als er den Motor anließ, übertrug das Autoradio eine Wiederholung des Eishockey-Spiels von der vergangenen Woche; er drehte die Lautstärke hoch und lauschte auf dem ganzen Weg nach Hause zu seiner leeren Wohnung.

Trevors Leben verlief bald wieder nach vertraut bequemem Muster. Arbeit, Sport, *Hockey Night in Canada* und gelegentlich ein Abend mit Angela. Wenn keine Geschäftsreisen anstanden, hielt er sich in der Firma da auf, wo die Inlandsverkäufe abgewickelt wurden, wie er es schon seit fünfzehn Jahren tat, seit er von Regina hergezogen war und die Geschäftsstelle gewechselt hatte. Sein Aufstieg vom Hausmeister und Laufburschen zum Verkäufer und seine Versetzung nach Calgary hatten jeden überrascht, nicht zuletzt ihn selbst, der kurz vor dem Abitur bei Forrester den Sommerjob als Hausmeister angenommen hatte und sieben Jahre später immer noch dort arbeitete. Nachdem man ihn hin und wieder gebeten hatte, auf der Etage mit den Verkaufsräumen auszuhelfen, stellte sich heraus, dass er über ein Verkaufstalent verfügte, das bisher im Verborgenen geschlummert hatte. Es dauerte nicht lang, und er konnte die technischen Daten von einem Dutzend Traktormodellen herunterrattern: Motorleistung, Hubraum, Getriebe, Zugmodus, Zugleistung, Reifenprofil; und all das, obwohl sich die Mechaniker in der Firma alle weiterhin darüber lustig machten, dass Trevor nicht einmal in der Lage war, auch nur eine Zündkerze auszuwechseln. Als die Stelle für die Internationalen Verkäufe in Calgary vakant geworden war, hatte der Firmenmanager ihn dazu überredet, sie anzunehmen. Trevor hatte Zweifel gehegt wegen der vielen Reisen und der damit einhergehenden Unterbrechungen seiner Routine, doch die Gehaltserhöhung und die verbesserten Sozialleistungen waren zu verlockend. Er stellte fest, dass er, wenn er seine Reisen effizient plante, immer noch die meiste Zeit zu Hause sein konnte.

Anfang März kehrte Trevor von einer anstrengenden Reise nach Südamerika zurück und fand einen Luftpostumschlag, der zusammen mit einem Stapel Rechnungen und Werbesendungen durch den engen Schlitz des Metallbriefkastens in der Eingangshalle seines Wohnhauses gedrückt worden war. Er warf den Haufen Post auf seinen Schreibtisch, duschte und ging zu Bett. Er schlief bis Mittag und joggte dann eine Stunde am Fluss entlang, sodass er sich erst nach dem Abendessen mit einem Glas Wein an seinen Schreibtisch setzte, während im Fernsehen die Lokalnachrichten liefen. Vor ihm tat sich das

Wochenende auf. Jede Menge Eishockey. Die Entscheidung um den Stanley Cup stand an: Heute Nacht spielte Calgary gegen Edmonton. Vielleicht würde er Angela auf einen Drink einladen, vorausgesetzt, das Spiel ging nicht in die Verlängerung.

Er sah durch den Stapel Post, bis er den Briefumschlag fand, auf dem seine Adresse in Handschrift stand und eine Briefmarke aus Nairobi klebte, die am fünfzehnten Februar abgestempelt worden war – vor bald einem Monat –, kein Absender. Er begutachtete den Umschlag, verwirrt, weil der Brief einen so persönlichen Eindruck machte. Kunden kontaktierten ihn niemals zu Hause; er weigerte sich, Geschäftspartnern seine privaten Kontaktdaten zu geben. Die Arbeit blieb im Büro. So wollte er das. Ein persönlicher Brief, der an ihn adressiert war, kam mehr als selten vor; so etwas wie das hier hatte es noch nie gegeben.

Er schnitt den Umschlag mit einem Brieföffner auf. Drei Dinge fielen auf den Schreibtisch: zwei Fotos und ein zusammengefaltetes, zartes Blatt Papier. Ein Hauch von Parfüm wehte ihn zurück auf den Flughafen von Nairobi, hinein in die übermäßige Hitze der aufgehenden Sonne, den Lärm der Menschen, die überfüllten Busse, den Rosenduft, der zusammen mit einem Lippenstiftfleck auf seiner Wange klebte. Mitten hinein in den Moment, da Constance in das Taxi stieg und das von Tränen benetzte Taschentuch aus dem Fenster herausflatterte, als sie sich auf den Weg machte zum Jacaranda Hotel und – wie er gedacht hatte – auf den Weg heraus aus seinem Leben. Er konnte nicht anders, er musste lächeln. Er hatte nicht erwartet, jemals wieder von ihr zu hören.

Er nahm das erste Foto in die Hand. Ein afrikanischer Krieger schwebte mitten in der Luft, etwa dreißig Zentimeter über dem Boden, und von den Schultern bis zu den Lenden war ein rot und orange bedruckter Stoffstreifen um seinen muskulösen Körper gewunden. Auf seinem Schädel thronte ein

Kopfputz, der aussah wie eine Löwenmähne, und sein dunkles Gesicht war mit roten Flecken beschmiert. Seine Beine waren mit einem aufwendigen Muster aus Linien und Spiralen bemalt, Metallglöckchen hingen an seinen Oberschenkeln und an seinen Knöcheln. Seine Lippen waren geöffnet, als singe er gerade, und um seinen Hals baumelte eine Kette aus roten und gelben Perlen, die ihm quer über den vom Schweiß glänzenden Oberkörper reichte. Sein linker Arm lag starr an seiner Seite, während zwischen seinem rechten Arm und seinen Rippen ein Gegenstand klemmte. Trevor drehte das Foto um. Auf der Rückseite stand mit krakeliger Schrift, die er kaum entziffern konnte: *Michael mit Martin und Donald.* Trevor drehte das Foto wieder um und sah sich den Krieger noch einmal genauer unter einer Lupe an. Zwei Plastikdosen klemmten in der Armbeuge des Kriegers.

Das zweite Foto war ein Schock. Ein Traktor – einer seiner Traktoren –, ein International Harvester, Modell Nummer 1066, Jahrgang 1966, rot und weiß, stand am Rand eines Felds. Dort stand er schon seit langer Zeit; hochgewachsene Halme vertrockneten Grases verdeckten die wuchtigen Reifen. Constance hockte mit übergeschlagenen Beinen auf einem der Radschächte. Sie trug khakifarbene Hosen und eine Bluse, einen rosafarbenen Schal und ihren Hut mit der breiten Krempe. Er erkannte das zuckersüße, großmütterliche Lächeln. Martin und Donald hatten den Schalensitz in Beschlag genommen.

Trevor faltete den Brief auseinander.

14. Februar 1985
Sekera Village, Kenia

Lieber Trevor,

Jambo Bwana (das heißt »Hallo Mann« in Suaheli).

Ich hoffe, dass dieser Brief nicht zu lange braucht, um in Calgary einzutreffen. Ich würde nicht wollen, dass Sie denken, ich hätte Sie vergessen. Und ich brenne darauf, dass Sie diese Bilder sehen.

Ich weiß nicht, was ich erwartet habe, in Afrika finden zu können. Tiere, ja – und ich habe sie alle gesehen: Elefanten, Giraffen, Zebras, Kaffernbüffel. Gestern haben wir eine ganze Stunde lang ein Rudel von dreißig Löwen beobachtet, jede Menge Löwinnen mit ihren Jungen. Prachtvoll und wunderschön. Vor allem die Gastfreundschaft der Menschen hier hat mich überwältigt. Der junge Mann auf dem Foto ist Michael; sein Massai-Name ist Pakuo. Sie können auf dem Foto erkennen, dass er ein voll ausgebildeter und erfahrener Krieger ist, aber daneben erteilt er im Rahmen eines Weiterbildungsprogramms auch Englischunterricht im Dorf. Wir sind einander am letzten Tag meiner Safari in einem Straßencafé begegnet, und er lud mich ein, für zwei Wochen bei ihm zu Hause zu wohnen. Ich wohne auf seiner Boma, seinem Gehöft, zusammen mit seiner Familie: seiner Frau Melissa und ihren beiden Kindern Janey und Albert. Ich liebe das Gemeinschaftsbett, in dem die Kinder sich an mich kuscheln, und das Geblöke und Gezappel der Kälber und Ziegen im Raum nebenan. Ich kann mich allerdings nicht dazu durchringen, zum Frühstück frisches Tierblut mit Milch zu trinken, und von dem offenen Feuer der Kochstelle habe ich einen Dauerhusten bekommen.

Ich möchte Sie um einen Gefallen bitten. Ist das einer von Ihren Traktoren? Der hier ist kaputt. Keiner weiß, wie man ihn reparieren kann. Sie haben die Regierung gebeten, Ersatzteile zu schicken, aber es geschieht nichts. Ich kann mir beim besten Willen nicht vorstellen, warum irgendjemand Massais Traktoren geben sollte. Sie sind Nomaden. Den Boden aufzuhacken verstößt gegen ihren Glauben. Es ist lächerlich, dass man sie zwingt, sich in Dörfern anzusiedeln und als Farmer zu verdingen. Sie stellen Kikuyus ein, die das Bewirtschaften des Landes für sie übernehmen.

Würden Sie Michael wohl bitte einen neuen Anlasser an die oben stehende Anschrift schicken? Tatsache ist, dass das angrenzende Dorf genau das gleiche Problem hat. Schicken Sie also zwei Anlasser und ein anständiges Sortiment an Ersatzteilen. Sie haben auch kein Geld für Benzin. Können Sie mit einem Ihrer Freunde in Nairobi sprechen? Wir werden Ihnen auf ewig dankbar sein.

Einer der Ältesten starb letzte Woche. Die Angehörigen rieben seinen Körper mit Lammfett ein und machten ihm neue Sandalen, damit er auf seiner Reise schnell vorankommt. Sie steckten ihm einen Hirtenstab in die Hände und legten ihn in die offene Savanne, mit dem Gesicht Richtung Osten, der aufgehenden Sonne entgegen. Wilde Tiere verzehrten den Leichnam in der Nacht. Schlicht, schön, stolz und harsch – wie das Leben, das diese Menschen leben.

Da morgen mein letzter Tag ist, hat Michael zu meinen Ehren ein Ziegenfest für mich arrangiert, bei dem jede Menge getanzt und gesungen wird. Frauen ist es nicht gestattet, bei dem Fest zu essen, aber für mich haben sie eine Ausnahme gemacht. Eine achtzigjährige Frau stellt keine große Bedrohung dar. Morgen werde ich mit dem Zug über Mombasa nach Malindi zum Indischen Ozean fahren. Könnte eine gute Stelle für Donald sein.

Grüßen Sie bitte Angela von mir.

Alles Liebe,
Ihre Freundin Constance

11

Trevor starrte auf das Foto. Ein zusammengewürfeltes Sortiment von Ersatzteilen in ein Dorf weit draußen im afrikanischen Busch schicken? *Was weiß ich denn über Reparaturen? Ich fahre meinen Wagen in die Werkstatt, wenn der Ölwechsel ansteht; ich bin ein Verkäufer.* Er warf die Fotos und den Brief in eine Schublade. Constance war exzentrisch wie eh und je. Er schaltete das Eishockeyspiel ein und machte es sich auf dem Sofa bequem. Seine Finger rochen schwach nach Rosenblüten.

In den nächsten paar Wochen konnte Trevor nicht aufhören, an Constance und ihren Brief zu denken. Er erwischte sich dabei, wie er aus dem Fenster seines Büros auf den Parkplatz hinausstarrte, obwohl er ein Dutzend Berichte zu schreiben und Reisen zu planen hatte. Bei einem ihrer Verkaufstreffen, das sie jeden Mittwoch abhielten, stellte Andy ihm dreimal die gleiche Frage, bevor Trevor es mitbekam und nach Worten suchte, um sie zu beantworten. Er konnte einfach nicht dahinterkommen, wo das eigentliche Problem lag. Um Constance machte er sich keine Sorgen. Bei Gott nicht, denn sie hatte ja einen löwentötenden Massai-Krieger, der sie bewachte. Und überhaupt, was ging das Ganze ihn an?

Sein elektrischer Bleistiftanspitzer rückte das Problem ins rechte Licht. Der Anspitzer gab den Geist auf, er spitzte nicht mehr. Statt die Kuppe des Bleistifts zu einer tödlichen, effizienten Spitze zu schleifen, zermahlte die Maschine sie zu einem stumpfen Stummel. Er versuchte, das Problem im Alleingang zu lösen, und saß am Ende vor einer Kiste voller Einzelteile. Im Vorratsraum versicherte man ihm, er könne innerhalb einer Woche einen neuen Anspitzer bekommen, doch trug er stattdessen einen ganzen Karton voller Bleistifte zum Empfang und spitzte sie alle, einen nach dem anderen, dort. Als er den letzten Bleistift in das Loch steckte, kam ihm die Antwort. Er hasste kaputte Sachen. Bei ihm zu Hause war nichts länger als einen Tag kaputt. Er scheute weder Kosten noch Mühe, hochwertige Möbel und zuverlässige Elektrogeräte in Geschäften zu kaufen, die über fähige Kundendienstabteilungen verfügten. Der Gedanke an einen Traktor, an einen *seiner* Traktoren, der in den Tiefebenen von Afrika vor sich hin rostete, mit Hyänenpisse an den Reifen und mit von Löwenzähnen zerbissenen Sitzpolstern, ließ ihn in der Nacht nicht schlafen. Er redete sich erfolgreich ein, dass seine Unruhe nichts mit Constance zu tun hatte und mit der Gefälligkeit, um die sie ihn gebeten hatte.

Er lief durch die Halle, um mit Andy zu sprechen, der seit fünfunddreißig Jahren bei der Firma war. Trevor klopfte an die offen stehende Tür.

»Trevor«, sagte Andy. Sein Stuhl quietschte, als er sich zurücklehnte. Er hatte zugenommen, und die Knöpfe seines Hemdes klafften über dem Bauch auseinander. »Was gibt's?« Andy reiste überhaupt nicht mehr. Im Laufe der Jahre, die Trevor ihn jetzt kannte, war ihm das Haar ausgefallen. Er spielte an den Wochenenden Golf, und auf dem Schreibtisch häuften sich Fotos von seinen Enkelkindern.

»Hi Andy.« Trevor setzte sich. »Ich habe einen Vorschlag zu machen. Im Hinblick auf Nachbetreuung.«

»Nachbetreuung?« Andy zog die buschigen Augenbrauen in der Mitte seiner Stirn zusammen. »Was meinst du damit?«

»Können wir bei internationalen Verkäufen unsere Nachbetreuung verbessern?« Trevor wusste selbst nicht so recht, wofür er sich hier eigentlich einsetzte. Er hatte seine Verkäufe nach Übersee hinterher noch nie weiterführend betreut. »Du weißt schon. Sind die Kunden zufrieden? Was tun sie, wenn sie Ersatzteile brauchen?«

»Das liegt beim jeweiligen Käufer«, erwiderte Andy. »Wenn sie uns um Ersatzteile bitten, schicken wir ihnen welche, aber dafür sind sie selbst verantwortlich. Das lass mal deine Sorge nicht sein. Du verkaufst ihnen das Zeug, Trev, und ich bin glücklich.«

»Wir bekommen nicht viele Anfragen für Ersatzteile, oder? Man möchte doch annehmen, dass die Geräte hin und wieder kaputtgehen.«

»Da müsstest du dich bei der Teilefertigung erkundigen.«

Trevor nickte bedächtig. »Nun denn, danke.« Er stand auf und wollte wieder gehen, aber Andy bedeutete ihm, noch einmal Platz zu nehmen.

»Alles in Ordnung mit dir?« Andy verschränkte die Arme vor der Brust. »Du bist in der letzten Zeit viel unterwegs gewesen. Mir ist aufgefallen, dass du … abgelenkt bist.«

»Es geht mir gut«, gab er zur Antwort.

»Na ja, überleg doch mal, ein, zwei Wochen freizunehmen«, meinte Andy. »Unser bester Verkäufer muss fit sein.«

Trevor fuhr mit dem Aufzug ins Erdgeschoss und eilte über den Hof zur Abteilung für Teilefertigung und Kundendienst. Er erkannte den Mann am Schalter nicht, doch war der Name *Sid* auf dessen grünen Overall gestickt.

»Trevor, Sie sieht man ja nicht allzu oft hier unten«, meinte Sid. »Was kann ich für Sie tun?«

Trevor war erstaunt, dass Sid wusste, wie er hieß; er kam nur ganz selten in die Lagerhalle und erinnerte sich nicht, das Gesicht des Mannes bei Mitarbeitertreffen schon mal gesehen zu haben. »Bekommen wir von unseren Entwicklungshilfe-Kunden viele Anfragen wegen Ersatzteilen?«, fragte er.

»Ganz selten.« Sid steckte seinen Bleistift hinter sein Ohr und sah Trevor neugierig an.

»Man möchte aber doch annehmen, dass an den Maschinen hin und wieder mal was kaputtgeht.«

»Möchte man annehmen. Aber entweder die Leutchen da drüben haben andere Quellen, um an Ersatzteile ranzukommen, oder aber unsere Traktoren gehen nie kaputt.«

»Ist das nicht eher unwahrscheinlich? Wir haben in den letzten paar Jahren Hunderte von Traktoren ausgeliefert.«

Sid zuckte mit den Achseln. »Vielleicht sind die nicht durchorganisiert. Sie kennen diese Länder doch besser als sonst einer.« Er stützte sich auf die Theke. »Kann ich sonst noch irgendetwas für Sie tun?«

»Eine Sache noch.« Trevor griff in die Tasche seiner Hose und zog einen Zettel heraus. »Hören Sie zu, ja?«

Sid klopfte mit seinem Bleistift ungeduldig auf einen Zettelblock.

»Ach, ist schon gut«, murmelte Trevor. »Danke.« Er steckte das Blatt Papier in die Hosentasche zurück und ging.

15. März 1985
Malindi, Kenia

Lieber Trevor,

an der Wand des Zuges, der von Nairobi zur Küste fährt, hängt ein Schild, auf dem es heißt: Keinem Geistesgestörten, gleichgültig, ob er von einer Aufsichtsperson begleitet wird oder nicht, ist es gestattet, mit diesem Zug zu fahren. *Eine amtliche Verfügung der Kenya Railways Corporation. Sie haben mich mit dem Zug fahren lassen, mein lieber Junge. Sie dürfen also ganz beruhigt sein, dass ich nicht geistesgestört bin.*

Hier bin ich nun am Indischen Ozean. Meine Reiseführerin Rebecca hat das Foto mit einer Unterwasserkamera aufgenommen.

Sie war einverstanden, die Jungs in ihrer Netztasche mitzunehmen. Wir haben sichergestellt, dass sie wasserdicht verpackt waren, luftdicht verschlossen und schwimmfähig. Ich konnte den Gedanken nicht ertragen, sie an Land zurückzulassen.

Das Wasser hier ist wie eine Badewanne, so ganz anders als der Ozean vor Victoria, wo ein Mensch innerhalb von fünf Minuten zum Eisberg erstarrt. Die Fische, die es hier am Riff gibt, haben bizarre Formen und erstaunliche Farben. Wenn man ganz still neben den Korallen im Wasser treibt, kann man hören, wie die Fische fressen.

In der vergangenen Woche habe ich Lamu besucht, eine fast ausschließlich von Muslimen bewohnte Insel südlich der Grenze zum Sudan, einen romantischen Ort mit engen, sich windenden Straßen und wundervollen Fischgerichten. Die Kunstgewerbler von Lamu schnitzen hervorragende Türen und Möbel (siehe beiliegendes Foto). Meilenweit nichts als weiße Sandstrände und keine Menschen. Auf dem Weg zum Strand habe ich in einem Mangohain einen Friedhof gefunden. Muslime machen nicht viel Aufhebens um den Tod; der Leichnam wird in schlichte Tücher gewickelt, und es werden Gebete gesprochen.

Ich bin zu dem Schluss gekommen, dass der Indische Ozean nicht der rechte Ort für Donald ist. Ist dem Himmel zu ähnlich. Wissen Sie, Trevor, wenn ich über mein Leben mit Donald nachdenke, empfinde ich Scham. Weil ich zugelassen habe, in einer dermaßen schlechten Ehe zu leben. Weil ich meinem Vater und Donald die Macht gegeben habe, mich da hineinzuzwingen. Frauen haben sich damals mit den Dingen abgefunden. Ich bin froh, dass die jungen Frauen heutzutage mehr Durchsetzungsvermögen haben. Und ich bin überzeugt, dass Ihre Freundin Angela sagt, was sie denkt. Sie lassen sie reden, das weiß ich und finde es rührend. Aber jetzt hole ich alles nach, nicht wahr?

Morgen fahre ich wieder nach Nairobi. Am Mittwoch fliege ich dann nach Neu-Delhi.

Ein Papageienfisch ist mir heute nachgeschwommen. Ich habe ihn Trevor genannt, nach Ihnen. Ich hoffe, es macht Ihnen nichts aus. Irgendwie fühlte ich mich sicher in seiner Nähe.

Alles Liebe,
Ihre Freundin Constance

Trevor und Angela lagen nebeneinander auf dem Rücken im Dunkel von Trevors Schlafzimmer, glitschig vom Schweiß und keuchend von der Anstrengung der letzten anderthalb Stunden. Das Bettzeug und beide Kissen waren irgendwann und irgendwie neben das Bett auf den Fußboden gefallen. Abgesehen von ihren Atemzügen und dem Summen des Kühlschranks, das zwischendurch immer wieder ertönte, war es still in der Wohnung. Von draußen waren die Klänge des nächtlichen Calgary zu hören: in der Ferne das Dröhnen des Verkehrs auf dem Blackfoot Trail, das gelegentliche Pfeifen eines Zuges der Canadian Pacific Railway und die leise, gedehnt klingende Musik aus der Cowboybar, die gleich auf der anderen Seite des Flusses lag.

»Spitzenleistung«, frotzelte Angela.

»Mmm, danke«, murmelte Trevor. »Deinerseits ebenfalls.«

Angela drehte sich um, glitt vom Bett und tappte barfuß Richtung Bad. Als sie den Schalter drückte, ergoss sich das Licht auf den Schlafzimmerteppich. Er drehte sich auf die Seite und stützte seinen Kopf auf einer Hand ab, sodass er sie dabei beobachten konnte, wie sie sich bewegte. Sie hatte aufregende Beine. Und einen tollen Hintern. Angela schloss die Badezimmertür, doch war immer noch ein Spalt Licht unter dem Türrand zu sehen. Die Spülung wurde betätigt, und er konnte hören, wie Wasser ins Waschbecken platschte. Sein Körper fühlte sich entspannt und warm an, genauso wie wenn er lange gejoggt war.

Die Badezimmertür öffnete sich, sie trat heraus, und vor der

Hintergrundbeleuchtung zeichneten sich die Konturen ihres Körpers ab. Sie durchquerte das Zimmer und hob ihre Jeans vom Boden. Trevor mochte ihr Haar, das sie jetzt länger trug, und die Art, wie es ihr wie ein Vorhang über die Schultern fiel und die Außenseiten ihrer Brüste streifte. Schön, auf eine leise, nicht anmaßende Weise.

»Was gaffst du denn so an?«, fragte Angela und ließ eines ihrer Beine in ihre Jeans gleiten.

»Dich«, antwortete Trevor. »Wo willst du hin?«

»Nach Hause, wie immer.« Sie zog ihre Jeans über die Hüften und den Reißverschluss zu.

Trevor klopfte mit der flachen Hand aufs Bett. »Komm her.«

»Gott, die müssen dir in Ägypten einen Potenzzaubertrank ins Essen geschüttet haben.« Sie schüttelte den Kopf und streifte ihr Sweatshirt über.

»Du hast dich total verändert, seit du von da zurückgekommen bist. Nein, du hast mich vollkommen alle gemacht. Ich kann kaum noch laufen.«

»Nein, nicht das«, sagte Trevor. »Ich meine, komm her und lass uns reden.«

»Reden?«

»Ja, reden.«

Angela, die gerade eine grüne Wollsocke über einen ihrer Füße stülpte, hielt mitten in der Bewegung inne. »Reden? Zu so später Stunde? Ich muss zusehen, dass ich nach Hause komme und schlafe. Außerdem steht mir nicht der Sinn danach, mich über Arbeit zu unterhalten. Oder über Eishockey.«

»Wir können reden, worüber du reden möchtest.« Trevor strich mit der Hand das Stück Bettlaken neben sich glatt. »Komm schon. Morgen ist Sonntag. Eine Nacht?«

Angela ließ einen ihrer Laufschuhe fallen. Er schlug mit einem dumpfen Knall auf den Teppich. Sie richtete sich auf. »Hierbleiben? Ich dachte, wir hätten eine Abmachung.«

»Die haben wir gemacht, also können wir sie auch ändern«, gab Trevor zur Antwort.

»Was?« Sie schüttelte den Kopf. »Ich muss am Montag um acht bei Gericht sein. Ich habe jede Menge Arbeit.« Sie hob ihren Schuh auf. »Ist alles in Ordnung mit dir?«

»Ja, ich bin okay.«

»Ich meine, falls irgendetwas nicht stimmt und du darüber reden möchtest, könnte ich noch ein bisschen bleiben.«

»Nein, es ist alles in Ordnung.« Trevor setzte sich auf. »Ich wollte dich was über deine Großmutter fragen.«

»Meine Großmutter?« Angela runzelte die Stirn und zog zugleich die Nase kraus, eine Angewohnheit, die Trevor jedes Mal aufs Neue reizend fand.

»Ja, hattest du eine?« Er setzte sich weiter auf und stopfte sich ein Kissen in den Rücken.

»Selbstverständlich hatte ich eine Großmutter«, erwiderte Angela mit einem Anflug von Verzweiflung in der Stimme. »Jeder hat eine Großmutter.«

»Ich hatte keine. Ich meine, keine, die ich je kennengelernt habe.«

»Oh.« Sie ließ ihren zweiten Schuh fallen und hockte sich auf das Fußende des Bettes. »Was soll das Ganze?«

Er zuckte mit den Achseln. »Ich habe dich einfach nur nach deiner Großmutter gefragt.«

»Du … du hast mich bisher noch nie nach meinem Leben gefragt, nur immer nach meiner Arbeit«, antwortete sie. »Ist das nicht auch gegen die Regeln?«

»Wie ich schon sagte, wir haben die Regeln aufgestellt. Hast du sie oft gesehen?«

»Oft? Jeden Tag. Meine Oma hat bei uns gelebt. Sie hat uns versorgt, während meine Eltern die Farm bewirtschaftet haben.«

Trevor hob die Brauen. »Du bist auf einer Farm aufgewachsen? Ich auch. Wo?«

»Du auch?« Sie sah geschockt aus, fasste sich aber. »Unsere Farm ist in der Nähe vom Swede Lake, zwei Stunden südlich von hier. Wir bauen Weizen und Luzerne an, haben ein Dutzend Rinder und Hühner. Und wir haben einen großen Nutzgarten. In dem habe ich meiner Großmutter geholfen, als sie noch lebte.« Ein Lächeln legte sich auf Angelas Lippen. »Sie war eine tolle Frau.«

Trevor beugte sich vor. »Inwiefern? Inwiefern war sie toll?«

»Na ja … sie hatte ihr Leben lang auf dieser Farm gelebt. Sie und mein Opa waren aus Schweden hierher ausgewandert und bewirtschafteten das Land. Meine Mom und mein Dad tun es jetzt zusammen mit meinem Bruder.«

»Du bist aber nicht geblieben?«

»Nein, ich bin zur Uni und habe Jura studiert.«

»Und deine Großmutter?«

»Sie starb vor etwa acht Jahren. Kurz nachdem ich mein Examen bestanden hatte.« Angela zeichnete mit der Fingerspitze ein Muster auf das Bettlaken. »Weißt du, ich glaube, dass sie gewartet hat, bis ich mit dem Studium fertig war. Sie bestand darauf, dass ich zur Universität ging. Etwa eine Woche nach meinem Abschluss ging sie abends ins Bett und wachte nie wieder auf.«

»Das … das tut mir leid.« Trevor strich mit seiner Hand über ihren Arm.

Sie zuckte und zog den Arm weg; ein Hauch von Röte legte sich auf ihre Wangen. »Sie … hat mir alles über diese Farm beigebracht. Ich habe die ganzen Sommer mit ihr im Garten verbracht. Wir haben über einen Morgen Land bepflanzt: Erbsen, Karotten, Kartoffeln, Mais, Salat, Rote Bete, Himbeeren, Erdbeeren.« Angela kicherte. »Du würdest es nicht glauben, aber ich weiß, wie man grüne Bohnen einmacht.«

»Igitt, grüne Bohnen.« Er streckte seine Zunge heraus. »Meine Mutter machte immer grüne Boh…«, mitten im Satz stockte er. »Wo kam das denn jetzt her?«

»Wo kam was her?«

»Diese Erinnerung. Ich erinnere mich nicht an meine Mutter, wie sollte ich mich also daran erinnern, dass sie grüne Bohnen einkochte?«

»Deine Großmutter meinst du.«

»Nein, meine Mutter. Ich erinnere mich an keinen von ihnen. Meine Mutter, mein Vater, meine Großmutter, mein Großvater. Alle tot, bevor ich sechs Jahre alt war.«

»Gott … sechs.« Angela atmete langsam aus. »Wer hat dich großgezogen?«

»Die Schwester meiner Mutter und deren Mann. Und großgezogen würde ich das nicht nennen. Eher geduldet. Ich hatte aber meinen Bruder, Brent.« Trevor lehnte sich wieder zurück und faltete die Hände hinter dem Kopf. »Ich habe ihn nicht gesehen seit … lass mich mal nachdenken … seit Tante Gladys' Beerdigung vor fünfzehn Jahren.«

»Wo lebt er?«

»Ich weiß es nicht. Nach dem, was ich als Letztes gehört habe, arbeitet er als Fernfahrer.«

»Ach ja.« Angela hielt inne. »Du bist ganz allein.«

»So ist es«, gab Trevor zur Antwort. »Wenn man von Constance absieht.«

»Constance?«

»Eine Freundin.«

»Ich dachte, du hättest gar keine Freunde.«

»Selbstverständlich habe ich Freunde.«

»Nenn mir einen.«

»Na ja, da ist Constance.«

»Und außer Constance?«

»Du.«

»Ist es das, was ich für dich bin … eine Freundin?«

Er rollte sich vor auf seine Hände und Knie und rutschte über das Bett auf sie zu. »Bleibst du hier?«

Sie schüttelte den Kopf, aber diesmal rückte sie nicht weg von ihm. Sie starrten einander an. Sie suchte in seinem Gesicht, suchte von oben nach unten, von der einen Seite zur anderen, als sei sie auf der Jagd nach einem Zeichen, das in der Art verborgen lag, wie er seinen Mund hielt, oder im Richtungsverlauf der Fältchen an den Außenseiten seiner Augen, ob die nach oben oder nach unten wiesen. Er rutschte näher. Ihre Augen weiteten sich, als er seinen Kopf in den Nacken legte und sie auf den Mund küsste, das erste Mal, dass er Angela überhaupt küsste, ohne Sex zu wollen. Er tauchte ein in den Duft ihrer Haut, spürte die winzigen Fältchen in ihren weichen Lippen und sog den warmen Atem, der aus ihren Nasenlöchern auf seine Wange strömte, in sich auf. Er hatte den inneren Drang, ihr irgendetwas zu geben, aber er wusste nicht, was.

Ohne jede Vorwarnung stand Angela plötzlich auf, und Trevor kippte vornüber auf die nunmehr freie Stelle auf der Matratze. Sie hüpfte auf dem einen Fuß, während sie sich den anderen Schuh anzog. »Es tut mir leid, Trevor. Ich muss gehen. Das hier … das hier ist zu merkwürdig, verstehst du. Es geht gegen all unsere Abmachungen.«

Trevor glitt vom Bett, um ihr ins Wohnzimmer zu folgen, doch sie drehte sich um und hielt ihm die flache Hand vor die Nase. »Nein, bitte, ich finde allein den Weg. Ich weiß, dass ich für das hier noch nicht bereit bin. Und ich glaube auch nicht, dass du es bist.« Sie riss ihren Mantel von der Garderobe an der Wand und warf die Tür hinter sich ins Schloss.

Trevor schob den Türriegel vor und lehnte seine Stirn gegen die Tür. Warum hatte er sie auf diese Art und Weise geküsst? Was hatte er sich dabei gedacht? Er hätte sie nicht bitten dürfen, über Nacht zu bleiben. Es ging gegen all seine Prinzipien. Er lief durch die dunkle Wohnung zum Wohnzimmerfenster und blickte – immer noch nackt – nach draußen auf die nächtliche Skyline von Calgary. Was wollte er? Sein Leben allein verbringen? Verdammt, er wusste nicht, wo sich der einzige Bruder herumtrieb, den er hatte, und sein einziger Freund war eine übergeschnappte alte Frau, die mit toten Ehemännern in der Tasche um die Welt reiste. Constance und ihre drei Ehemänner. Drei. In einem Menschenleben. Er hatte noch keine einzige feste Beziehung gehabt. Das, was ihn mit Angela verband, konnte er keine Beziehung nennen. Ihre Unterhaltungen beschränkten sich darauf, wie gut der Sex gewesen war oder wer beim Hockey den Schlagschuss hätte ausführen sollen. Angela hatte den Nagel auf den Kopf getroffen. Er konnte über nichts anderes reden als über Arbeit und Eishockey. Er war noch nicht so weit. Er würde gar nicht wissen, was er mit einer Ehefrau anfangen sollte.

Schließlich ging er zurück ins Schlafzimmer. Und jetzt würde Angela ihn nicht wiedersehen wollen. Sein ganzer Körper schmerzte bei dem Gedanken.

12

In den kommenden Wochen sammelte sich in Trevors oberster Schreibtischschublade ein ordentlich gestapelter Stoß von Briefen. Er hatte angefangen, sich auf diese Botschaften zu freuen, die ihn von überall auf der Welt erreichten. Die Seiten waren stets gespickt mit interessanten Einzelheiten über ungewöhnliche Menschen und exotische Orte, und er hatte Spaß an den humorvollen Anspielungen auf ihre Ehemänner. Eines Samstagnachmittags Ende Mai, als er sich ganz besonders einsam und nicht so recht auf der Höhe fühlte, holte er die Briefe aus der Schublade und las sie noch einmal, einen nach dem anderen. Statt ihn aufzuheitern, hinterließen sie in ihm aber nur ein Gefühl von Schuld und Bedauern. Constance schaffte es jedes Mal, etwas zu sagen, was an seinen innersten Gefühlen zerrte.

5. April 1985
Benares, Indien

Lieber Trevor,

am vergangenen Dienstag hat mir einer der Bettler im Tempel von Pune meine Zukunft vorausgesagt. Es gibt in meinem Leben einen geheimnisvollen Mann, der mir einen ungeheuerlichen Gefallen erweisen wird. Ich wusste es sofort. Sie haben Michael die Ersatzteile geschickt. Nicht wahr, mein Freund? Ich habe auch hier schon kaputte Traktoren gesehen. Aber ich weiß nicht, wem sie gehören, sonst würde ich Sie bitten, noch mehr Ersatzteile zu schicken. Sie sollten mal mit den Leuten sprechen, die sie herstellen, und ihnen sagen, dass sie Probleme mit Bruchstellen haben. Letzte Woche sah ich einen, auf dem sich die Affen tummelten. Ein Elefant wäre in Indien viel nützlicher; die verbrauchen kein teures Benzin und haben niemals platte Reifen.

Ich besuche gerade die heilige Stadt Benares. Die Hindus glauben, wenn sie nach ihrem Tod an den Ufern des Ganges verbrannt werden, befreie sie das aus dem ewigen Kreislauf der Wiedergeburt. Die Sterbenden strömen zu Tausenden in die Stadt. Pilger kommen her, um in den heiligen Wassern zu baden. Auf den Stufen am Ufer des Flusses wimmelt es nur so von Menschen: Frauen in farbenprächtigen Saris, die bis zu den Hüften durchnässt sind, Männer in Lendenschurzen, die Yoga machen oder meditieren, Straßenhändler, die Speisen und Getränke verkaufen. Die Toten verbrennen auf lodernden Scheiterhaufen, und ihre Angehörigen streuen die Asche in den Fluss, während sie unablässig singen. Man kann die Stärke des Glaubens dieser Menschen förmlich spüren, selbst die Ärmsten der Armen schicken ihren Vater, ihre Tochter, ihre Ehefrau an einen besseren Ort. Es scheint sich niemand darum zu kümmern, wie verunreinigt der Fluss von den sterblichen Überresten von Menschen und Tieren und vom Abwasser ist. Ich war versucht, Donald hineinzuwerfen, doch als ich über die Frage meditierte (ich habe in Poona Unterricht genommen), war die Antwort ein klares Nein. Ich wäre besser mit allem klargekommen, wenn ich mehr über Meditation gewusst hätte, als ich noch mit ihm verheiratet war. Heuchlern ist der Zutritt zum Ganges offenbar verwehrt. Dann erzählte mein Reiseführer mir von Sati, bei dem die Ehefrau sich lebendig mit der Leiche ihres Gatten verbrennen lässt. Ich steckte Donald zurück in meine Tasche und sagte ihm, da solle er erst mal bleiben. Ich bin überzeugt, dass sich der rechte Ort für ihn auftun wird.

Ich hoffe, Sie sind glücklich in Calgary. Sagen Sie Angela bitte, dass es hier wundervolle Stoffe gibt. Sie erscheint mir wie eine Frau, die gern näht.

Passen Sie gut auf sich auf,
alles Liebe,
Ihre Freundin Constance

P.S.: Ich habe ein Foto für Sie gemacht, auf dem die Jungs und ich auf einem Elefanten reiten, aber es ist nichts geworden.

Warum musste Constance jedes Mal Angela erwähnen? Er hatte keine Ahnung, ob sie nähen konnte, und wie es aussah, würde er es wahrscheinlich auch nie herausfinden. Seit dem schicksalhaften Abend, an dem er vorgeschlagen hatte, dass sie über Nacht bleiben solle, hatte er sie nicht wiedergesehen. Er nahm den letzten Brief in die Hand, der erst am Freitag in der Post gewesen war. *Vielleicht wären Elefanten nützlicher als Traktoren.*

12. Mai 1985
Xian, Provinz Shaanxi, China

Lieber Trevor,

China zu bereisen ist schwierig und verwirrend, es ist überall brechend voll, und die Sprachbarriere ist höher, als ich es andernorts erlebt habe. Ich bin jedoch auf dem Universitätsgelände von Peking einer jungen Chinesin begegnet, Li, die Englisch spricht und mich zu den zugelassenen Touristenattraktionen begleitet: in die Verbotene Stadt, zur Chinesischen Mauer … allesamt bemerkenswert. Heute habe ich das Mausoleum des Kaisers Qin Shihuangdi besichtigt, der zwischen 246 und 210 vor Christus regiert hat. Ebenso wie die Ägypter glaubten auch die chinesischen Herrscher jener Epoche an ein Leben nach dem Tod. Das Grabmal, an dem siebenhundertzwanzigtausend Arbeiter neununddreißig Jahre lang gebaut haben, war Qins Versuch, sich ein elegantes Jenseits zu sichern. Tausende von mannsgroßen Kriegern aus Lehm – die Terrakotta-Armee – bewachen das Mausoleum, und

Berichten zufolge enthalten die vielen Hundert Schächte nicht nur sterbliche Überreste von Pferden, die geopfert wurden, sondern auch von Dienstboten und vielleicht sogar Gattinnen des Kaisers. Die Kaisergruft selbst ist nach wie vor versiegelt, vollgepackt mit Schätzen und angeblich mit Sprengfallen gesichert.

Ich war nicht übermäßig beeindruckt. Nur so ein weiterer Protz von Mann, der Menschen und Ressourcen opfert, um sich selbst auch nach seinem Tod zu glorifizieren. Wenn es nach Kaiser Donald gegangen wäre, würde ich mit noch ein paar anderen Ehefrauen und meinen Kindern in einem Schacht verschimmeln. Es ist noch gar nicht so lange her, dass eine Frau in Kanada das Eigentum ihres Ehemannes war. Dem Himmel sei Dank für die Frauenrechtlerinnen. Sie haben es in kurzer Zeit sehr weit gebracht.

Li hat mich für morgen Abend zum Essen in das Haus ihrer Eltern eingeladen. Ihr Vater, ein Orthopäde, kocht leidenschaftlich gern, und der Reis, den es hier ständig und überall gibt, hängt mir schon zum Hals heraus, also hat sie mir ein wenig Abwechslung versprochen. Sie hat mich davor bewahrt, gestern an einem Straßenstand Hund zu essen. Ich habe zwar nicht Sie an meiner Seite, der darauf aufpasst, dass ich nicht in Schwierigkeiten gerate, aber ich habe zumindest Li.

Nächste Woche mache ich mich auf gen Süden.

Alles Liebe, Constance

Wie um alles in der Welt schmeckte Hund? Er nahm das beiliegende Foto, das Constance auf der Chinesischen Mauer zeigte, aus dem Umschlag heraus und legte es zu den anderen in seinen Schreibtisch. Aus den Augen, aus dem Sinn. Er konnte Unordnung nicht ertragen, in seiner Wohnung gab es das Durcheinander nicht, das bei so vielen anderen Leuten herrschte: die Stapel Magazine und Zeitungen, den verstaubten Nippes, die Haufen von Garderobe, die aus reiner Faulheit über einer

Stuhllehne oder verstreut auf dem Boden lagen, die Küchenschublade, die vor lauter Krimskrams klemmte, sodass man sie nicht mehr aufziehen konnte. Er hatte sich dieses Wohnhaus wegen seiner geografischen Lage ausgesucht und wegen des Namens des Stadtteils, Sunnyside, wo das Licht fast den ganzen Tag durch die Fenster hereinströmte und jede Staubfluse sichtbar machte, jeden Schmierstreifen auf dem Fensterglas, sämtliche Krümel unter dem Tisch, die man beim Fegen nicht miterfasst hatte.

Er wanderte in die Küche. Der Raum war blitzblank, die Arbeitsplatten leer, der Boden erst am Morgen frisch geputzt, sodass er glänzte. Kein einziger Krümel, keine einzige Staubflocke. Sauber, steril – genau, wie er es mochte. Sein langgezogenes Gesicht spiegelte sich in der polierten Seite des Toasters. Er ließ sich auf einen Stuhl fallen. Wo war das Gefühl von Befriedigung, das er sonst immer empfand, wenn seine Umgebung in diesem Zustand war? Vielleicht würde ein wenig Farbe helfen. Ein Gemälde oder zwei lenkten ihn vielleicht ab von der Leere seines Lebens. Er klopfte mit den Fingern auf den leeren Tisch, sprang dann auf und eilte zurück zu seinem Schreibtisch. Er zog die Schublade auf und fingerte zwischen den Briefen nach den Fotos. Wieder in der Küche, legte er sie in Form eines Fächers auf dem Tisch aus. Constance am Great Barrier Reef; Constance mit dem Massai; Constance umgeben von Hügeln aus Zimt, roten Chilischoten und Mangos auf einem Markt in Neu-Delhi. Er schnappte sich seine Autoschlüssel und fuhr hinunter zum Einkaufszentrum, wo er in einem Fachgeschäft für Bürobedarf ein Dutzend unauffälliger Kühlschrankmagnete erstand. Als er wieder nach Hause kam, klemmte er die Fotos in ordentlichen Reihen auf die Tür des Kühlschranks. Er trat einen Schritt zurück, um sein Werk zu begutachten. Schon bald würde er noch mehr Magnete brauchen.

Ein weiterer Brief und eine Postkarte, die eine erschrockene Schafherde zeigte, trafen Mitte Juni ein.

1. Juni 1985
Rotorua, Neuseeland

Mein lieber Trevor,

ich wollte mich immer schon mal in einem Schlammbad wälzen. Die Quellen in Rotorua riechen wie Schwefel, erwärmen den Körper aber, und es geht das Gerücht um, dass sie den Alterungsprozess verlangsamen. Gäbe es Hoffnung für uns beide, wenn ich meine Uhr um vierzig Jahre zurückdrehen könnte? (Schämen sollte ich mich – sagen Sie Angela, dass ich nur Spaß mache.) Ich habe die Jungs nicht mit in den Schlamm genommen. Sie sind schon zu weit hinüber.

Sie fragen sich vielleicht, wie das ist, drei Ehepartner gehabt zu haben, wo Sie selbst doch noch niemals eine Ehefrau hatten. Ich will hier nicht andeuten, dass Sie ein Mann mit einer gewissen Neigung sind, aber wenn Sie es wären, würde ich Sie trotzdem immer noch mögen. Mich interessieren solche Dinge nicht. Ich schätze es, wenn ein Mensch ein gütiges Herz hat, und Sie haben eines der gütigsten, die mir je begegnet sind. Ich werde niemals vergessen, wie Sie mich aus den Fängen der Ägypter gerettet haben.

In meiner Jugend dachte ich, wenn eine Beziehung endet, ob wegen Tod, Scheidung oder schlichtweg Langeweile, würde die andere Person einfach weggehen, und man würde sie vergessen. Ich habe mich geirrt. Jedes Mal, wenn einer meiner Ehemänner ging, ob Martin, Donald oder Thomas, hat er einen von ihm geprägten Teil von mir weg- und mit sich genommen. Jeder von ihnen hinterließ ein Loch in meiner Seele, und die fehlenden Stücke umkreisen mich, wie Monde einen Planeten. Von Zeit zu Zeit kreist einer von ihnen in mein Bewusstsein hinein, und ich erinnere mich an den Menschen. Gute Erinnerungen, schlechte Erinnerungen. Ich erzwinge sie nicht, sie … passieren. Ich gehe vielleicht gerade in einer fremden Stadt die Straße entlang, und plötzlich walzt Thomas in meinen Kopf. Oder ich hocke auf den Knien in meinem Garten, und auf einmal kniet Martin im nächsten Beet und gräbt die Kartoffeln um. Ich bin eine Frau voller Löcher, die drei Monde umkreisen. Ich habe nirgendwo meine Ruhe vor ihnen. Es ist aber auch etwas Kostbares; sogar Donald hat mir etwas geschenkt. Seine Grausamkeit hat mich gelehrt, mich selbst wertzuschätzen.

Das Beste ist, einen Menschen zu finden, der niemals fortgeht und der einem erlaubt, in seiner Ganzheit man selbst zu sein, aber das ist unmöglich. Jeder muss irgendwann sterben. Ich hoffte, diese Reise, dieses Verstreuen meiner drei Ehemänner an fernen Orten, würde mich von den Trabanten befreien, die mich umkreisen. Würde mir erlauben, inmitten des ganzen planetarischen Abfalls mich selbst zu finden. Bisher hat das nicht geklappt.

Ich hoffe, Sie und Angela werden miteinander eine Ganzheit werden.

Alles Liebe, Constance

Trevor befestigte das neue Foto am Kühlschrank: Constance, die hinter einer Schlamm-Maske hervorschaute. *Löcher in der Seele.* Das erklärte vielleicht das unangenehme Gefühl, das ihn in den letzten Wochen plagte. Ein Loch in Form von Angela. Das erschreckte ihn. Er hatte sich eingebildet, alles im Griff zu haben, wenn es um Frauen ging. Lass dich auf nichts ein. Gefahr. Halt Abstand. Doch hatte sie ihn auf seine Anrufe hin nicht zurückgerufen. Keine Mittagessen in Bistros in der Innenstadt. Kein Sex. Er stellte sich vor, wie der Wind durch die formschöne, wie mit einer Plätzchenform ausgestochene Lücke in seiner Seele wehte. Hatte er Löcher für seine Mutter und für seinen Vater und noch ein weiteres für Brent? Ein veritabler Schweizer Käse aus fehlenden Menschen.

Er streckte sich auf dem Sofa aus, das Telefon auf dem Schoß. Vielleicht war sie nicht zu Hause. Reden wollte sie sowieso nicht mit ihm. Warum sollte sie das auch wollen? Sie hatte es klar gesagt – sie hatten es beide klar gesagt –, ihre Beziehung war eine rein körperliche. Keiner von ihnen wollte sich tiefer auf den anderen einlassen. Er war über das Ziel hinausgeschossen.

Langsam hob er den Hörer von der Gabel.

Er würde ihr sagen, dass er in einem Anflug von Wahnsinn einen Fehler gemacht, dass er sich in Afrika einen Parasiten eingefangen hatte, von dem sein Gehirn in Mitleidenschaft gezogen worden war. Er würde sich benehmen, schwor er sich und wählte ihre Nummer.

»Hallo? Angela? Hier spricht Trevor.«

»Trevor.« Ihre Stimme klang vorsichtig. »Hi.«

»Ich überlege gerade. Wie wäre es diesen Samstag mit Frühstück?«

Frühstück war schlicht, unverbindlich.

»Dieses Wochenende? Ich … ich kann nicht.«

Die Zurückweisung war geschickt und grausam. Auf ewig ein Loch in der Form von Angela in seinem Solarplexus.

»Wie wäre es dann unter der Woche?«

Stille.

»Es tut mir leid. Mein Bruder ist krank. Ich bin jedes Wochenende zu Hause auf der Farm, um auszuhelfen. Dadurch hinke ich bei meiner Arbeit hinterher. Ich kann nicht.«

»Oh.«

Er wartete auf den Vorschlag, er solle in einer Woche noch einmal anrufen. Auf das Angebot, dass sie ihn zurückrufen würde, wenn sie Zeit habe. Beides kam nicht.

»Na ja, ruf mich an, wenn du Zeit hast«, sagte er mit kraftloser Stimme.

»Klar. Ist das alles?«

»Ja, das ist alles.«

»Okay.«

»Bye.«

Er legte den Telefonhörer auf. Sie hatte ihn vollständig ausgesperrt.

Trevor ackerte sich seinen Weg durch die Pfützen auf dem schlammigen Pfad durch den Fish Creek Park. Normalerweise wäre er über die Pfützen hinweggesprungen, aber heute erlaubte er dem schwarzen Wasser, an den Hinterseiten seiner Oberschenkel hochzuspritzen. Kurz bevor er die Fünfunddreißig-Minuten-Marke seines Laufs erreichte, wurden die Endorphine ausgeschüttet und durchfluteten seinen Körper wie ein Rausch. Er ging joggen, um diesen Rausch, dieses Gefühl von Euphorie, und den flachen, festen, tollen Körper zu bekommen. Den Rausch durch übermäßigen Alkoholgenuss empfand er lediglich als wenig reizvolle, torkelnde Vergesslichkeit. Brent wollte ihn in der High School dazu überreden, Marihuana zu probieren, doch er hatte widerstanden. Er zog seine natürlichen High-Zustände vor. Wenn er aufhörte zu rennen, gingen sie wieder weg. Davon machte man sich weder die Leber kaputt noch löschte man seine Erinnerungen aus. Das Laufen gab dem Leben einen positiven Impuls. Heute brauchte er das, heute musste er rennen, um seinen Kopf freizubekommen, seine Laune zu heben. Es war nicht wegen Angela. Er hatte die Regeln geändert, ohne ihre Zustimmung. Er konnte ihre Reaktion nachvollziehen, aber da war mehr. Ein rastloses Tier pirschte durch seinen Körper; ein lauernder Tiger, ein Löwe, und er schlich sich an ihn heran, wenn er nicht aufpasste, schlich mit seinem sehnigen Körper durch das Gras, die Muskeln gespannt, um jederzeit springen zu können. Für eine Midlife-Crisis war er zu jung. Bei der Arbeit hatte er auch keinen Stress. Er würde zu seinem Arzt gehen. Aber wie würde er es erklären? Hey, Herr Doktor. Meine Zellen richten sich neu aus. Es fing an mit einer Reise nach Ägypten mit einer alten Dame und ihren drei toten Ehemännern. Wie lautet die Diagnose? Hat man mich verhext?

Ein Maultierhirsch, der über sein plötzliches Auftauchen erschrak, sprang vor ihm quer über den Pfad, mit weiß blitzendem Schwanz. Er hatte hier auch schon Kojoten gesehen, die ebenso auf Beutezug waren wie das Tier, das sich in seinem Körper eingenistet hatte, und er hatte gehört, dass Pumas am Flussarm entlang in die Stadt hineinstreiften, obwohl ihm selbst niemals einer über den Weg gelaufen war. Über seinem Kopf zitterte silbern und grün das frische Espenlaub in der Brise, und die Wildrosen wuchsen in dichten Büschen am Rand des Pfads. Trevor saugte den süßen Frühlingsduft mit jedem Atemzug tief in sich auf. Dann spürte er sie, die plötzliche Energieflut, die durch seine Venen strömte, das Gefühl, er könne auf ewig auf diesem schlammigen Pfad weiterrennen und die schäumende Unsicherheit, die in seinem Inneren toste, hinter sich lassen. Er musste mehr joggen. Das war alles.

Als er zu Hause ankam, hatte Angela ihm auf dem Anrufbeantworter eine Nachricht hinterlassen. *Ruf mich an.* Der Klang ihrer Stimme auf dem Band ließ sein Herz schneller schlagen. Hatte sie ihre Meinung geändert?

Nach einer Dusche schlang er sich ein Handtuch um die Lenden und wählte zum zweiten Mal innerhalb weniger Stunden mit bangem Herzen ihre Nummer.

»Angela? Ich bin's, Trevor.«

»Hi.«

Schweigen folgte, als warte sie darauf, dass er etwas sagte.

»Du hast eine Nachricht hinterlassen, dass ich dich zurückrufen soll?« Hatte er die schlichten Worte fehlinterpretieren können? *Ruf mich an.*

»Ich ...« Sie räusperte sich. So nervös hatte sie sich für seine Begriffe noch nie angehört.

»Pass auf. Möchtest du dieses Wochenende mit rauf zur

Farm kommen? Wir bündeln die erste Ernte und könnten Hilfe gebrauchen. Ich … du hast gesagt, du hättest früher auf einer Farm gelebt. Ich dachte …«

»Klar, das würde ich liebend gern tun.«

»Echt? Toll. Kann ich dich am Freitag nach der Arbeit abholen? So etwa halb sechs?«

»Okay.«

»Bring alte Sachen mit.«

Trevor ließ den Telefonhörer auf die Gabel fallen und riss sich das Handtuch von den Lenden. Er warf es sich über den Kopf, stieß einen Jubelschrei aus, und dann tanzte er seine ganz persönliche Version einer Rumba durch den Flur ins Schlafzimmer.

13

Willow Bunch, Gravelbourg, Carrot River, Assiniboia. Die Namen kamen Trevor nacheinander in den Kopf, während die Strommasten am Autofenster vorüberrasten. Die Namen passten allerdings nicht zu den Ortsschildern, die entlang des Netzes aus Schotterstraßen standen, sondern gehörten in eine andere Provinz, in eine frühere Zeit. Moose Jaw, Yellow Grass, Limerick …

Saskatchewan. Der vielleicht vier- oder fünfjährige Trevor hatte am Rand der Prärie gestanden und gewartet. Er hatte seine Augen angestrengt, um das Ende des Weidelands zu erspähen, wo die Welt aufhörte, wo das Land an den Himmel stieß. Er hatte zum Horizont laufen wollen, um nachzusehen, ob er sich dort auftürmte wie eine Wand oder ob man geradewegs von der Kante stürzte, hinein ins Universum. Aber er hatte Angst davor gehabt, einen Schritt zu tun, aus Furcht, er könne die Blumen zertreten. Aus den letzten Schneeresten, neben den rotbraunen Spitzen seiner Gummistiefel, hatten die Knospen der Krokusse fast schüchtern hervorgeschaut. Der Erdboden war von ungefähr einer Million Krokussen in alle Richtungen violett gefärbt, jedes einzelne Pflänzchen hatte sich vorsichtig, aber unaufhaltsam durch seine eigene verbliebene Schneedecke gedrückt. Die Luft hatte nach Schmutz gerochen – nass und erdig und verheißungsvoll nach Frühling – und ihm in der Nase gekitzelt. Auch die Präriehunde hatte er riechen können, doch das Einzige, was er von den scheuen, hellbraunen Erdhörnchen sehen konnte, waren die aufgeschütteten Kanten ihrer Wohnhöhlen, Löcher in der Erde zwischen den Blumen. Der Junge hatte sich gefragt, ob Präriehunde die Krokusse wohl auch so liebten wie er.

»Fast da.« Angelas Stimme zerrte ihn zurück ins Innere des Wagens, weg von dem Namen Assiniboia, weg von dem Meer aus Krokussen. Draußen vor ihnen erstreckte sich die Spätfrühlingsprärie in Grün, nicht in Violett. Felder von frisch gemähter Luzerne, die in Bündeln hinter Stacheldrahtzäunen trocknete. Auf anderen Feldern standen Strohballen wie dicke goldene Blöcke, die aussahen wie gigantische Weizenflocken aus dem Frühstücksmüsli oder wie übergroße Zimtrollen, die neben den Reifenspuren des Mähdreschers lange Schatten warfen. Die flache Landschaft erstreckte sich in jeder Richtung bis zum Horizont, Farmland, das von einem Flechtwerk aus endlosen Schotterstraßen unterteilt wurde. Steine schlugen unter die Bodenwanne des Wagens, und eine Staubspur folgte ihnen über das Land.

»Hast du was gesagt?«, fragte er.

»Wir sind in der Nähe der Farm.« Angela blickte zu ihm herüber. Sie hatte nicht viel gesagt, seit sie Calgary verlassen hatten. »Hast du geschlafen?«

»Vor mich hin geträumt.« Er streckte seine Arme über den Kopf und gähnte. Das Radio spielte leise Country-Musik. Sie hatten einander nicht geküsst, als sie ihn abholte, aber sie hatte gegrinst, als er seine Tasche in den Kofferraum des Wagens warf.

»Willst du einen ganzen Monat bleiben?« Sie hatte mit einem Kopfnicken auf die Eishockey-Sporttasche gedeutet, die fast aus allen Nähten platzte.

Alle paar Meilen kamen sie an einem Farmhaus vorbei, vor dessen Auffahrt eine Baumreihe stand. Zu den Häusern gehörten meist eine rot-weiße Scheune, ein paar Nebengebäude, weite Rasenflächen, und im Hof parkten schwere Landmaschinen. Die meisten Gehöfte waren in gutem Zustand, mit gemähtem Rasen, begradigtem und geschottertem Weg sowie Blumenbeeten ums Haus herum. Gelegentlich fuhren sie an einer windschiefen ungepflegten Farm vorüber, wo der Rasen hoch stand, durchwuchert war von Disteln und Löwenzahn und die zerbrochenen Regenrinnen vom Dach herunterhingen. Der Anblick dieser Farmhäuser erfüllte Trevor mit einem unangenehmen Gefühl von Vertrautheit.

Angela bog links ab, ohne den Blinker zu setzen, und fuhr einen von Pappeln gesäumten Schotterweg hinunter, der um die Front eines zweistöckigen, mit Schindeln gedeckten Hauses herumführte. Ein Hund mit schwarz-weißem Fell rannte von der Seite des Vordachs auf sie zu, tänzelte vor dem Auto hin und her und versuchte dabei, in die Reifen zu beißen.

Als sie aus dem Wagen stiegen, sprang der Hund an Angela hoch; sie kniete sich auf den Boden und raufte ihm mit beiden Händen das Fell am Nacken, während er ihr Gesicht ableckte. Sie küsste den Hund auf die Nase und stupste ihn in Trevors Richtung. »Darf ich dir Caesar A. vorstellen?« Der Hund lief zwischen Trevors Beinen eine Acht und setzte sich dann, wobei ihm seine lange, rosafarbene, nasse Zunge aus dem Mund heraushing, er hechelte. »Er ist ein Coydog, halb Kojote und halb Hund«, ließ Angela ihn wissen. Dann drehte sie sich um, denn es öffnete sich quietschend das Fliegengitter vor der Haustür, und eine groß gewachsene Frau, die das graue Haar im Nacken zu einem lockeren Knoten zusammengesteckt hatte, trat heraus auf die Veranda. Sie hielt ihre Hand vor das Gesicht, um von der Abendsonne nicht geblendet zu werden.

»Angie!«, rief sie. »Hatte dich erst nach Einbruch der Dunkelheit erwartet. Wen hast du da mitgebracht?«

Trevor schluckte beim Anblick der Frau. Vor lauter Begeisterung, mit Angela zusammen sein zu können, hatte er gar nicht in Betracht gezogen, dass da auch noch andere Menschen auf der Farm lebten. Menschen, mit denen er sich würde unterhalten müssen. Hatte er geglaubt, die Farm würde von Kühen oder Hühnern bewirtschaftet? Er war in keinem Privathaus mehr zu Besuch gewesen seit Tante Gladys' Beerdigung, bei der die Dame des Hauses tot gewesen war; Onkel Pat war schon lange vorher an Lungenkrebs gestorben. Trevor und Brent hatten das Doppelbett auf ihrem alten Dachboden miteinander geteilt, um dem stillen Schlafzimmer auf der Wohnetage zu entgehen und den Geistern ihrer Tante und ihres Onkels, die zusammen mit dem Nachtwind seufzend durch die Korridore spukten. Das alte Haus hatte immer noch nach Onkel Pats Zigaretten gerochen. Die Brüder hatten sämtliche Decken zusammengesucht, die Tante Gladys gehäkelt hatte, und sie zusammen mit dem Weidenstock, den sie in der Ecke der Veranda gefunden hatten, in der Kesseltrommel hinter dem Haus verbrannt.

Diese Frau hier war aber äußerst lebendig und begutachtete ihn vom Scheitel bis zur Sohle mit Augen, denen nicht einmal ein nackter Floh entgehen konnte.

Angela stieg die Holzstufen zur Veranda hinauf und küsste die Frau. »Mama«, sagte sie, »ich habe mir fürs Wochenende einen starken Mann mitgebracht. Das ist mein Freund Trevor. Trevor, meine Mutter, Helen.«

Die Frau streckte ihm eine große raue Hand entgegen. »Komm rein, Trevor. Herzlich willkommen. Angela bringt nur noch selten mal Freunde mit nach Hause. Bist du auch Rechtsanwalt von Beruf? Angie, bist du sicher, dass der mit einem Heuballen fertig werden kann?« Sie sprach mit einem Singsang in der Stimme, der den Skandinaviern eigen war.

»Nun nerv ihn nicht gleich«, erwiderte Angela. »Er steht ja noch halb in der Tür. Wir peitschen ihn uns in Form. Wo sind Dad und Bo?«

»Bo ist unten im Südfeld, das Heu prüfen. Wir hoffen, dass

sie es spätestens Montag ballen können. Die übrigen Felder sind alle so weit«, gab Helen zur Antwort und öffnete die Tür mit dem Fliegengitter.

»Wie geht es ihm?« Angelas Stimme senkte sich um eine Oktave.

»So gut, wie man das erwarten kann, würde ich mal sagen.« Helen schob sie durch die Tür.

Als Trevor die Küche betrat, hatte er ein Déjà-vu-Erlebnis, das ihn nahezu umwarf. Die Milchschleuder in der Ecke, der Linoleumboden im grün-schwarzen Schachbrettmuster, der schmiedeeiserne Kochherd, das alte Kurbeltelefon an der Wand, die Blumentöpfe auf der Fensterbank. Wenn er den Vorratsschrank neben dem Waschbecken öffnete, würde er Cornflakes und einen Topf mit Wildblütenhonig finden, das wusste er.

»Axel, wir haben Besuch«, rief Helen, als sie durch den Raum zum Herd marschierte. Ihre Bewegungen wirkten nahezu maskulin, als sie ihn öffnete. Die brutzelnden Geräusche und der Duft des Bratens wehten in den Raum. »Zieh dir ein Hemd an.«

Der Geruch des Fleisches, der Plätzchen, die auf dem Kühlrost auf der Arbeitsplatte standen, und das Aroma des Bohnenkaffees, der in einer Aluminiumkanne auf dem Ofen stand, vereinigten sich in Trevors Erinnerung wie alte Freunde. Ein schlanker, weißhaariger Mann, der Hosenträger und ein Unterhemd aus Baumwolle trug, saß in einem gepolsterten Schaukelstuhl neben dem Herd und las Zeitung. Er erhob sich, stand leicht vornübergebeugt; Zeitung und Brille baumelten in seiner Hand.

»Dad, ich möchte dir Trevor vorstellen.« Angela nahm ihren Vater kurz in die Arme. »Mach dir keine Gedanken wegen des Hemdes. Trevor, mein Dad Axel.«

Axel war sehr viel größer als Trevor, und sein Händedruck

fühlte sich an wie ein Schraubstock, aber seine Stimme war sanft und klang fast ein wenig scheu, sie hob und senkte sich in dem gleichen Singsang wie Helens. »Willkommen in meinem Haus, mein Sohn.«

»Schön, Sie kennenzulernen … Sir«, stotterte Trevor. Onkel Pat hatte stets darauf bestanden, dass sie ihn Sir nannten.

»Der einzige Sir auf dieser Farm ist der Hahn«, witzelte Helen und stellte einen Stapel Teller auf den Tisch. »Angela, bring Trevor nach oben, damit er seine Sachen auspacken kann«, sagte sie. »Du kannst Bjornes altes Zimmer haben. Trinkst du Kaffee? Klar trinkst du den. Du siehst mir nicht aus wie einer dieser Gesundheitskost-Fanatiker. Abendessen in einer Stunde. Rinderbraten. Selbst gezogen.«

Angela und Trevor schleppten ihre Taschen die steile, enge Treppe hinauf. Die ausgetretenen Holzdielen krächzten vor Altersschwäche. Trevor musste den Kopf einziehen, weil die Decke so niedrig war, und er fragte sich, ob Axel je in die zweite Etage kam. Angela zeigte auf die Tür auf der linken Seite.

»Das da ist dein Zimmer«, sagte sie und grinste ihn von der Seite an. »Meine Eltern sind ziemlich altmodisch. Wirf deine Klamotten eben da rein, und dann geh ich mit dir auf große Besichtigungstour.«

Trevor betrat das Zimmer. Die Decke der Dachkammer, die in Richtung des Erkerfensters abflachte, erinnerte ihn an den Raum, den er in Regina mit Brent geteilt hatte. Er warf seine Tasche auf das schmale Bett und reckte sich über den Holzschreibtisch, um eines der Flügelfenster zu öffnen. Der frische Duft von gemähtem Gras und das Zirpen von Grillen strömten herein in die warme, abgestandene Luft. Zahlreiche Eishockey-Trophäen standen aufgereiht auf einem Regal über dem Bett, und er nahm eine in die Hand, um zu lesen, was darauf eingraviert war. Bjorne Steffansson, erfolgreichster Spieler der Brooks Junior-Liga, 1964.

»Bo war ein toller Eishockeyspieler.« Angela lehnte im Türrahmen. »Bettzeug bringe ich dir nach dem Abendessen.«

Er wollte sie fragen, warum sie ihn hergebracht hatte. Der Türrahmen umrahmte ihren Körper. Der verblasste Druck auf der Tapete hatte die gleiche Farbe wie ihr Pferdeschwanz, und ein paar lose lockige Strähnen ihres Haars umrahmten ihr Gesicht. In dem T-Shirt und den kurzen Hosen sah sie eher aus wie ein Teenager als wie eine zweiunddreißigjährige Rechtsanwältin. Er wollte sie küssen. Sie fragen, ob er das durfte. Stattdessen fragte er: »Wo wird Bjorne denn schlafen?«

»In seinem neuen Haus hinter der Scheune«, antwortete sie lachend. »Da lebt er mit seiner Frau und ihren drei Kindern.«

»Was hat er denn?«, fragte Trevor und kämpfte gegen den inneren Drang, seine Arme um sie zu schlingen.

»Er hatte vor ein paar Monaten einen Herzinfarkt und soll sich einer Bypass-Operation unterziehen, sobald er stabil genug dafür ist.« Sie drehte sich um. »Komm. Ich will dir alles zeigen, bevor es dunkel wird. Morgen werden wir keine Zeit haben für irgendwelche Besichtigungen.«

Die Sonne brannte ein Loch in den niedrigen blauen Himmel über dem westlichen Horizont, als sie Richtung Scheune gingen und der Schotter unter ihren Füßen knirschte. Caesar A. folgte ihnen, seine Pfoten nur Zentimeter hinter Angelas Fersen. Als sie am Tor zur Scheune vorübergingen, sahen sie ein geflecktes Kätzchen, das sich die Unterseite der Pfote leckte. Hinter der Scheune ging eine asphaltierte Straße von der Hauptzufahrt ab, die zu einem modernen Bungalow mit versetzten Ebenen führte. Er verfügte über eine Doppelgarage, und auf der Auffahrt war ein Basketballkorb installiert.

»Bjornes Haus?«, riet Trevor.

Angela nickte. »Es gibt drei Häuser auf dieser Farm. Meine Großeltern haben das Land erschlossen und die Blockhütte unten am alten Flussbett gebaut. Meine Eltern haben ihr Haus gebaut, als sie geheiratet haben, und da haben wir alle zusammen gewohnt, bis Oma und Opa starben. Bjorne und Nancy sind in das neue Haus gezogen, bevor Jake zur Welt kam.«

»Und Angela, wo ist ihr Zuhause?«, wagte Trevor zu fragen.

Sie steckte ihre Hände in die Gesäßtaschen ihrer Shorts und schaute weg. »In einer Parterrewohnung in Calgary?«

Ein brauner Halbtonner, ein Geländewagen mit offener Ladefläche, fuhr um die Ecke der Scheune und kam kurz hinter ihnen zum Stehen. Ein Mann stieg aus der Fahrertür aus, seine blauen Augen sahen aus wie lodernde Lichtflammen in einem Gesicht, das verwittert war von Jahren in Sonne und Wind. Ein weiterer Wikinger, größer und schlanker noch als Axel. Trevor fragte sich, wie Angela nur so zierlich sein konnte bei diesem Clan der Giganten. Und ihre dunklen Augen. Der Mann wischte sich die Hände an seiner von Fettflecken verschmutzten Jeans ab, legte zum Gruß die Hand gegen die rote schmutzige Baseballkappe, dann bleckte er die weißen Zähne und schritt auf sie zu.

»Angie!«, brüllte er, hob sie dabei vom Boden und wirbelte sie durch die Luft.

»Vorsichtig«, rief sie lachend zurück, presste ihre Hände gegen seine Schultern. »Bo, stell mich hin. Du tust dir damit nur wieder was an.«

»Ach, hör doch auf, Ang«, protestierte er. »Mir geht es gut.« Er streckte Trevor seine von der Arbeit verschwielte, raue Hand entgegen. »Hi. Ich muss das rüde Benehmen meiner Schwester wiedergutmachen und mich selbst vorstellen. Bjorne Steffansson.«

»Trevor Wallace. Schön, Sie kennenzulernen.« Bjornes Händedruck war sogar noch fester als der seines Vaters.

Bjorne hob die Brauen. »Ist schon lange her, seit du das letzte Mal einen Mann mit nach Hause gebracht hast, Ang. Seid ihr zwei …?«

»Bo«, schimpfte sie. »Trevor ist ein Freund. Er hat früher auf einer Farm gelebt. Ich habe ihn gebeten, mit rauszukommen und mit dem Heu zu helfen, das ist alles.«

»Okay, okay … Freunde.« Er grinste. »Ma hat mich gebeten, euch zwei fürs Abendessen nach Hause zu schicken. Übrigens, ein Kojote hat sich letzte Nacht eines ihrer Hühner geholt, aber erzählt ihr das nicht. Wir sehen uns morgen früh. Gegen sechs.«

Er küsste Angela auf die Stirn, faltete sich wieder hinter dem Steuer des Pick-ups zusammen, tippte noch mal mit der Hand an die Baseballkappe, dann fuhr er an ihnen vorüber zu seinem Bungalow. Als sie zu dem alten Farmhaus zurückkehrten, fing es an dunkel zu werden auf dem Hof, und in der Ferne, in einem Tümpel, quakten Frösche.

14

Trevor wanderte durch endlos flaches Land. Bei jedem Schritt bogen sich die Grashalme unter seinen Füßen, und der Duft von Salbei erhob sich auf den Schwingen des warmen Windes. In der Ferne graste eine Herde von Bisons. Gänseblümchen wiegten ihre Köpfe in der Brise, und Teppiche aus Flachs und Bartfaden rollten sich über das weite Land. Er lief bergauf, die Böschung eines Hügels mit runder Kuppe empor. Auf der Spitze lenkte ein rot und tiefgrau gefärbtes Steingebilde seinen Blick in das kobaltblaue Himmelszelt, in dem Wolken, die aussahen wie Wattebäusche, über seinem Kopf kreisten. Am Außenrand des Hügels arbeitete sich ein Elefant auf ihn zu; die schweren Füße ließen Wogen von Staub in die Luft stieben. Eine Frau saß rittlings auf dem Rücken des Tieres. Constance. Sie winkte und rief nach ihm. Der Elefant schlang seinen Rüssel um Trevors Lenden, schwang ihn empor und platzierte ihn hinter Constance. Trevor blickte in die Tiefe. Er befand sich nicht mehr nur eine Elefantenhöhe über dem Erdboden, sondern so hoch wie hundert Elefanten, und die Prärie erstreckte sich unter ihnen wie eine Landkarte. Sie hatte die Umrisse einer nackten Frauengestalt: die Erde unter den riesigen Füßen des gigantischen Tieres die glatte Haut ihres Oberkörpers, und der Hügel sah aus wie eine pralle Brust. Als Constance ihm das Gesicht zuwandte, wurde sie seine Mutter, und dann war sie plötzlich nicht mehr seine Mutter, sondern Angela, deren farbloses Haar hinter ihr durch den kohlschwarzen Himmel wogte.

»Trevor.« Angela beugte sich über ihn, berührte mit der Hand seinen Arm. Der Elefant verschwand, und Trevor stellte fest, dass er zusammengerollt in einem Bett lag, das ihm nicht vertraut war, in einem Zimmer, das erhellt wurde vom schwachen Licht des Morgengrauens.

»Zeit aufzustehen, Schlafmütze«, flüsterte sie. »Frühstück steht auf dem Tisch.«

Der Duft von Speck und Kaffee, das Klappern von Tellern, eine Stimme aus dem Radio und das schabende Geräusch eines Stuhlbeins wehten die Treppen hinauf in sein Zimmer. Er schüttelte den Kopf, um ihn von den letzten Resten des Traums zu befreien. Wieder so ein verdammter Traum. Der dritte, vierte? Er konnte sie schon gar nicht mehr zählen.

»Man könnte meinen, ich hätte dich aus dem Tiefschlaf gerissen. Wir wollen Bo nicht warten lassen«, sagte Angela, flocht ihr Haar zu einem Zopf und verließ dabei den Raum. »Wir treffen uns unten. Du wirst ein gutes Frühstück brauchen.«

Trevor zwängte seine in Handschuhen steckenden Hände unter die parallel verlaufenden Schnüre und hievte den achtzig Pfund schweren Heuballen von den Gabeln des Hubstaplers. Er hielt ihn mit Hilfe seines Knies im Gleichgewicht, wie Angela es ihm gezeigt hatte, und hob ihn dann auf den Stapel auf der Ladefläche des Lasters. Neben ihm wartete Luke, Bjornes ältester Sohn, ein muskulöser, blonder Teenager mit rundem Schädel und sommersprossigem Gesicht, auf den zweiten Ballen. Angela fuhr den Gabelstapler, ihr Gesicht unter der Baseballkappe aus Jeansstoff war ganz rot von der Hitze, und die Bluse hatte sie sich bis zu den Ellbogen hochgekrempelt. Hatten Trevor und Luke die Heuballen von den Gabeln gehoben, schwenkte sie das Lenkrad und manövrierte den Stapler zum nächsten Ballen in der Reihe. Auf der Mitte des Feldes lenkte Bjorne die Ballenpresse an den Reihen getrockneter Luzerne entlang.

Die Maschine raffte die Ernte zusammen, brachte sie in Form, schnitt und verschnürte sie und ließ den ordentlichen Ziegel dann auf der Rückseite zu Boden fallen. Axel fuhr den Laster und sprang alle paar Minuten heraus, um Anweisungen zu geben, wie die Ballen gestapelt werden mussten. »Wir dürfen auf der Straße keine Ladung verlieren«, sagte er.

Trevor schob die Baseballkappe zurück, die er sich geliehen hatte, und wischte sich mit dem Ärmel den Schweiß von der Stirn. Der Tag hatte um sechs kühl begonnen, aber jetzt, zur Mittagszeit, brannte die Sonne unerbittlich auf sie herunter. Seine Schultern schmerzten, und trotz der Handschuhe, die Bjorne ihm am Morgen zugeworfen hatte, bildeten sich an jedem seiner Finger dicke Blasen. Das Frühstück lag ihm wie ein Klotz im Magen; Helen hatte Schinken und Eier in ihn hineingestopft, Toast, Marmelade und Kaffee, gefolgt von Pfannkuchen mit Ahornsirup, an denen Herkules seine helle Freude gehabt hätte. Er hatte auf die Butterbrote zum Morgentee verzichtet, die Bjornes Ehefrau Nancy auf dem Motorrad angeliefert hatte, wusste aber, dass auf die gleiche Weise in wenigen Minuten das Mittagessen eintreffen würde, und obwohl er keinen Hunger hatte, war er dankbar für die Ruhepause.

Bjorne, Angelas Vater, Nancy und sogar Luke nahmen jede seiner Bewegungen genau in Augenschein, taxierten ihn, beurteilten ihn. Die Art, wie er die Heuballen hob, ob er ihre Witze verstand, die Tatsache, dass er Turnschuhe trug und keine Stiefel. Daten für ihre Bilanz. Er war nicht sicher, worum es bei dem Ganzen überhaupt ging. Hatte Angela nicht ganz klar gesagt, dass er ein Freund war? Ein Freund. Wie sie mit dem Gabelstapler herumhantierte, erregte ihn, er konnte nichts dagegen tun; es erregte ihn, wie sie dabei aussah in ihren Jeans und in der Bluse aus Jeansstoff, an der drei Knöpfe offen standen. Er zog sich das Hemd aus der Hose heraus, damit niemand auf seinen Schritt sehen konnte. Er wagte nicht, sich über Müdigkeit zu beklagen, und lobpreiste die Gewichte, die er zu Hause in seinem Kleiderschrank aufbewahrte, ebenso wie seine Zehn-Kilometer-Läufe. Sie wollten sehen, wie ein Stadtjunge arbeiten konnte – er würde es ihnen zeigen. Er hievte den nächsten Ballen hoch, mit aller Kraft. Er fiel auf der anderen Seite des Lasters wieder herunter und mit einem dumpfen Geräusch auf den Boden.

»Hey, starker Mann. Vorsichtig!« Leichtfüßig sprang Angela vom Gabelstapler und hievte den Achtzigpfünder mit geübter Technik zu ihm nach oben. Er hätte nie gedacht, dass der Anblick der körperlichen Stärke einer Frau ihn dermaßen scharf machen könnte.

»Und das ist die Saskatoonbeere«, sagte Helen und servierte Trevor sein drittes Stück Kuchen mit Eiscreme, wobei sie seine Proteste einfach überhörte. Sie hatte drei Kuchen gebacken und bestand darauf, dass er von allen probierte. Trevor hatte Mühe wach zu bleiben nach dem Tag auf dem Feld. Und erst Helens Abendessen: Brathähnchen, Kartoffelpüree, Soße, grüne Bohnen, grüner Salat, Krautsalat, eingelegte Gurken, Brötchen und Kuchen. Das Rätsel, warum diese Menschen nicht dick waren, löste sich für Trevor während der Unterhaltung beim Abendessen. Pure, harte Arbeit.

»Meine Eltern sind mit einem Segelschiff von Schweden nach New York gekommen.« Helen servierte ihm diese Information zusammen mit einer Ladung Kartoffelpüree und einer Suppenkelle voller Soße. »Sie besaßen beide keinen einzigen Heller. Sie sind zu Fuß nach Minnesota gegangen und von da rauf nach Alberta bis zu dem alten Flussbett östlich von hier.«

Nach dem Essen räumte Angela die Teller ab und ließ Wasser ins Spülbecken laufen. Trevor stand auf, um zu helfen, da der Abwasch in Regina zu seinen Aufgaben gehört hatte, seit er fünf Jahre alt gewesen war.

»Bleib sitzen«, befahl Helen, als sie aus dem Wohnzimmer in die Küche kam, die Arme beladen mit Fotoalben. Axel und Bjorne stießen grunzende Laute aus, entschuldigten sich und gingen nach draußen auf die Westveranda, »um uns den Sonnenuntergang anzusehen«, wie sie behaupteten. Nancy scheuchte die Kinder nach draußen und ging dann ihrerseits.

»Wir haben Bilder, die zurückreichen bis ins Jahr 1930.« Helen legte die Alben vor Trevor auf den Tisch. Sie öffnete das erste und zeigte auf ein Schwarz-Weiß-Foto. »Meine Eltern.« Der Mann, groß und breitschultrig wie Axel, hatte eine helle Haarmähne und schaute in die Linse wie ein verschrecktes Reh, den Arm um die schmalen Schultern einer entschlossen wirkenden Frau geschlungen, die ihr Haar offen trug und mit breitem Lächeln zu ihrem Mann aufblickte. Eine ältere Ausgabe von Angela. Jetzt begriff Trevor, wem sie ihr Aussehen und ihre dunklen Augen verdankte.

Trevor blätterte langsam durch die abgegriffenen Seiten, und Helen gab zu jedem Foto einen Kommentar ab.

»Das da ist Matthew.« Sie wies auf ein Bild, das einen dünnen, schüchtern wirkenden Teenager auf einem Traktor zeigte.

»Matthew?«, hakte Trevor nach.

»Unser Mittlerer«, sagte sie. »Er unterrichtet an einer Landwirtschaftsakademie in Ontario. Kommt nicht oft nach Hause; Axel und ich haben ihn letztes Jahr aber besucht. Er hat zwei Töchter.«

Trevor schaute zu Angela hinüber, die wirkte, als sei sie in Gedanken versunken, mit einem Geschirrtuch um den Hals und Flocken von Spüllauge auf den Unterarmen. Sie hatte nie erwähnt, dass es noch einen zweiten Bruder gab, doch hatte er sie andererseits auch noch nie nach ihren Geschwistern gefragt.

Trevor hielt sich lange mit den Fotos auf, die Angela zeigten: das flachsblonde Baby im Arm ihres Vaters, der auf einer Schaukel aus Holzplanken saß, das Kleinkind, das sich Gartendreck in den Mund gestopft hatte, eine Vierjährige in einem Heuschober mit einem fetten kleinen Hund. Das Foto mit der Schulklasse, auf dem ihr Haar, nahezu weiß, einen kurzen Fransenschnitt hatte und ihr ein Kniestrumpf unten um den Knöchel hing. Als etwa Zehn- bis Zwölfjährige war sie ein echter Wildfang gewesen in Jeans und mit Zöpfen, immer ein Tier – Hund, Huhn, Pony, Welpe – im Schlepp. Er blieb an einem Foto hängen, das Angela dabei zeigte, wie sie das Fell eines Kälbchens putzte. Sie hatte auf dem Bild ihren Rechtsanwaltsblick, die Augen, die durch Haut und Knochen hindurchsehen konnten.

»Du hast dich nicht groß verändert«, frotzelte er. Sie trat vom Spülstein weg und schlug ihm mit dem Zipfel des Geschirrhandtuchs auf den Schenkel.

»Hey!«, lachte er, blätterte dann eine Seite weiter. Angela, die einen kleinen Mann in Cowboystiefeln umarmte. »Wer ist der Typ?«

Angela beugte sich herüber. »Unwichtig«, meinte sie. »Das reicht hier jetzt auch.« Sie packte die Alben zusammen, hob sie vom Tisch und verschwand damit im Wohnzimmer.

»Ich habe die Fotos von deiner Abiturfeier noch nicht gesehen«, rief er ihr nach.

»Die stehen auf dem Geschirrschrank«, versicherte Helen ihm. »Und das von der Abschlussfeier der Universität ebenfalls.« Helen schob ihren Stuhl zurück. »Ich denke, ich fange besser mal mit dem Brot an.«

»Warum hat sie das jetzt alles weggenommen?«

»Ich nehme an, weil sie nicht möchte, dass du Bekanntschaft machst mit den anderen Männern in ihrem Leben.« Helen schüttete Weizenkörner in eine elektrische Mühle.

»Was meinst du damit?«

»Mach dir keine Gedanken.« Sie drückte einen Schalter und brüllte gegen den Lärm der Maschine an: »Du verpasst da nicht viel.«

Trevor wanderte hinüber zur Fliegengittertür. Seine Beine fühlten sich steif an, und die Muskeln in seinen Armen schmerzten. Von drinnen konnte er hören, wie Bjorne und sein Vater sich auf der Veranda unterhielten. Die beiden Männer saßen nebeneinander auf einer Holzbank, rauchten und erörterten die Vorteile, die runde Heuballen gegenüber rechteckigen hatten. Neben Bjorne lehnte eine Gitarre an der Wand.

»Wir müssen bald zu runden Ballen übergehen, Dad«, führte Bjorne an. »Das machen sie jetzt alle. Wir werden bald keine Abnehmer mehr finden.«

»Unsere Geräte sind immer noch gut«, gab Axel zur Antwort. »Das Vieh interessiert es nicht, ob der Ballen rund oder eckig ist.«

Als sie die Tür schlagen hörten, rissen sich beide Männer die Zigaretten aus den Mündern, aber als sie Trevor erblickten, lachten sie leise vor sich hin und steckten sie wieder zwischen die Lippen.

»Wir dachten, du seist Ma«, sagte Bjorne.

Die Fliegengittertür quietschte noch einmal, und plötzlich stand Helen mit einem Eimer voller Küchenabfälle in der Hand hinter Trevor. »Trevor ist gescheit. Der raucht nicht«, schalt sie Sohn und Gatten. »Er weiß, was gut für ihn ist. War dieser Kojote letzte Nacht hinter meinen Hühnern her?«

»Mach dir darüber keine Sorgen, Ma. Ich habe Bretter vor die Löcher genagelt«, antwortete Bjorne. »Und du solltest wissen, dass ich meine Raucherei reduziert habe. Außerdem wird Dr. Adams mich so zusammenflicken, dass ich fast wieder so gut wie neu bin. Und wenn du Trevor auch nur noch einen einzigen Bissen mehr zu essen gibst, wird er uns morgen bei der Arbeit nicht nützlich sein.«

Helen blickte verwirrt auf den Eimer nieder. »Das ist für meine Hühner«, sagte sie, erst dann fiel ihr das Grinsen auf dem Gesicht ihres Sohnes auf. »Wenn du nicht so groß und kräftig wärst, würde ich dich verhauen.« Liebevoll schlug sie ihm mitten auf den Kopf und lief dann schnellen Schrittes in Richtung Scheune, mit sich selbst schimpfend.

»Bye Ma!«, rief Bjorne ihr nach, drückte dann seine Zigarette aus und nahm die Gitarre vom Boden. Er wandte sich Trevor zu. »Ang hat gesagt, dass du auf einer Farm aufgewachsen bist. In welcher Gegend?«

»Im Süden von Saskatchewan. In der Nähe von Moose Jaw.« Es war sicherer, es möglichst vage zu halten. »Spielst du oft?«

»So oft ich kann. Was bedeutet, dass ich nicht oft spiele, wegen der Farm und der Familie.« Bjorne schlug ein paar Moll-Akkorde an.

»Er hatte in der High School seine eigene Band«, warf Axel ein.

»Das ist lange her«, erwiderte Bjorne. »Also erzähl mal. Wie hast du Angie kennengelernt? Auf der Uni?«

Trevor wollte ihnen die Wahrheit nicht erzählen. Dass sie einander in einer Bar begegnet waren. Dass sie sich in einer verrauchten Kneipe von Calgary gegenseitig aufgegabelt hatten. Dass sie zu ihr nach Hause gegangen waren und noch in der gleichen Nacht miteinander geschlafen hatten. Und die Regeln aufgestellt hatten. Nichts Ernstes. Lockerer Sex, hin und wieder was zusammen trinken. Kein Gefühlskram. Er konnte ihnen das nicht erzählen. Diese gesunde Familie hätte diese Informationen über ihr jüngstes Kind und ihre Schwester nicht begrüßt.

»Nein, wir haben uns durch einen gemeinsamen Freund kennengelernt«, log er.

»Ach so«, Bjorne schlug mit den Fingern wahllos ein halbes Dutzend Noten an. »Du bist also kein Anwalt? Was machst du beruflich?«

»Ich verkaufe Farmgeräte.«

»Farmgeräte?« Die beiden Männer sahen einander an. »Juchu,

du bist keiner von diesen sauteuren, verweichlichten Rechtsanwaltstypen, mit denen Angie so rumhängt?«, frohlockte Bjorne und stellte die Gitarre wieder auf den Boden. »Mit Farmgeräten können wir was anfangen.«

»Für welche Firma arbeitest du, mein Sohn?«, fragte Axel.

»Forrester.«

Axel nickte anerkennend. »Gute Firma.«

»Was habt ihr dieses Jahr Neues auf dem Gebiet von Traktoren?«, fragte Bjorne.

»Wollt ihr euch einen neuen anschaffen?«, fragte Trevor zurück, glücklich darüber, endlich etwas positive Aufmerksamkeit von den beiden Männern zu bekommen. »Mir ist aufgefallen, dass der Traktor, den ihr in der Scheune stehen habt, ziemlich alt ist. Er sieht aus wie ein Case, Jahrgang 1968.«

»1965. Dad hält sie am Laufen, bis sie buchstäblich auseinanderfallen«, witzelte Bjorne. »Ich bin letzte Woche mit dem Ding zum Nordfeld rausgefahren, und hinten sind dauernd Teile abgefallen.«

»Nun erzähl doch keine Geschichten. Es bringt doch nichts, hart verdientes Geld zu verschwenden«, argumentierte Axel. »Er mag alt sein, aber er tut immer noch seinen Dienst.«

»Was für Ballenpressen verkauft ihr?« Bjorne zwinkerte seinem Vater zu. »Rundpressen?«

Axel brummte leise vor sich hin.

»Der John Deere 530 ist gerade rausgekommen.« Trevor spürte, wie er umschaltete auf Verkäufermodus, wie er aalglatt und selbstsicher zu schwafeln begann. »Nur eine Bindung, wahlweise mit einem Spalter.«

»Was für eine Kupplung?«

»Freilauf. 1000.«

Die beiden Männer löcherten Trevor mit Fragen. Sie diskutierten die Motorstärke von Traktoren, Hubraum und Pflugleistung und machten Verbesserungsvorschläge, bis die Sonne in einem Flammenmeer aus Farben am Horizont versunken war. Angela rettete ihn, indem sie ihn daran erinnerte, dass die Arbeit am Sonntag bei Sonnenaufgang wieder losginge. Bjorne schlug ihm spielerisch auf die Schulter. »Pass mir schön auf meine kleine Schwester auf.«

Trevor versuchte, bei diesem Anschlag auf seine überarbeiteten Muskeln nicht das Gesicht zu verziehen, und es gelang ihm zu lächeln. Bjorne zwinkerte ihm zu.

Er fühlte sich, als habe er eine Prüfung bestanden.

Trevor drückte die Flügelfenster in seinem Schlafzimmer weiter auf, um wenigstens den Hauch einer Brise zu ermutigen in den heißen, stillen Raum zu dringen. In der Ferne jaulte ein Kojote. Caesar A. knurrte draußen im Hof. Trevor ließ seinen wunden Körper in das schmale Einzelbett gleiten. Sechs Uhr in der Frühe war schon bald. Morgenstund hat Gold im Mund. Er hoffte, dass er sich am Morgen überhaupt noch würde bewegen können. Er war eingeschlafen, bevor er auch nur noch einen einzigen weiteren Gedanken fassen konnte.

Kühle Hände massierten Trevors Glieder, seine Haut war von Körperöl ganz glitschig. Warme Lippen lagen auf den seinen, feuchter Atem stieß an seine Wange. Wieder ein Traum. Er zog den Körper der Traumfrau nach unten auf seinen herab. Träume hatten ihre Vorteile, sinnierte er, und mit einem Lächeln auf dem Gesicht schlief er wieder ein.

Trevor erwachte, als sich der Himmel im Osten rosa färbte. Er war an die Wand gedrückt; Angela lag zusammengerollt hinter ihm, und der Duft von Lavendel hing in der Luft. Er drehte sich um, verzog das Gesicht vor lauter Schmerz und stützte sich auf seinen Ellbogen, um sie zu betrachten. Sie bewegte sich im Schlaf, und aus den Tiefen ihrer Kehle drang ein Laut, der wie das sanfte Stöhnen eines Tieres klang. Er erinnerte sich an das

Gefühl, einen warmen, flauschigen Ball in den Händen gehalten und das raue, nasse Reiben einer Zunge auf seiner Wange gespürt zu haben, als er den Ball gegen sein Gesicht gedrückt hatte. Aber woher rührte diese Erinnerung? Tante Gladys hatte ihnen nicht erlaubt, Tiere zu halten. Er strich Angela eine Haarsträhne aus der Stirn. Sie sah so friedlich aus, die scharfen Züge waren vom Schlaf geglättet. Wie wenig er doch über sie wusste. Und sie über ihn. Sie hatten die Regeln und dicke Betonmauern zwischen sich aufgestellt. Gestern Abend, auf den Seiten von Helens Fotoalbum, hatte er einen Blick erhascht auf die wahre Angela, auf die, die einen Welpen mit einer Babyflasche fütterte und im Schulorchester die Posaune spielte. Er fragte sich, wie er wohl aussah, wenn er schlief.

»Hey!«, flüsterte er und rüttelte an ihrer Schulter. Sie seufzte und quälte sich, eines ihrer Augen zu öffnen. »Darfst du hier sein?«, fragte er, obwohl er viel lieber vorgeschlagen hätte, den ganzen Tag im Bett zu blieben.

Sie schloss das eine Auge wieder. »Das ist okay. Sie kommen nicht mehr nach oben wie früher.«

»Aber ist das nicht gegen die Regeln?«

»Du und deine blöden Regeln«, murmelte sie.

»Meine Regeln?«, protestierte er. »Ich dachte, das seien *unsere* Regeln.«

»Alles deine.« Sie drehte sich auf den Rücken, die Augen nach wie vor geschlossen.

»Und was war an dem Abend, an dem ich dich gebeten habe, über Nacht zu bleiben?«

»Goldene Regel für jeden Rechtsanwalt. Sei immer skeptisch, wenn plötzlich Veränderungen im Verhaltensmuster auftreten.« Sie schob ihren Kopf in seine Armbeuge und drückte einen Kuss auf sein Brustbein. »Wie spät ist es?«

Er blinzelte auf die Uhr auf dem Schreibtisch. »Halb sechs.«

Sie rollte sich auf ihn. »Gut, dann bleibt uns eine halbe Stunde.«

»Autsch«, war alles, was er sagte.

Ein einsames Kojotenmännchen saß neben einem Gebilde aus Stein auf der Kuppe eines flachen Hügels. Es streckte die Schnauze empor zu den verblassenden Sternen und heulte in den hellen Himmel, an dem der Morgen graute. Dann lauschte es auf eine Antwort von seiner Gefährtin und heulte noch ein zweites Mal, um das junge Männchen, dem er kurz zuvor begegnet war, zu warnen nur ja Abstand zu halten. Die weite Prärie verschluckte seinen Gesang. Der Kojote tappte den Hügel hinab in Richtung der Hütte am Rand des alten Flussbetts. Seine Schultern waren steif, sein Fell verfilzt, doch war er stark und emsig und hatte auch mit siebzehn Jahren auf dem Buckel immer noch ein Weibchen angelockt. Er blieb häufig stehen, um zu urinieren – auf einen Steinhügel, in einen struppigen Salbeibusch, an den Rand eines Pfads, an einen Zaunpfahl –, und dabei schnupperte seine wachsame Nase die ganze Zeit nach der Witterung eines Rivalen.

Mit dem Wind lief er am Rand eines Baus von Präriehunden entlang. Seine Nase zuckte, ein Ohr stand aufrecht nach vorn, das andere war gekrümmt und zerfetzt von einer alten Verletzung. Er setzte sich nieder und beobachtete, wie die ersten Sonnenstrahlen langsam die von Furchen zerklüftete Erde erfassten und mit ihrem Licht die Umrisse der schattenhaften Öffnungen umkreisten, von denen er wusste, dass sie Beute enthielten. Er kauerte sich flach auf den Boden und wartete. Zehn Minuten, fünfzehn. Ein kleiner brauner Kopf lugte aus dem Eingang zu einer der Höhlen, und im Fell am Nacken blitzte das Sonnenlicht. Ein zweiter Kopf erschien an der Außenseite der Kolonie. Der Kojote spannte seinen Körper an. Ein drittes Erdhörnchen kletterte in voller Länge aus seinem Bau, keine vier Körperlängen von ihm entfernt saß es aufrecht auf seinen Hinterläufen, schnupperte in die Luft. Der Kojote schlich auf dem Bauch vorwärts, bis er die Barthaare an der Nase des Tieres sehen konnte. Er sprang; seine Klauen gruben sich in Fell und Fleisch. Er schnappte sich den Kopf zwischen die Kiefer und biss zu. Der Knochen krachte, als er brach. Der kleine Nager bäumte sich noch einmal auf und wurde mit zwei großen Bissen verspeist.

Eines der Erdhörnchen, die Wache standen, pfiff eine Warnung, und nacheinander ließen sich die Tiere zurück in ihren Bau gleiten. Der Kojote buddelte an einem der Eingänge, allerdings mit wenig Enthusiasmus, dann urinierte er hinein in das Loch. Beschwingten Schrittes machte er sich davon, mit entspanntem Schwanz, den er faul hinter sich herschleifen ließ. In Nächten, in denen sich das Jagen als schwierig erwies, lauerte er an den Farmhäusern in der Ferne und suchte dort nach Mäusen oder Hühnern, nur roch es dort, als müsse man auf der Hut sein, und mit dem bellenden Hund konnte er es nicht mehr aufnehmen.

Die Kleinen, sechs Wochen alt, kläfften beim Spielen in dem alten Dachsbau, den das Weibchen für seine Welpen vergrößert hatte. Er lag verborgen unter dem Laub einer Weide. Das Männchen trank aus der Quelle und setzte sich in respektabler Entfernung von der Höhle nieder. Als er einen schnaubenden Laut ausstieß, erschien der Kopf des Weibchens am Eingang zur Höhle. Sie wand sich nach draußen und tanzte das Ufer hinunter zu ihm. Winselnd vor Erregung leckte sie sein Maul und berührte mit den Tatzen seine Schulter. Wieder ließ er ein Schnüffeln vernehmen, woraufhin fünf Welpen aus der Öffnung ihres Heims purzelten und übereinander fielen, um über den Pfad zu ihrem Vater zu gelangen. Sie leckten wie rasend an seinem Maul, er würgte den Präriehund hoch und erbrach ihn auf den Boden. Die Kleinen machten sich über den glänzenden Haufen aus Fleisch und zerlegten Knochen her, knurrten und rempelten einander beim Fressen an. Nach der Mahlzeit streckte ihr Vater sich der Länge nach auf dem Erdboden aus und ließ die Kleinen über seinen Körper klettern. Eine Weile nahm er es geduldig hin und ignorierte das Kneifen und Quetschen, aber als er genug davon hatte, schüttelte er sich frei, blickte noch einmal zurück auf sein Weibchen, und dann machte er sich auf und davon, um ein ruhiges Plätzchen für ein Nickerchen zu suchen.

15

Angela lud ihn am folgenden Wochenende wieder auf die Farm ein. Am Samstag, nachdem sie den ganzen Tag in berstender Hitze Ballen gehievt hatten, fuhr die Familie hinaus zum Stausee des Swede Lake, mit einem Rennboot im Schlepp und einem Picknick auf der Ladefläche des Trucks. Die Fahrzeuge holperten durch das ausgedörrte Hochland der Prärie, in dem gelb und dunkelrot die Feigen- und die Warzenkakteen blühten. Ein halbes Dutzend Rostbrachvögel huschte über die Straße und zwischen die Kakteen. Auf diesem Land wuchsen nur wenige Bäume; die Prärie ergoss sich übergangslos hinein in den See. Nashornpelikane schöpften mit ihren weit geöffneten, orangefarbenen Schnäbeln Fische aus dem Stausee, und als Bjorne das Boot rücklings ins Wasser gleiten ließ, erhoben sie sich gleichzeitig, wie an einer Schnur gezogen, in einem Windstoß aus Flügelschlägen empor in die Lüfte. Der Bootsrumpf war noch nicht ganz nass, als Bjorne bereits den Motor anließ und die Wasserskier nebeneinander auf den Sandstrand legte.

»Los geht's!«, brüllte er. »Becca, du bist mein Beifahrer.« Seine elfjährige Tochter sprang in ihrem geblümten, von der Sonne verblichenen und verschlissenen Badeanzug in das Boot und bezog auf dem Heck Position, um Bescheid zu geben, wenn ein Skifahrer gestürzt war, und Handzeichen weiterzumelden.

»Die Gäste zuerst«, rief Helen.

Alle Augen ruhten auf Trevor. Er starrte auf die Reihe breiter Wasserskier aus Fiberglas und wollte nicht zugeben, dass er nicht schwimmen konnte. »Ich brauche erst mal ein Bier. Ich bin fix und alle«, sagte er in einem Ton, von dem er hoffte, er möge lässig klingen.

»Angie!«, brüllte Bjorne, drehte den Motor hoch und ließ das Schlepptau ins Wasser fallen. »Los!«

Angela beugte sich vor und berührte Trevors Arm, als sie an ihm vorüberging. »Willst du nach mir?« Sie legte eine Schwimmweste an, spazierte in den See hinein und streifte sich einen der Skier über. Trevor eilte zu ihr und hob den zweiten Ski vom Strand, um ihn ihr zu reichen, doch bevor er auch nur noch einen Schritt machen konnte, griff sie nach dem vorüberschwingenden Haltegriff, platzierte einen Fuß mühelos hinter den anderen und schoss auf dem einzelnen Ski davon. Trevor fiel die Kinnlade herunter, als er ihr dabei zusah, wie sie gekonnt über die wellige Oberfläche preschte und die Gischt hinter ihr niederging wie ein Wasserfall. Das Publikum an Land klatschte und jubelte.

»Bjorne läuft barfuß Wasserski«, sagte Nancy und hielt sich die Hand vor Augen, um sich vor der Sonne zu schützen. »Aber nicht diesen Sommer.«

»Barfuß?« Trevor konnte sich das nicht vorstellen. »Tut das nicht weh?«

»Nur wenn das Wasser flach ist wie ein Badewanne. Dann hat es zu viel Reibkraft.« Luke ließ einen keilförmigen Stein durch das Wasser schnellen. »Er bringt mir das bei.«

Helen reichte Trevor einen Gartenstuhl und ein Bier, und er setzte sich mit Nancy, Helen und Axel neben den Truck, während Jake am Ufer des Sees im Schilf paddelte. Angela glitt zurück an Land, trat selbstsicher aus der Bindung heraus und auf den Strand, ihr Haar war immer noch trocken.

»Jetzt bist du dran.« Sie ging an Trevor vorüber zur Kühlbox und nahm ein Bier heraus.

»Lass erst Luke«, erwiderte Trevor. »Wenn er noch sehr viel länger warten muss, wird er sich womöglich in die Hose machen.«

»Danke, Mann.« Luke rannte auf das Wasser zu; die Muskeln seiner Beine wirkten wie aus Holz geschnitzt.

Als Trevor eine dritte Einladung ausschlug mit der Entschuldigung, er habe zu viel Bier intus, zog Angela die Nase kraus und lud Luke zu einem Duett auf Skiern ein. Die beiden fuhren zwanzig Minuten lang Slalom im jeweiligen Kielwasser des anderen. Als Nächste lief Nancy, dann kam Becca – das einzige Familienmitglied, das beim Wasserskifahren beide Füße benutzte. Jake kletterte auf Trevors Schoß und lehnte sich zurück, sein nasser Körper lag kühl auf Trevors Bauch. Trevor wusste nicht, was er mit seinen Händen anfangen sollte, hatte er doch noch nie zuvor ein Kind auf dem Schoß gehabt. Nach einem Moment der Unschlüssigkeit legte er seine Fingerspitzen auf Jakes Schultern und war verblüfft über die Zartheit seiner Haut und die Tatsache, dass der Junge daraufhin den Kopf weit zurücklehnte und ihn anstrahlte. Jakes Augen hatten die gleiche Farbe wie Bjornes.

In der Zwischenzeit waren noch zwei weitere Familien mit ihren Booten eingetroffen, und aus dem Abend wurde eine Party, bei der Essen und Trinken mit der gleichen rasenden Geschwindigkeit aufgetischt und vertilgt wurden, mit der die Boote über das Wasser flogen. Nach dem Abendessen nahm Bjorne seine Eltern mit an Bord und drehte mit ihnen eine langsame Runde auf dem See. Als Helen und Axel es sich wieder auf ihren Gartenstühlen bequem gemacht hatten, gab Bjorne seiner Schwester ein Handzeichen, worauf Angela sich zusammen mit Luke, Becca und drei ihrer Freunde am Ufer aufreihte. Das eine Boot zog die sechs Wasserskiläufer in einer Parallelformation auf den See hinaus. Sie bildeten Paare; jeweils einer der Läufer ließ seine Skier fallen, trat auf das Hinterteil der Skier seines Partners und kletterte dann auf dessen Schultern. Voller Ehrfurcht beobachtete Trevor, wie die drei Paare so nah beieinander durchs Wasser preschten, dass sie einander bei den Händen fassen konnten, um zwei Etagen von jeweils drei Körpern zu bilden. Er hielt die Luft an, als Becca von der mittleren Formation auf Lukes und Angelas Schultern kraxelte, um die Pyramide perfekt zu machen.

»Wie machen die das?«, stieß er aus.

»Übung«, erwiderte Helen.

Trevor pfiff und applaudierte mit all den anderen am Ufer, als die Pyramide eine elegante Runde über den See drehte und dann lachend versank, im seichten Wasser unweit des Strands. Trevor wollte aufspringen, nach unten rennen und sie alle umarmen, aber Jake war auf seinem Bauch eingeschlafen.

Später, als sie im Glanz des Sonnenuntergangs den Truck beluden, um wieder zur Farm zurückzufahren, reichte Angela ihm eine der Kühlboxen und meinte: »Du hättest sagen können, dass du nicht Wasserski läufst.«

»Ich wollte euch nur nicht bloßstellen«, witzelte er. »Ihr hattet da übrigens die Cheops-Pyramide nachgebaut.«

»Wie hast du es geschafft, Jake auf deinen Schoß zu kriegen?«, fragte sie und wedelte dabei mit dem Finger vor seiner Nase.

»Wir hatten uns miteinander verschworen, dich ins Wasser zu schmeißen.«

Sie wirbelte herum und gab Luke ein Handzeichen, der daraufhin mit dem Daumen auf drei seiner Freunde zeigte. Die vier Teenager umzingelten Trevor, nahmen ihm die Kühlbox aus der Hand und zerrten ihn zum See. Als er durch die Luft segelte und klatschend jenseits des Schilfs landete, betete er, das Wasser möge nur ja nicht so tief sein, dass er nicht mehr stehen könnte.

Trevor verschlief den größten Teil des nächsten Wochenendes, weil er sich von einer Verkaufsreise erholen musste, doch fingen er und Angela an, auf der Farm auszuhelfen, wann immer sie Zeit dazu hatten. Sie fuhren freitags nach der Arbeit los und Sonntagabend oder am frühen Montagmorgen wieder zurück. Jeden

Abend, wenn es dunkel war und die anderen im Haus schliefen, schlich Angela sich in sein Zimmer. Eines Freitags kamen sie an und stellten fest, dass man das Einzelbett aus Angelas Zimmer herausgeholt und in Trevors Zimmer gestellt hatte. Die Betten standen da wie Ehebetten, und eine Vase mit Rudbeckien stand auf der Kommode. Am nächsten Morgen beim Frühstück schaufelte Helen eine Ladung Rührei auf ihre Teller und meinte: »Ich hoffe, ihr zwei nehmt Verhütungsmittel.«

Angela kniff ihrer Mutter in die Schulter. »Ich bin fast zweiunddreißig, Ma.«

»Bei Gott, genau das ist es ja, was mir Sorgen macht.« Helen gab zwei Extra-Streifen Speck auf Trevors Teller.

Zwischen Trevor und Bjorne entwickelte sich eine lockere Freundschaft. Bjorne zeigte ihm, wie man die Farmgeräte benutzte: den Gabelstapler, den Traktor, den Aufsitzmäher, den Mähdrescher. Trevor fuhr mit ihm im Truck, um die Bewässerungsrohre zu überprüfen oder Futter für das Vieh zu transportieren. Wenn sie in dem Ford über die Felder hoppelten, redeten sie über Eishockey. Über seine Herzprobleme sprach Bjorne nie. Trevor wusste von Angela, dass seine Herzoperation für Ende Oktober geplant war, nach der Ernte.

Mitte Juli bat Bjorne Angela und Trevor ihn zu begleiten, um von einer Farm im südlichen Saskatchewan einen Bullen abzuholen. Die drei zwängten sich nebeneinander ins Führerhaus des Fünftonnen-Trucks mit einem Lunchpaket von Helen, das groß genug war, um sie eine ganze Woche zu ernähren. Sie fuhren gen Süden, Angela zwischen den beiden Männern. Sie erzählten einander Witze und hörten Musik. Das Land wurde immer karger und flacher, je weiter sie nach Süden kamen. Unweit der Grenze zu Saskatchewan erstreckte sich zu beiden Seiten der Straße jahreszeitlich bedingtes Sumpfland, und der Asphalt wurde zu einem sich windenden Band, das an einem breiten, seichten See entlangtrieb. Riesige Schwärme von Kanada-Kranichen mit roten Köpfen suchten auf ihren dürren Beinen nach Futter; Riesentafelenten und Spießenten tauchten und fraßen in ihrer ausgelassenen Gemeinschaft. Als der Truck sich näherte, rannten die Vögel in Schwärmen über das Wasser, erhoben sich in die Lüfte und drehten in großen, lärmenden Wolken am Himmel ihre Runden. Tiefe Wolkenbänke nahten von Osten her, und der Wind wurde über der Weite des Wassers immer stärker. Kleine Wellen mit weißen Gischtkronen schlugen an den Straßenrand. Windböen brachten den Truck zum Schaukeln, drohten, ihn von der Straße in den mit Wasser gefüllten Graben zu wehen. Als der Sturm losging, fuhr Bjorne an den Straßenrand, weil die Regentropfen zu dick und zu schwer waren für die Windschutzscheibe, als dass sie draußen noch irgendetwas hätten erkennen können. Sie mussten sich gegenseitig anbrüllen, weil der Lärm auf dem Metalldach so heftig war; er machte die Atmosphäre im Inneren des Trucks intim und gemütlich. Trevor streckte seinen Arm hinter Angela auf der Rücklehne aus. Er wollte sie immerzu berühren und fragte sich, ob sich das so anfühlte, wenn man verliebt war.

Die drei und der Besitzer des Bullen brauchten eine ganze Stunde, um das angriffslustige Tier in den Truck zu bekommen. Auf der Heimfahrt schnaubte und scharrte er hinten, obwohl sie ihm ein Beruhigungsmittel verabreicht hatten.

»Warum macht ihr es nicht mit künstlicher Befruchtung?«, fragte Trevor.

»Wir haben es gern, wenn unsere Damen glücklich sind.« Bjorne zwinkerte Trevor zu und stupste Angela in die Seite, die ihm einen Klaps aufs Knie gab. »Hey Trev, ich habe ein Lied für dich geschrieben«, erzählte er.

»Für mich?«, fragte Trevor. »Du hast für mich ein Lied geschrieben?«

»Das habe ich. Es ist eine liebliche kleine Weise. Schade, dass ich meine Gitarre nicht dabeihabe.«

»Sing es trotzdem«, sagte Angela und lächelte Trevor an, der auf die Geste reagierte, indem er sprachlos dasaß. *Jemand hatte ein Lied für ihn geschrieben?* »Wie heißt es?«

»Weiß ich noch nicht genau«, gab Bjorne zur Antwort. »Es ist noch nicht ganz fertig, muss noch weiter ausgearbeitet werden.«

»Halt uns nicht hin«, protestierte sie. »Leg los, du kannst es an uns austesten.«

»Willst du es hören, Trev?«, fragte Bjorne.

»Ja, natürlich!« Trevor nickte vor sich hin. »Und ob.«

»Okay, los geht's.« Bjorne schob seine Baseballkappe nach hinten und fing an zu singen, in einem klaren Bariton, der das Führerhaus mit Klang erfüllte.

»Auf dieser alten Farm malochst du dir die Finger wund.
Auf dieser alten Farm malochst du dir die Finger wund.
Doch geb' ich sie nie auf, denn sie ist mein Zuhaus'.

Auf bei Morgengrau'n, das Land lässt mich nicht ruh'n.
Auf bei Morgengrau'n, das Land lässt mich nicht ruh'n.
Mein Körper, der schmerzt, ich werd' malochen
bis zum Tod.

Mein Baby, das liebt den Traktor mehr als mich.
Mein Baby, das liebt den Traktor mehr als mich.
Mein Baby, das wird geh'n, wenn der Traktor
nicht mehr ist.

Bruder, ich hab' den Swede-Lake-Traktor-Blues.
Bruder, ich hab' den Swede-Lake-Traktor-Blues …«

Er schlug mit der Handfläche auf das Lenkrad. »Verdammt, für die letzte Zeile will mir einfach nichts einfallen.«

Angela und Trevor sahen einander an und brachen in schallendes Gelächter aus, als sie Bjornes Gesichtsausdruck sahen.

»Was amüsiert euch beide denn so?« Er warf seine Kappe auf das Armaturenbrett, und unter seiner Bräune war zu sehen, dass seine Ohren und seine Wangen ganz rot wurden.

»Ich habe noch nie gesehen, dass du dich wegen irgendwas geschämt hast«, frotzelte Angela. Sie beugte sich hinüber und küsste ihn auf die Wange. »Es ist fantastisch«, versicherte sie ihm.

Bjorne drehte sich auf seinem Sitz und starrte an ihr vorüber Trevor an. »Ich brauche eine unparteiische Meinung. Trevor?«

Trevor hob die Hand, schloss die Augen und ließ das Lied in seinem Kopf noch einmal erklingen. »Wie wäre das hier«, meinte er und sang in einem schwankenden Tenor: »Bruder, ich hab den Swede-Lake-Traktor-Blues. Bruder, ich hab den Swede-Lake-Traktor-Blues. Mein Baby mach ich glücklich und kauf ihr 'nen John Deere.«

Bjorne stieß einen pfeifenden Laut aus, und Angela jubelte. »Perfekt. Das wird ein Hit werden«, frohlockte Angela und legte ihre Arme um ihrer beider Schultern. »*Swede-Lake-Traktor-Blues* von Bjorne Steffansson und Trevor Wallace, den Unschlagbaren.«

Trevor glaubte nicht, je zuvor in seinem Leben glücklicher gewesen zu sein, als in diesem Moment.

Der Sturm erwies sich als Vorbote glücklicher Fügungen, und die Regenfälle, die sie so dringend brauchten, setzten wie auf Stichwort ein. Auf den Feldern wuchs der Weizen hoch und grün, und die festen, hellen Samenköpfe verhießen eine erfolgreiche Ernte. Die Stimmung, die sich auf der Farm ausbreitete, spiegelte Zufriedenheit, sie hatten eine Glückssträhne.

Eines Abends Anfang August eiste Angela Trevor nach dem Abendessen ganz schnell von der Veranda los, bevor die Männer ihn in ihre übliche Sitzung hineinziehen konnten, bei der geredet und geraucht wurde.

»Lass uns rausfahren.« Sie ließ die Schlüssel des Trucks von einer Hand in die andere fallen. Sie fuhren an Bjornes Haus vorüber und durch zwei Abzäunungen auf einen Pfad, der nur selten benutzt wurde. Da er inzwischen gut geschult war, öffnete Trevor jedes der zwei mal vier Meter großen Stacheldrahttore auf dem Weg und schloss es hinterher wieder. Der Pfad wurde nach der zweiten Abzäunung immer enger und war irgendwann in dem frisch gemähten Stoppelfeld kaum mehr als solcher zu erkennen. Der Truck schaukelte und rumpelte einen seichten Hügel empor, auf dem die Weizenfelder in unbebautes Land übergingen. Nur hie und da zierten Tüpfelchen niedriger Gräser und struppiger Salbeibüsche die steinige Landschaft.

»Wir lassen diesen restlichen Teil der eigentlichen Prärie wild wachsen.« Angela beschrieb mit ihrem Arm einen weiten Bogen. »Opa und Oma wollten es so. Wir haben hier eine Menge Pflanzen und Tiere, die man sonst kaum noch findet. Diese violetten Blumen sind Lupinen. Etwa einen Kilometer weiter im Norden gibt es eine Familie von Kaninchenkäuzen. Nächsten Frühling bringe ich dich da mal raus, damit du dir die Bartfußhühner ansehen kannst, wenn sie auf der Balz sind.«

Nächsten Frühling? Eine Woge von Wärme durchflutete Trevor bei der Aussicht auf die Zukunft. Sie beide hatten bisher noch nie etwas geplant. Es gefiel ihm, wie sich das anhörte, ein Plan, ein paar Vögel zu besuchen … nächsten Frühling. Vor ihnen fiel die flache Ebene steil hinab in ein enges Flussbett, einen smaragdgrünen Riss in der Prärie, und auf der anderen Seite stand gleich hinter dem Ufer eine Blockhütte.

»Das ist die Hütte meiner Großeltern, von der ich dir erzählt habe.« Sie brachte den Truck zum Stehen und schaltete den Motor ab.

»Ja, ich erinnere mich.« Er streckte seine Hand aus, um sie auf Angelas Schenkel zu legen, doch sie glitt bereits aus der Wagentür. Er folgte ihr den schmalen Pfad hinunter in die Wasserrinne, in der ein Bach über Steine und Kies hinwegplätscherte. An den Seiten hatten sich Tümpel aus stehendem Wasser gebildet, in denen dick die Rohrkolben und die Teichsimsen wuchsen. Klumpen weißen Flaums von kanadischen Pappeln drifteten in den Strömungen und säumten die Ufer des Bachs.

»Das Wasser kommt aus einer unterirdischen Quelle«, erklärte Angela. »Die ist der Grund dafür, dass es diese Farm überhaupt gibt. Durch diese Quelle haben meine Großeltern während der Wirtschaftskrise hier so manchen trockenen Sommer überlebt.«

Sie sprangen über das Geröll des Bachs und kletterten das Ufer hinauf zur Hütte. Die Holzblöcke waren von den vielen Jahren, die sie bereits der Witterung ausgesetzt waren, ausgebleicht und schimmerten silbrig, und wo das Flachswerg herausgefallen war, hatten sich Fugen gebildet. Trevor klopfte gegen eine der Endplanken. »Immer noch solide«, stellte er fest.

»Opa wusste, was er tat«, gab Angela zur Antwort. »Die Schweden wissen mit ihren Händen umzugehen.« Sie öffnete die Verriegelung und stieß die Tür auf. »Ich bin die Einzige, die jetzt noch herkommt.«

Trevor trat hinter ihr in das Haus, das nur aus diesem einen Raum bestand, der offenbar allen häuslichen Erfordernissen genügt hatte: Er war Wohnzimmer, Küche, Schlafzimmer und, wenn man das verstaubte Nachtgeschirr in der Ecke betrachtete, gelegentlich wohl auch das Badezimmer. Angelas Schritte hallten von den Bodenplanken wider. Die Luft roch nach Mäusedreck. Ein Herd aus Gusseisen und Holz und ein handgezimmerter Tisch dominierten den Raum; an der Rückwand stand eine breite Bank, und darüber hing ein Regal mit einem Bügeleisen, Einmachgläsern und einer Waschschüssel aus Blech. Trevor kletterte eine Leiter hinauf auf das leere Hochbett, setzte sich auf den Rand und ließ die Beine baumeln. Zu seinen Füßen stand Angela und blickte andächtig aus dem Panoramafenster in der Wand nach Westen. Die Abendsonne drapierte ihr Licht auf ihr Gesicht und auf ihre Schultern, und in dem strahlenden Dunst umkreisten sie Staubflocken, die aussahen wie Motten. Er stellte sich vor, dass sie zu den Pionieren gehörte, dass sie eine Frau war, die darauf wartete, dass ihr Ehemann von der Arbeit auf den Feldern nach Hause kam. Er ließ sich vom Hochbett auf den Boden fallen, und sie zuckte zusammen und sprang zur Seite, als er polternd landete. Sie mussten beide lachen. Auf der anderen Seite des Raums bot ein zweites Fenster Ausblick auf das Flussbett und die Graslandschaft, die sich dahinter auftat. Trevor fragte sich, ob man an kristallklaren Tagen wohl die Ausläufer der Rocky Mountains am Horizont sehen konnte.

»Opa hat das Glas von Calgary hinten auf einer Kalesche hergebracht, um es Oma zu ihrem dreißigsten Geburtstag zu schenken«, sagte Angela. Sie fuhr mit ihren Fingern über das Fenster und hinterließ damit eine Spur in dem Staub. »Sie hat mir die Geschichte tausendmal erzählt. Er hat sein Lieblingsgewehr verkauft, um das Glas kaufen zu können, und die Rahmen mit einer Handsäge ausgesägt. Mitten im Winter hat er ihr den Sonnenschein geschenkt. Sie hat jedes Mal geweint, wenn sie mir die Geschichte erzählte.«

Trevor schlang seinen Arm um Angelas Schulter. Auf der Kuppe des nächsten Hügels, der weiter nordwestlich lag, entdeckte er ein pyramidenförmiges Steingebilde. Es erinnerte ihn an einen Traum, den er gehabt hatte, in dem ein Elefant mitgespielt hatte, ein Nachthimmel und Constance. Er fragte sich, in welchem Teil der Welt sie jetzt wohl gerade war. Er hoffte, dass sie ebenso glücklich war wie er.

16

In der ersten Septemberwoche erreichte Trevor völlig überraschend auf der Arbeit ein weiterer Brief von Constance. Er datierte vom elften August und kam aus Costa Rica. Trevor sah sich das Bild mehrere Minuten lang nachdenklich an. Constance stand über einen Zaun gebeugt am Rand einer Klippe, inmitten von einer Wolke oder einem Rauchstrudel. Mit der linken Hand wies sie auf die Erdspalte, und er konnte nicht sagen, ob das, was er in ihrem Gesicht las, ein schlechtes Gewissen oder Übermut war.

Er stellte das Foto so hin, dass das Licht der Schreibtischlampe darauf fiel, und faltete das süßlich duftende Blatt Papier auseinander.

11. August 1985
San José, Costa Rica

Lieber Trevor,

glauben Sie an Himmel und Hölle? Ich erinnere mich, dass Sie mir erzählt haben, Sie seien nicht religiös. Ich habe keinen Fuß in eine Kirche gesetzt, seit ich Donald verlassen habe. Hier in Costa Rica sind sie alle katholisch. Sie glauben alle an Himmel und Hölle. Und an das Purgatorium, das Fegefeuer. Entsetzliche Geschichten, die kleine Kinder das Fürchten lehren. Wenn du gut bist, kommst du in den Himmel, aber wenn du lügst, stiehlst oder böse Dinge tust, ab mit dir in die Flammen der Hölle. Nur was, wenn das wahr ist, Trevor? Sie sind fein raus. All diese wunderbaren Dinge, die Sie mit Ihren Traktoren für die Armen tun. Ich weiß, dass diese Ersatzteile, die Sie Michael geschickt haben, eine Hilfe waren. Sie sind ehrlich und aufrichtig. Und zuvorkommend gegenüber Senioren. Wenn es einen Himmel gibt, werden Sie geradewegs emporschießen zur rechten Hand Gottes.

Nur was wird aus mir? Ich bin verdammt aufgrund dessen, was ich heute getan habe. Ich habe Donald in einen Vulkan fallen lassen. Und es war kein Unfall. Ich bin mit dem Bus zum Vulkan von Poás außerhalb von San José gefahren, bin bis zum Rand des Kraters gelaufen und habe ihn hineingeschmissen, mit der Erdnussbutterdose und allem. Hinein in einen See aus Schwefelsäure. Feuer und Schwefel. Ich nehme mal an, dass der Grund eines Vulkans der Hölle einigermaßen nahekommt. Ich habe ein nettes amerikanisches Mädchen, das ich im Bus kennengelernt hatte, gebeten, die Tat im Bild festzuhalten, aber sie hat nicht rechtzeitig geknipst. Sie werden mir also einfach glauben müssen.

Es ist alles ein Geheimnis, Trevor, nicht wahr? Wohin wir gehen, wenn wir sterben. Aber spielt es eine Rolle? Zählt nicht einzig und allein, wie wir unser Leben leben? Am Ende liegt unser aller Schicksal in den Händen von Anubis.

Alles Liebe, Constance

P.S.: Angela wird auch in den Himmel kommen, gar keine Frage bei dem Namen.

Trevor nahm das Foto noch einmal in die Hand. Constance hatte also eine adäquate letzte Ruhestätte für Donald gefunden. Das verdiente der Mistkerl. Ihre Anspielung auf Afrika nagte an seinem Gewissen. Nun denn, er würde geradewegs den Bach runtergehen, zusammen mit Donald, und sich in den Flammen der Hölle winden wegen all seiner Lügen und Täuschungen. Sie hielt ihn für einen netten Jungen. Gute Taten für die Armen.

Tante Gladys und Onkel Pat hatten Brent und Trevor jeden Sonntag in die Lutheranische Kirche geschleppt, wo sie sich drehten, wanden, herumzappelten und Wortspiele mit den Bekanntmachungen auf der Anschlagtafel spielten, bis Tante Gladys ihnen eine klatschte. Im Alter von vierzehn Jahren hatte Brent Geld aus dem Kollektenbeutel gestohlen, und Onkel Pat hatte den Stock herausgeholt, als sie nach Hause kamen. Brent hatte seinen Onkel herausgefordert, sich mit Fäusten mit ihm zu prügeln, und als der Mann verloren hatte, diente ihm dies als Ausrede dafür, fortan selbst zu Hause zu bleiben. Tante Gladys hatte Trevor mitgeschleppt, bis er ebenfalls vierzehn wurde, sie aufgab und fortan allein ging. Onkel Pat hatte vor dem Fernseher gesessen und Bier getrunken, während Brent und Trevor bis zum Mittagessen durch die Straßen von Regina gestreift waren statt die Hausarbeiten zu erledigen, die auf dem Zettel aufgelistet waren, den Tante Gladys an den Kühlschrank gehängt hatte – obwohl sie wussten, dass es dafür eine Tracht mit dem Riemen gab.

Trevor pinnte das Foto an den Kühlschrank; der Ausdruck auf Constance' Gesicht war eindeutig eher Übermut als schlechtes Gewissen.

Als er am nächsten Tag zur Arbeit kam, fand er eine Nachricht auf seinem Schreibtisch, er solle sich bei Andy melden. Er klopfte an die Tür von Andys Büro.

»Herein«, rief Andy und schob seinen Stuhl zurück. »Trevor«, sagte er dann. »Nimm Platz.«

»Was gibt's?«, fragte Trevor. »Wohin soll's gehen?«

Andy öffnete eine Akte und runzelte die Stirn. »Ich habe dich nicht hergebeten, um über Reisepläne zu sprechen.« Er drehte die Akte herum, sodass sie in Trevors Richtung zeigte. »Deine Verkaufszahlen der letzten paar Monate. Sind in allen Sparten abgesackt, Trev. Was ist los mit dir?«

Trevor richtete sich gerade und steif auf. »Das kann so nicht stimmen. Da müssen dir Unterlagen fehlen.«

Andy blätterte durch den Stapel Papier. »Nein. Die Unterlagen sind vollständig. Dreizehn Reisen seit Februar. Deine Verkäufe sind um dreißig Prozent gesunken, verdammt noch mal! Tansania. Die haben zwei Traktoren geordert. Normalerweise bestellen die zehn. Was ist da passiert?«

Trevor musste schlucken und rutschte tiefer in seinen Stuhl. »Ich ... weiß nicht«, log er. Er hatte dem Vertreter der tansanischen Regierung lediglich gesagt, dass sie mit Handpflügen möglicherweise besser bedient wären. Die ungesunde Röte auf Andys Gesicht ließ ihn ahnen, dass diese Information nicht förderlich sein würde.

»Du weißt es nicht?« Andy löste mit einer Hand seine Krawatte.

»Ich ... nein.« Er hatte ebenfalls erwähnt, dass sie sich ihre hohe Zahl an verfügbaren Arbeitskräften zunutze machen sollten. »Nein. Keine Ahnung.«

Andy strich mit einer Hand über sein Gesicht und über sein Kinn, als versuche er, seine Wut herauszustreichen, dann sprach er mit fester Stimme weiter. »Vielleicht brauchst du ein wenig Zeit, um dahinterzukommen warum. Nimm dir frei. Bist du überarbeitet, irgendwie gestresst? Probleme zu Hause?«

»Es geht mir gut.«

Andy schlug mit der flachen Hand auf die Akte. »Die Zahlen hier sind nicht gut. Nimm einen Monat frei. Krieg dich wieder auf die Reihe, oder tu sonst was, solange es nur hilft.«

»Einen Monat frei?« Trevor verschluckte sich fast.

»Genau. Einen Monat. Ab heute.« Andy winkte mit der Hand Richtung Tür und griff nach einer anderen Akte, und er machte sich nicht die Mühe Auf Wiedersehen zu sagen, als Trevor den Raum verließ.

In Trevors Kopf drehte sich alles, als er ein paar Sachen von seinem Schreibtisch zusammenpackte. Dreißig Prozent abgesackt? Er hatte lediglich angeregt, dass seine Kunden sich zur Abwechslung mal mit weniger kostspieligen Alternativen auseinandersetzten. Ihre Arbeitskraftreserven voll ausnutzten. Er hinterließ beim Empfang eine Nachricht, dass er bis Oktober nicht im Haus sein würde. Am Vordereingang blieb er stehen, dann drehte er sich noch einmal um und eilte die Treppe zur Abteilung für Teilefertigung und Kundendienst hinunter, nahm dabei zwei Stufen auf einmal. Mehrmals schlug er auf die Klingel auf der Theke.

Schlendernden Schrittes kam Sid aus dem Lagerhaus, mit hochgeschobener Brille. »Nun aber mal halblang, weshalb die Eile?«

»Sid.« Trevor bedachte ihn mit seinem feinsten Verkäufer-in-Not-Lächeln.

»Trevor, schön, Sie zu sehen. Was kann ich für Sie tun?«

Trevor durchwühlte seine Brieftasche und reichte Sid einen verkrumpelten Zettel. »Würden Sie wohl ein paar Anlasser und die anderen Ersatzteile für den IH 1066 an diese Adresse hier schicken? Setzen Sie die Kosten auf meine Rechnung.«

Sid hob die Brauen, als er die Liste überflog, und stieß einen lang gezogenen Pfeifton aus. »Vorausgesetzt, dass ich die kriegen kann. Was immer Sie wünschen, Chef«, lachte er in sich hinein, »ist Ihr Geld.«

»Danke.« Über die Theke hinweg schlug Trevor dem Mann auf die Schulter. »Sie sind ein echter Kumpel.«

Drei Tage lang hockte Trevor in seiner Wohnung und blies Trübsal. Er hatte seit Jahren nicht mehr freigenommen. Er putzte seine Wohnung, joggte jeden Tag lange durch den Fish Creek Park, doch sobald der Abend kam, wurde er unruhig und langweilte sich. Das Wochenende auf der Farm kam einer Erleichterung gleich, aber es war ihm zu peinlich, irgendjemandem von seinem Zwangsurlaub zu erzählen, nicht einmal Angela, die ihre eigene Arbeit jeden Abend, wenn die Küche nach dem Abendessen wieder sauber war, auf dem Küchentisch ausbreitete.

Am Mittwoch der zweiten Woche konnte er die Wohnung keine Sekunde länger ertragen und fuhr ziellos durch Calgary, bis er plötzlich feststellte, dass er gen Westen auf dem Highway 22X Richtung Bragg Creek und Kananaskis unterwegs war. Cowboyland, die Ausläufer der Rocky Mountains. Auf der Höhe einer Steigung hielt er an, stieg aus dem Wagen, lehnte sich gegen den Kofferraum, und vor ihm breitete sich die Vorgebirgslandschaft aus. Wie Flüssigkeit sammelte sich die glatte Prärie zu seinen Füßen und wurde zu rastlosen Hügeln, die wie eine gefrorene Welle des Ozeans nach Westen floss, um dort an den mit weißem Schaum bedeckten Bergspitzen zu brechen. Wonach suchte er? War er nicht mehr richtig im Kopf, wie Andy angedeutet hatte?

Am Donnerstag nahm er den Highway Richtung Banff. In Cochrane fuhr er ab und weiter am Ghost River Valley entlang. Auf tausendfünfhundert Metern Höhe war die Luft frisch, und der erste Schnee bedeckte die Bergketten wie mit einer Staubschicht. Er parkte den Wagen und wanderte an der Straße entlang zu einem Aussichtspunkt, von dem aus man über das Tal blicken konnte. Bäume und Höhenzüge versperrten die Sicht, und in seinen Lungen wurde es ganz eng, als ihm bewusst wurde, dass er den Himmel nicht sehen konnte. Ein weißgesichtiger junger Ochse marschierte an den Zaun und brüllte ihn an. »Verpiss dich!«, brüllte Trevor zurück und ging wieder zu seinem Wagen.

Am Freitagmorgen machte er sich auf gen Norden Richtung Edmonton, durch eintöniges, deprimierendes, eingezäuntes Land, das überall von Ölpumpen verunstaltet war. Er verwarf die vage Idee, den ganzen Weg bis Edmonton zu fahren, und drehte vor Red Deer wieder um. Als er die Außenbezirke von Calgary erreichte, wo neues parzelliertes Bauland in die Prärie hineinströmte wie Wellen einer Invasion, erfasste ihn plötzlich das unheimliche Gefühl, als ziehe ihn etwas Richtung Süden. In Richtung von was? Was sollte da draußen auf ihn warten? Swede Lake? Er hielt an einer Tankstelle und rief Angela an.

»Bist du nicht im Büro?«, fragte sie.

»Andy hat verlangt, dass ich ein paar Tage freinehme«, sagte er. »Magst du zur Farm fahren?«

»Ich kann an diesem Wochenende hier nicht weg, aber fahr einfach ohne mich«, schlug sie vor. »Sie können die Hilfe immer gut gebrauchen.«

Er traf nach dem Abendessen ein, und Helen war mit Rachel und Jake im Haus. »Die anderen sind mit zwei unserer Nachbarn draußen bei der Ernte. Du kommst genau zur rechten Zeit«, sagte sie, als sei sein Auftauchen überhaupt nichts Ungewöhnliches. »Wir können einen weiteren Fahrer gebrauchen.« Sie schob ihn ins Haus, damit er aß, was vom Essen noch übrig war, und fuhr ihn dann raus zum Südviertel, wo drei Mähdrescher langsam im Einklang über das Feld kreisten. Ströme von Samen sprühten in fauchenden Fontänen in die Hinterseiten der Korntanker, die seitlich hinter den Dreschern herfuhren. Helen signalisierte ihnen, dass sie anhalten sollten, als sie unweit des Trucks kehrtmachten.

Bjorne sprang aus dem Führerhaus einer der Maschinen und rannte mit einem breiten Lächeln auf dem Gesicht auf sie zu. »Jetzt sieh dir an, wer hier ist«, rief er und schlug Trevor auf den Rücken. »Bist du hier um zu arbeiten?«

Trevor nickte.

»Dann los.«

Bjorne frischte Trevors Kenntnisse darüber auf, wie man einen Mähdrescher bediente. »Fahr einfach dem Knaben vor dir nach, eine Schnittweite daneben.«

»Du lässt mich hier allein?«, fragte Trevor nervös und beäugte die zahlreichen Knäufe und Schalter und Knöpfe.

»Jedem vertrau ich meinen Mähdrescher nicht an«, erwiderte Bjorne. »Du kommst schon klar. Ich muss noch einen weiteren Laster holen.« Er kletterte zurück auf den Boden, drehte sich um und marschierte davon. »Bis später.«

Später war eine Untertreibung. Sie arbeiteten bis weit nach Mitternacht mit einer einzigen Pause, bei der es Butterbrote und Kaffee gab, die Helen ihnen mit dem Pick-up anlieferte. Die Scheinwerfer strahlten in die Nacht hinein wie Funkfeuer, illuminierten das Meer aus reifem Weizen, das sich vor ihnen ausbreitete. Trevor konnte sich nicht entspannen, sein Körper war verkrampft und in Alarmbereitschaft. Er wollte keinen Fehler machen, in den Mähdrescher vor ihm hineinfahren oder in den Laster neben ihm, den falschen Hebel zum falschen Zeitpunkt umlegen. Die schwere Maschine vibrierte unter ihm, und er strengte seine Augen an, um dem Weg der Scheinwerfer zu folgen. Er war erleichtert, als sie mit dem Feld fertig waren und Bjorne und Nancy ihn nach Hause fuhren, damit er ein paar Stunden Schlaf bekam.

»Ich hol dich um halb fünf ab«, sagte Bjorne, als er den erschöpften Trevor vor Helens Haus aussteigen ließ.

Am nächsten Tag arbeiteten sie vierzehn Stunden ohne Pause, und bei Sonnenuntergang hatten sie den Rest der Steffansson-Ernte eingebracht. Helen und die anderen Frauen servierten auf dem Rasen vor dem Haus ein Festmahl auf Tischen, die sich unter dem Gewicht des vielen Essens bogen. Trevor bewunderte die lockere Kameradschaft der Farmmenschen, wie der eine mit dem anderen scherzte, während im Hintergrund über den Haushalt geplaudert wurde, und sie ihre Sorge über die vorhergesagten Regenschauer teilten. Sie schenkten dem spektakulären Farbenspiel aus Pink und Violett am westlichen Horizont keinerlei Beachtung, nicht aus Gleichgültigkeit, sondern weil sie ein Teil des Ganzen waren. Morgen würden sie ihre Mähaktion auf der nächsten Farm weiterführen, und dann kam wieder die nächste, und wieder würden sie die ganze Nacht durcharbeiten, wenn es sein musste, bis alle Ernte eingefahren war. Trevor beobachtete, wie Nancy mit Jake auf dem Arm Bjorne den Nachtisch servierte, und wie Bjorne daraufhin liebevoll seinen Arm um die Taille seiner Frau schlang. Die Intimität ließ ihn an Angela denken; es überraschte ihn festzustellen, dass er sie vermisste.

Er räumte die Teller vom Tisch, doch bevor er in der Küche ankam, fing Bjorne ihn auf der Veranda ab. »Wenn du fertig damit bist, die Frauenarbeiten zu verrichten, Trev, treffen wir uns am Truck. Es wird Zeit, dass wir feiern«, flüsterte er und schlenderte davon, als habe er den Tag an einem Swimmingpool herumgelegen statt bereits vor Sonnenaufgang in einem heißen, staubigen Truck herumgefahren zu sein. Mehr als irgendetwas sonst wollte Trevor sich ins Bett schleichen, um sich für den morgigen Tag zu erholen, einen weiteren langen Tag auf dem Mähdrescher und für die Rückfahrt nach Calgary. Er hob die schmutzigen Teller und Schüsseln hoch, die er in den Händen hielt. Frauenarbeit. Er reichte die Teller durch die Fliegengittertür und machte sich auf den Weg zur Garage.

Bjorne stand gegen das Führerhaus gelehnt; eine Zigarette baumelte ihm aus einem Mundwinkel.

»Guter Junge.« Er hob einen Daumen, um seine Zustimmung zu dokumentieren. »Ich werde dir diese schlechten Angewohnheiten schon noch austreiben.« Er öffnete die Tür des Trucks. »Spring rein.«

»Wohin geht's denn?«, fragte Trevor. Was hatte er bloß an sich, dass Menschen solche Freude daran hatten, ihn einzufangen und auf unvorgesehene Reisen mitzuschleppen?

Bjorne warf seinen Hut hinter den Sitz und strich sich das Haar glatt. »Ins Herz des Universums.«

»Ins Herz des Universums?«

»Jawohl, ins Swede Lake Hotel.«

Von der Kuppe des Hügels, etwa eine Meile von Swede Lake entfernt, sah die Stadt nach nicht viel mehr aus als nach ein paar Bäumen, die jenseits der Bahngleise vor drei Getreidespeichern standen. Und tatsächlich bestand Swede Lake eigentlich nur aus ein paar ungepflasterten Straßen entlang der Bahngleise und drei Getreidespeichern. Einer Kirche, einer Schule, einer Feuerwache, einer Curling-Halle und, zu Trevors Erstaunen, einer uralten Tankstelle der Ölfirma White Rose, die noch in Betrieb zu sein schien. Bjorne fuhr hinunter zur Centre Street, den anderthalb Straßenzügen Gewerbegebiet, von denen die Gemeinde in der Hälfte unterteilt wurde. Das Ganze wirkte wie eine Geisterstadt. An der Ecke Centre Street und First Street fuhr er vor dem Swede Lake Hotel vor, einem klapprigen, gold-weißen Gebäude mit Schindeldach, das geradewegs aus einem Western hätte stammen können. Draußen parkten ein paar staubige Trucks. Trevor war fast ein bisschen enttäuscht, dass es am Eingang zum Gebäude keine schwingenden Saloon-Türen gab. Im Inneren der schwächlich beleuchteten Taverne roch es nach abgestandenem Bier und nach Zigaretten. Eine Theke verlief entlang der Rückwand des Raums, und ein großes Glas mit Soleiern und ein weiteres mit Dörrfleisch spiegelten sich in dem langen Rückspiegel an der Wand unter einer Auswahl von Schnapsflaschen, die aufgereiht auf einem Hochregal standen. Eine Treppe mit dem Schild *Zimmer zu vermieten* führte in den zweiten Stock. Drei Männer saßen an der Bar, und aus einer altmodischen Jukebox ertönte Country-Musik. Bjorne und Trevor setzten sich an einen der runden Tische, in deren lackierte Holzplatte zwischen die Brandstellen von Zigaretten Namen geritzt waren. Bjorne winkte nach dem Barkeeper, der einen Augenblick später mit einem Tablett mit

Gläsern frisch gezapften Biers erschien, die er vor sie auf den Tisch stellte. Bjorne leerte das erste Glas ohne abzusetzen und wischte sich mit der Hand über den Mund. »Das sollte den Präriestaub von einer Stunde heruntergespült haben. Bleiben noch dreizehn Stunden.«

Er reichte Trevor eines der Biergläser, nahm sich selbst ein zweites und schwenkte es in der Luft. »Lass uns anstoßen auf die Erschaffung eines Farmers.« Er zwinkerte Trevor zu und leerte das Glas bis zum letzten Tropfen.

»Da bin ich mir nicht so ganz sicher.«

»Nein, du bist ein Naturtalent. Du hast es im Blut.« Bjorne zog eine Schachtel Zigaretten aus seiner Hemdtasche und bot Trevor eine an.

»Nein, danke. Ich dachte, du wolltest damit aufhören?«

»Nee, das behaupte ich nur Ma gegenüber, um sie mir vom Hals zu halten.« Bjorne zündete sich seine Zigarette an und löschte das Streichholz, indem er es schüttelte. Es stieß ein Rauchfähnchen aus. »Hast du je geraucht?«

»Mein Bruder hat mich an meinem fünfzehnten Geburtstag dazu herausgefordert, ein ganzes Päckchen zu rauchen. Sagen wir mal, dass mir das für den Rest meines Lebens gereicht hat.« Wenn Trevor sich recht erinnerte, hatte Brent sich vor lauter Lachen gebogen, als Trevor auf die Straße gekotzt hatte.

»Na gut. Ich habe mit acht angefangen. Schnüre, Gras und alles, was wir sonst noch finden konnten. Ich denke mal, was das anging, war *ich* ein Naturtalent.« Er inhalierte einen weiteren tiefen Zug, und das Ende der Zigarette glühte rot auf. »Ich sollte wirklich aufhören. Nancy und Ang reden ständig auf mich ein.« Er schob seinen Stuhl zurück. »Der Musik da muss ein Ende gemacht werden.«

Bjorne schlenderte hinüber zu der Jukebox, fischte Kleingeld aus der Gesäßtasche seiner Jeans, warf dann eine Münze ein und drückte ein paar Knöpfe. Statt der Westernklänge sangen die Rolling Stones jetzt *Honky Tonk Women*. »Das ist besser. Wir leben zwar in der Pampa, sind aber keine Hinterwäldler«, meinte er, als er sich hinsetzte und ein weiteres Glas Bier auf ex trank. »Wenn wir erst mal mit dieser verdammten Ernte fertig sind, können wir uns auf die eigentliche Arbeit konzentrieren.«

»Die eigentliche Arbeit?«

»Ja! Die Eishockey-Saison fängt an.«

Während ihrer Eishockey-Fachsimpelei kamen sie vom Bier zum harten Schnaps: Roggenwhisky und Cola für Bjorne, Scotch für Trevor. Trevor hörte auf, sich zu fragen, warum Bjorne ihn ins Swede Lake Hotel eingeladen hatte, und versank in der heiteren, geselligen Stimmung des Abends. Bjorne erinnerte ihn an Brent. Unbekümmert und wagemutig packte er die Welt beim Schopf, selbst wenn der Schopf brannte wie die Zündschnur an einer Stange Dynamit. Bjorne vermied es, in irgendeiner Weise über seinen Herzinfarkt und die geplante Operation zu sprechen. Sein gebräuntes Gesicht strahlte nur so vor Gesundheit. Trevor sah keinerlei Anzeichen dafür, dass der Mann krank war – Tatsache war, dass er sich neben Bjorne Steffansson wie ein Invalide fühlte.

Um zehn waren die meisten Tische besetzt, der Raum verqualmt vom Zigarettenrauch.

»Ruhiger Abend«, brüllte Bjorne gegen den Lärm an.

»Ruhig?«, brüllte Trevor zurück.

»Samstagabends kannst du dich hier drin meist nicht mehr drehen. Im Moment sind sie alle bei der Ernte.« Die Männer wurden bald müde, einander anbrüllen zu müssen um sich unterhalten zu können, und so reduzierte sich ihre Kommunikation irgendwann darauf, Getränkebestellungen aufzugeben. Leute kamen an den Tisch, um Bjorne zu begrüßen. Sie klopften ihm auf den Rücken oder schüttelten seine Hand, während sie über das Wetter sprachen oder fragten, wie es mit der Ernte voranging. Bjorne stellte Trevor jedem einzelnen als einen Freund vor. Um Mitternacht schlug Bjorne Trevor auf die Schulter und machte mit dem Kopf eine Bewegung Richtung Tür. »Wir müssen morgen wieder früh arbeiten.«

Draußen füllte ein orangefarbener Ball den Himmel im Osten.

»Verdammt. Erntemond«, sagte Bjorne mit schleppender Zunge. »Großes Glück steht uns ins Haus.«

Trevor torkelte hinter Bjorne her, erstaunt darüber, dass der Mann lief, als habe er die ganze Nacht Sprudelwasser getrunken. Die Musik aus der Bar folgte ihnen die Straße hinunter. Bjorne öffnete den Gürtel seiner Hose, zog den Reißverschluss herunter und pinkelte an den Straßenrand. Trevor machte es ihm nach; die beiden Ströme heißer Flüssigkeit versickerten fauchend im Gras. Trevor schwankte wie eine Weizenähre im Wind.

»Du bist ein klasse Typ, Trevor«, meinte Bjorne. »Ich weiß gar nicht, worauf du noch wartest. Frag sie.«

»Frah sie?«, lallte Trevor. »Wen soll ich frahen?«

»Angie! Frag sie, ob sie dich heiraten will. Sie wartet nur darauf.«

»Echt?« In Trevors Kopf drehte sich alles. Er hatte sich noch nicht einmal daran gewöhnt, dass sie offiziell seine Freundin war. An eine Ehe hatte er noch nie gedacht. Zumindest nicht bis zu diesem Abend.

»Klar, das weiß ich sicher. Sie ist schließlich meine kleine Schwester, richtig?«

Bjorne schüttelte ab, zog den Reißverschluss wieder hoch und eilte die Straße hinunter, nicht zum Truck, sondern in die entgegengesetzte Richtung. Trevor packte seinerseits alles wieder ein und hopste, an seinem Hosenstall herumfummelnd, Bjorne hinterher.

»Der Truck steht aber da runter.« Als Trevor sich umdrehte, um hinter sie auf das Hotel zu zeigen, stolperte er über seine eigenen Füße und legte sich lang in den Staub.

Bjorne hob Trevor aus dem Dreck. »Kannst du keinen Schnaps vertragen? Ich dachte, du bist ein Farmerskind.« Er griff von hinten nach Trevors Schultern und schob ihn die Straße hinunter, über den Schulhof und auf einen ovalen Eislaufring zu, der von einer taillenhohen Wand verrotteter Holzplanken umzäunt war.

»Du hast gesagt, du hast mal in der Abwehr gespielt«, meinte Bjorne. »Ich will sehen, wie gut du bist.«

»Kein Eis«, brachte Trevor hervor und schwankte leicht, als Bjorne ihn losließ. »Keine Schlittschuhe.«

»Kein Problem.« Bjorne hob einen Stein vom Boden und verschwand dann hinter einer klapprigen Hütte neben dem Ring. Er kehrte zurück mit zwei ramponierten Hockeyschlägern in der Hand; an dem einen war das Blatt abgesplittert, bei dem anderen hatte sich das schwarze Klebeband vom Griff gelöst, und auf beiden stand auf dem Schaft in verblassten, aber immer noch erkennbaren roten Buchstaben *CCM* geschrieben. »Die reichen.« Er hielt sie Trevor hin. »Links oder rechts?«

»Wie?«, fragte Trevor, und endlich schwante seinem vom Suff verwirrten Hirn, was Bjorne vorhatte.

»Spielst du mit links oder mit rechts?«, fragte Bjorne abermals und schlug die beiden Blätter gegeneinander, dass es krachte.

»Rechts, glaube ich.« Hatte er behauptet, dass er in der Abwehr gespielt hatte? Wenn er es getan hatte, war das eine weitere Schwindelei gewesen. Den Großteil seiner Eishockeyerfahrung – abgesehen von gelegentlichen Spielchen daheim in Regina mit Brent und seinen Freunden auf der Straße und auf dem Teich des Parks – hatte er nach Platzverweisen auf der Bank gesammelt, die Hände wegen der klirrenden Kälte trotz Handschuhen in den Hosentaschen vergraben, um seinem Bruder nach dessen jüngstem Duell mit der gegnerischen Mannschaft Gesellschaft zu leisten. Nicht, dass er nicht hätte spielen wollen, aber Onkel Pat hatte gesagt, dass es reiche, einen Streithahn mit gebrochener Nase im Haus zu haben. Als treuer Fan kannte er jedoch die Regeln des Spiels, und als Bjorne ihm den Schläger in die Hände drückte und sich über den Zaun schwang, fühlte er ein Hochgefühl in sich aufsteigen. Er hievte sich über die Planken, blieb aber auf halber Strecke in Grätschlage hängen. Dort wippte er einen Moment gefährlich hin und her, bis er sich schließlich nach innen auf den Beton rollen ließ.

»Bist du besoffen oder was?«, brüllte Bjorne ihm von der Mitte der Spielfläche zu, wo er hockte, bereit, den Stein auf die verblasste Mittellinie fallen zu lassen. »Ich zieh dir das Fell ab wie einem Kaninchen.«

Trevor taumelte zu ihm hinüber und stellte sich gegenüber von Bjorne hin, der hinter Trevor zeigte, wo die Umrisse der Torlinie ebenso blass zu erkennen waren wie die Mittellinie. »Alles hinter der Linie ist ein Tor.« Trevor beugte sich vor, stützte sich dabei auf seinen Schläger und machte damit die Stellung nach, die Brent immer eingenommen hatte, und an die er sich jetzt erinnerte, weil er ihn jahrelang dabei beobachtet hatte. Wie Bjorne war auch Brent Mittelstürmer gewesen.

Die beiden Männer starrten einander so lange an, dass es sich anfühlte wie eine Ewigkeit. Trevor schüttelte den Kopf, damit Bjornes Gesicht aufhörte, sich zu bewegen, denn es wackelte und verdreifachte sich, wenn er zu lange hinstierte. Er hob das Blatt seines Schlägers, um es gegen das von Bjorne zu legen. Bjorne tippte mit seinem Schläger einmal gegen Trevors und ließ dann den missgestalteten Ersatzpuck zu Boden fallen. Bevor Trevor sich überhaupt rühren konnte, schnappte Bjorne sich den Stein und rannte das Spielfeld hinunter, den Puck mit der Vorderseite seines Schlägers vor- und zurückschlagend.

»Steffansson spielt sich frei, läuft über das Eis, schießt, Tor!«

Der Stein ging klatschend über die Torlinie und prallte mit

einem knallenden Geräusch von der Rückwand ab. Bjorne paradierte über das gesamte Spielfeld und hielt dabei seinen Schläger hoch über den Kopf.

Trevor schwankte in der Mitte des Rings vor sich hin, wie betäubt. »Hey, nicht fair!«, rief er.

Bjorne schlurfte an ihm vorüber und tätschelte mit dem Blatt seines Schlägers Trevors Schenkel. »Du hast recht. Du spielst Abwehr.«

Eine halbe Stunde rannte Bjorne im Kreis um Trevor herum und schoss ein Tor nach dem anderen. Endlich war Trevor ausgenüchtert genug, um Bjorne den Puck auch einmal vom Schläger zu nehmen. Er rannte auf das entgegengesetzte Ende des Spielfelds zu. Bjorne folgte ihm auf den Fersen und schlug seinen Schläger auf den Beton.

»Wenn du nicht mein zukünftiger Schwager wärst, würde ich dir jetzt so richtig den Arsch versohlen.«

Trevor machte sich bereit, um einen Schlagschuss auf das Tor zu wagen, doch bevor er mit seinem Schläger auch nur einen halben Bogen zum Ausholen beschrieben hatte, reichte Bjorne zwischen Trevors Beine, holte sich den Stein rückwärts mit dem Blatt heraus und rannte los.

»Tor!«, brüllte er von der anderen Seite des Spielfelds.

Trevor warf seinen Schläger auf den Boden. Der Holzgriff brach in der Mitte entzwei. Er hob die Teile auf und jagte Bjorne nach, schwenkte dabei die zerbrochenen Hälften in der Luft. »Ich werde dich umbringen, Steffansson.«

»Hoher Stock!«, brüllte Bjorne.

Trevor stürzte sich auf den Mann und warf ihn zu Boden. »Jetzt hab ich dich«, jubelte er.

Bjorne antwortete nicht. Trevor rollte von der Brust seines Freundes und hockte sich auf seine Fersen. Bjornes Gesicht war ganz rot, er stieß grunzende Laute aus und hatte sich zusammengerollt wie ein Ball.

»Hey Buddy.« Trevor streckte die Hand aus und berührte ihn an der Schulter. »Bist du okay?«

Bjorne gab weiterhin grunzende Geräusche von sich, aber als Trevor sich vorbeugte, um seine Hände unter Bjornes Kopf zu legen, hob er die Hand. »Ich bin … in Ordnung«, stieß er keuchend hervor. »War plötzlich ganz außer Atem.«

Einen Moment später gab Bjorne seine Embryonalstellung auf und legte sich flach auf den Boden. Trevor war erleichtert, als die Atmung des Mannes wieder gleichmäßig wurde und sein Gesicht wieder den bräunlichen Schimmer bekam, den es normalerweise hatte. Trevor ließ sich neben ihn auf den Rücken fallen.

»Bist du sicher, dass du okay bist?«, fragte Trevor noch einmal.

»Ja, fühl mich wohl wie eine Schnecke im Regen«, gab Bjorne zur Antwort, und seine Stimme klang wieder normal. »Scheiße, das hätte ich nicht sagen dürfen.« Er zeigte nach oben.

Wolken hatten sich vor den kugelrunden Mond geschoben, und das Sternenzelt, das vor einer Stunde noch gestrahlt hatte, war verschwunden. Zwei nasse Tropfen klatschten auf Trevors Stirn, und Bjorne atmete langsam aus. »Schätze, das ist der Schlusspfiff.«

Sie eilten zurück zum Truck. Der Wind wurde stärker, während sie rannten, sodass er ihnen die losen Zipfel ihrer Hemden um die Lenden schlug. Bevor sie ins Führerhaus klettern konnten, öffnete sich der Himmel, und die Sintflut brach über sie herein.

Bjorne stöhnte. »Verdammte Scheiße. Hey Gott, halt den Regen noch ein paar Tage zurück.«

Sie fuhren gen Norden aus der Stadt heraus in Richtung Farm. Die Scheibenwischer arbeiteten sich auf höchster Geschwindigkeit über die Windschutzscheibe, um zumindest einigermaßen mit den Fluten fertig zu werden. Bjorne beugte sich weit über das Lenkrad, um die Straße überhaupt ausmachen zu können. Als sie ein kaputtes Tor passierten, was bedeutete, dass sie die Hälfte des Heimwegs hinter sich hatten, fing er an zu singen: »Auf dieser alten Farm malochst du dir die Finger wund.« Trevor stimmte ein, und die Scheibenwischer gaben ihnen den Takt vor wie ein Metronom. »Doch geb' ich sie nie auf, denn sie ist mein Zuhaus'.« Der Schein der Lampen auf dem Armaturenbrett beleuchtete Bjornes Gesicht. In diesem Augenblick wollte Trevor nichts anderes im Leben, als der Bruder dieses Mannes sein. Für immer auf der Farm bleiben und sich jeden Abend mit Angela ins Bett kuscheln. Er könnte hierbleiben. Er hatte nichts mehr, für das es sich noch lohnte, nach Calgary zurückzukehren. Eine leere Wohnung. Keinen Job.

»Frag sie.« Bjornes Kopf wippte mit der eingebildeten Musik auf und nieder.

Trevor schwenkte im Takt die Arme und grölte: »Mein Baby, das liebt den Traktor mehr als mich.«

Am nächsten Morgen löste sich sein Vorsatz ebenso auf wie die Aspirin-Tabletten, die er gegen seine hämmernden Kopfschmerzen nahm. Als sei Bjornes mitternächtliches Gebet erhört worden, hatte der Regen die Farm des Nachbarn verschont, und sie konnten einen halben Tag dreschen, bevor dauerhafte Regenfälle einsetzten. Trevor schüttete Wasser in Massen in sich hinein, unfähig, auch nur einen Bissen fester Nahrung herunterzubringen. Vor dem Abendessen erfand er eine anstehende Geschäftsreise und fuhr zurück nach Calgary.

17

Am Montagmorgen schlief Trevor sich aus. Sein Magen hatte sich immer noch nicht von der Überdosis Alkohol am Samstagabend erholt. Er brachte mit Mühe eine Schale Müsli und starken Kaffee herunter und entschied sich für eine weitere Autofahrt. Joggen war nicht drin; er traute seinen Beinen nicht zu, dass sie ihn tragen würden. Er fuhr Richtung Süden nach Okotoks, dann westwärts auf das Vorgebirge zu, wobei er wahllos an unscheinbaren Kreuzungen abbog. Auf einer engen Schotterstraße weit hinter Millarville entdeckte er ein Schild, auf dem ein Besitz zum Verkauf angeboten wurde. *Achtzig ertragreiche Morgen Land. Haus und gute Quelle.* Er parkte den Wagen auf der von Spurrillen zerfurchten Auffahrt und öffnete mit Schwung das verrostete Metalltor, dessen Scharniere quietschten. Das Haus wirkte verlassen, die meisten Fensterscheiben waren zerbrochen. Ein halbes Dutzend Dachziegel klapperte im Wind. Er rüttelte an der Tür, die mit einem verrosteten Vorhängeschloss gesichert war, doch überraschenderweise hielt es dem Rütteln stand. Hinter dem Haus watete er durch ein Meer aus kniehohem Gras und Löwenzahn zu einem verwitterten Klapptisch und setzte sich hin. Das Haus machte nicht viel her, es hatte nur eine Etage und war verfallen, aber der Ausblick war spektakulär, und die Rocky Mountains waren weit genug weg, um dem Himmel Raum zu lassen. Die Weite der Prärie im Osten und im Süden. So etwas sollte er sich kaufen. Damit aufhören, durch die Welt zu fliegen und sich als Farmer niederlassen. Ein gutes Leben. Gesund, wertvoll. Sein eigener Herr. Er hatte nicht viel

Ahnung von Landwirtschaft, wusste nur, was Bjorne ihm im Verlauf von ein paar Monaten an den Wochenenden beigebracht hatte. Er nahm an, dass dieses Land hier für Viehzucht geeignet war, Weizen war eher etwas für flacheren Boden. Angela würde wissen, was zu tun war. Bjorne und Axel, die beiden Alleskönner, könnten ihm zur Hand gehen. Er legte sich rücklings auf den Tisch. Wolken kreisten am Himmel über ihm: Manche sahen aus wie Lämmer und Kaninchen, eine andere erinnerte ihn an einen Krieger hoch zu Ross. An trägen Sommertagen, wenn Tante Gladys nicht zu Hause gewesen war, hatte er die Wolken zusammen mit Brent auf dem Dach beobachtet. Sie hatten sich Geschichten über die Wolkenmenschen ausgedacht und darüber, wie sie eines Tages zur Erde herabschießen würden, um sie aus Regina zu erretten. Heute musste er aus Calgary gerettet werden, vor sich selbst. Er beobachtete eine Libelle, die im Flug ein Dreieck über ihm beschrieb, und mitten auf dem Klapptisch schlief er ein.

Als er den Besitz eine Stunde später wieder verließ, schrieb er sich die Telefonnummer des Maklers auf. Er würde Angela herbringen, damit sie sich das Ganze ansah. Sie konnten es sich erlauben, mal ein Wochenende nicht nach Swede Lake zu fahren, ein bisschen Zeit allein würde ihnen guttun. Er stellte sich vor, wie sie gemeinsam das Haus renovierten. Wie sie anstrichen und das Dach deckten. Er konnte sich eine Bodenfräse mieten und einen Garten für sie anlegen. Und sie würde grüne Bohnen für ihn einkochen.

Es war dunkel, bis er wieder in die Stadt hineinfuhr, Calgary ein Lichtermeer. Er machte sich auf den Weg zu Angelas Apartment, einer Erdgeschosswohnung in einem Haus in Strathcona. Sie hätte sich ein eigenes Haus leisten können; Gott allein wusste, was sie mit all dem Geld machte, das sie verdiente. Spendete sie es wohltätigen Zwecken und Obdachlosen? Er verspürte plötzlich das dringende Bedürfnis, all jenen zu helfen, denen weniger Glück beschieden war als ihm. Ehrenamtlich bei einer Lebensmittelausgabe für sozial Schwache zu helfen. Schecks auszustellen für jene beharrlichen Organisationen, von denen er immerzu Post bekam, in der sie um Geld baten: die Krebshilfe, die Entwicklungshilfe. Er hielt kurz vor dem Geschäft an der Ecke, um Angela einen Blumenstrauß zu kaufen. Er hatte bisher noch nie für irgendjemanden Blumen gekauft; zehn Minuten lief er draußen vor dem Geschäft an den Bänken mit den mit Blüten gefüllten Eimern auf und ab. Rosen waren zu aufdringlich. Könnten eine abschreckende Wirkung auf sie haben. Chrysanthemen waren zu formell. Er entschied sich für ein dickes Gebinde aus Feuerlilien. Sie würden gut zu ihrem Haar passen.

Als er Angelas Haus erreichte, musste er sich innerlich am Riemen reißen, um nicht quer durch den Garten auf die mit Efeu berankte Tür zuzurennen, mit den Blumen fest in einer Hand. Was würde sie denken, wenn sie die Feuerlilien sah? Die alte, verfallene Farm. Er verlangsamte seinen Schritt. Verflucht, er musste endlich mal ein Risiko eingehen, oder sein Leben würde sich niemals ändern. Sonst würde er als einsamer alter Mann sterben wie Constance' Ehemann, wie hatte er noch mal geheißen? Tommy? *Man muss was riskieren.* Hatte Constance nicht genau das zu ihm gesagt, als er sie das letzte Mal sah? Er hatte seit einigen Wochen nichts mehr von der alten Frau gehört. Er pochte an die Tür, und es dauerte nur einen Moment, bis Angela öffnete, mit aschfahlem Gesicht, zerzaustem Haar, rot geränderten Augen.

»Trevor, ich versuche seit Stunden, dich anzurufen«, schluchzte sie und war ganz wacklig auf den Beinen.

Er streckte ihr die freie Hand entgegen. »Was ist passiert?«

»Bo. Er hatte einen zweiten Herzinfarkt.« Sie sank in seine Arme.

Trevor schnürte es die Kehle zu. Die Feuerlilien waren vergessen und fielen zu Boden. In seiner Erinnerung blitzte ein Bild auf: Bjornes regungsloser Körper auf dem Beton des Eishockeyrings. *Ich werde dich umbringen, Steffansson.* Trevors Beine begannen zu zittern. Er wollte wie ein Häufchen Elend auf der Türschwelle zusammenbrechen, aber er konnte nicht. Er musste Angela halten.

13. September 1985
Sooke, B.C.

Lieber Trevor,

ich bin letzte Woche wieder zu Hause angekommen. Nachdem ich Donald zum ewigen Dahinbrutzeln gebettet hatte, suchte ich in Mittelamerika und Mexiko nach einem geeigneten Ort für Martin. Eines Tages, an den Mayastätten von Chichen Itza, wusste ich es dann plötzlich. Martin gehörte nach Hause, er musste bei mir bleiben. Wir flogen zurück nach Victoria. Gemeinsam sind wir um die ganze Welt gereist, er und ich, genau, wie wir es uns immer erträumt hatten.

Ich hatte niemals Gelegenheit, Ihnen alles über Martin zu erzählen. Wir sind einander in einer Buchhandlung begegnet. Er kam jeden Dienstag herein, um sich die Neuerscheinungen anzusehen. Er kaufte bei mir seine Gesammelten Werke von William Shakespeare. *Bücher waren unser Thema an diesen Dienstagen, und nach ein paar Monaten wurde daraus ein regelmäßiges Mittagessen miteinander. Zu Anfang waren wir Freunde, dann wurden wir Geliebte.*

Ich muss ein Geständnis machen. Martin und ich haben niemals geheiratet. Wir haben die ganzen Jahre auf dem Salal Cottage in Sünde miteinander gelebt. Wir sahen nie einen Grund dafür zu heiraten. Wir liebten einander, und allein das zählte. Ich habe meine Kinder dahingehend allerdings belogen; die Wahrheit hätte sie schockiert.

Martin speiste meine Seele. Wir konnten über alles reden. Er lehrte mich, wie die Pflanzen und die Tiere heißen, die in dem Waldstück auf unserem Land beheimatet sind: die rosafarbenen Zahnlilien, die im Frühling am Ufer des Baches wachsen, die winzigen Sägekäuze, die Bananenschnecken. Abends hat er mir immer Gedichte vorgelesen. Hat wunderbare Essen für mich gekocht und mir die Füße massiert, wenn ich wieder mal Last mit meiner Arthritis hatte. Er fuhr mit mir in unserem Ruderboot in die Bucht hinaus und erzählte mir Indianerlegenden über das Meer. Wir liefen barfuß an Stränden entlang und planschten in Gezeitentümpeln wie die Kinder.

Einmal hat Martin mir erzählt, dass die Indianer, die an der Küste lebten, ihre Toten in Kanus in die Bäume legten oder in Höhlen am Strand. Ich habe seine Asche in den Bach gestreut, der hinter dem Salal Cottage entlangfließt, wo die Lachse laichen und im November sterben. Unter den Douglasien und den Frauenhaarfarnen. Er strömte hinaus ins Meer, doch kann ich ihn hier an meiner Seite spüren. Er lehrte mich zu lieben.

Ich hoffe, dass Sie mal herkommen und mich besuchen, Trevor. Ich schreibe Ihnen unten auf die Seite meine Telefonnummer. Die nächste Zeit werde ich erst mal nicht mehr reisen. Ich war viel zu lange fort, und ich bin müde.

Grüßen Sie Angela von mir,
alles Liebe, Constance
250-633-4187

Das junge Kojotenweibchen lag zusammengerollt hinter einem Salbeibusch, als würde es schlafen, doch als das Männchen schnüffelte und es mit der Nase anstupste, rollte sein Körper, obwohl er warm war, leblos auf die Seite. Der ausgewachsene Kojote kratzte mit der Pfote am Nacken des Weibchens, aber das Jungtier rührte sich nicht. Es war nicht mit den anderen zum Bau zurückgekehrt nach seinem ersten unabhängigen

Streifzug durch die Welt, um dort Mäuse zu jagen, und das Männchen hatte sich auf den Weg gemacht, es zu suchen. Eine einfache Aufgabe, weil er nur der Witterung seiner Geschwister folgen musste. Wieder kratzte er mit der Pfote an dem leblosen Körper und wusste, dass es tot war, wie so viele andere Welpen über die Jahre. Einige verschwanden einfach und kehrten niemals zurück, andere wurden von Falken erhascht, von Dachsen oder Schlangen gebissen. Ein paar wenige, wie dieses Kleine hier, wiesen weder Wunden auf noch hatten sie einen fremden Geruch.

Mit den Zähnen hob er ihren leblosen Körper vom Boden und zog sie ein paar Schritte, aber da sie schon zu drei Vierteln ausgewachsen und fast so schwer war wie er selbst, ließ er das Weibchen in das spröde Gras fallen und leckte ihm jaulend das Maul. Ein Geier kreiste über ihnen, und das Männchen knurrte, ein grollender Laut aus den Tiefen seines Innersten. Er lief in immer größer werdenden Kreisen um die Stelle herum, an der es lag, urinierte dabei in Sträucher und an Felsblöcke, um seine Spur zu markieren, dann ging er zurück und setzte sich ein paar Körperlängen von dem steif werdenden Körper auf den Boden, um zu warten.

18

»Asche zu Asche, Staub zu Staub«, las der Pastor aus dem Gebetbuch. Seine schwarze Soutane flatterte im Wind der Prärie. Acht Männer senkten zwei Särge in das Loch hinab. Trevor drehte und wandt sich, seine Hand verschwitzt in Tante Gladys' Klammergriff. Er wollte zu dem Loch hinübergehen und nachsehen, ob es ein Ende hatte, einen Boden. Oder dabei zuschauen, wie die hölzernen Kisten geradewegs in die Feuer der Hölle stürzten. Er wollte es den Leuten auf dem Friedhof in die Gesichter schreien, den Frauen, die in ihre Spitzentaschentücher weinten, den Männern, die ernst und feierlich ins Leere starrten. Alle in Schwarz.

Er wollte schreien: »Es war nicht ihre Schuld!«

Doch stand der Beweis für die Sünden seiner Eltern geradewegs vor den Trauernden: zwei kleine Jungen, in winzigen schwarzen Anzügen und mit Krawatten, denen Tante Gladys mit ihrer Spucke das Haar nach hinten an den Kopf geklatscht hatte und denen sie jetzt ihre eiskalten Finger in ihre Schultern hineingrub, damit sie still standen.

Onkel Pat schaufelte den letzten Spatenstich Erde auf die Gräber. Die Frauen verstreuten Blumen aus dem Geschäft in der Stadt: weiße Lilien und Chrysanthemen und noch andere, deren Namen er nicht kannte. »Unechte Blumen« hatte seine Mutter sie genannt. Sie hatte immer eine Vase mit Wildblumen aus der Prärie in der Mitte des Küchentischs stehen gehabt: Krokusse im Frühling, Magnolien, Gänseblümchen, Wildrosen und blauen Flachs im Sommer.

Die Leute liefen hintereinander in schweigenden Zweier- oder Dreiergrüppchen vom Friedhof zur Kirche, die wie ein weißer Leuchtturm auf der Spitze eines runden Hügels stand. Sie aßen getrocknete Datteln und schlürften Tee aus Porzellantässchen, und ihre Unterhaltung verlagerte sich bereits vom Unglück, das Trevors Eltern ereilt hatte, zur jüngsten Entwicklung der Weizenpreise und dem Mangel an Regen.

Brent schnappte sich die Hand seines Bruders und zog ihn hinter die Kirche. Dort saßen die beiden Jungen auf den Holzschaukeln und ließen ihre Sonntagsschuhe durch den Dreck schleifen. Brent sprang auf die Querverbindung der Wippe, grätschte seine Beine, sodass seine Füße rechts und links von dem im Boden verankerten Mittelstück standen, und dann ruckte er mit seinem Körper so lange von einer Seite zur anderen, bis das lange Brett waagerecht in der Luft schwebte. Mit einem lauten Aufschrei sprang er hinunter. Das eine Ende der Wippe schlug mit einem knallenden Geräusch auf den Boden und wippte noch zweimal nach. Die Wucht des Aufpralls hinterließ eine tiefe Furche in der schwarzen Erde.

Die beiden Jungen wälzten sich auf der Kuppe des Hügels im Gras. Trevor wusste, dass sie sich ihre Anzüge nicht schmutzig machen durften, und sagte es seinem Bruder. Brent zog sich die Jacke aus, nahm seine Krawatte ab und half Trevor aus seinen Sachen heraus. Dann schlang er seinen Arm um Trevors Schultern. Die Brüder kauten auf langen Halmen Rispengras und starrten hinaus auf die Prärie. Über ihnen jagte ein Falke mit rostfarbenen Schwingen und kreischte nach seinem Abendessen.

»Guck mal, was ich mache.« Brent streckte sich der Länge nach auf dem Boden aus, die Arme über dem Kopf, die Beine eng zusammengepresst. Langsam rollte er in Richtung des Abhangs. Sein Körper rollte schneller auf der Schräge, immer schneller und schneller; die Grashalme bogen sich unter ihm, und wo seine Schuhe den Boden trafen, stoben ganze Stöße von Staub in die Luft. Trevor konnte Brents Gesicht und sein weizenblondes Haar, das an ihm vorüberwirbelte, nur immer zwischendurch aufflackern sehen. Am Fuß des Hügels blieb Brents Körper liegen. Er rührte sich nicht.

»Brent?« Trevors dünnes Stimmchen erklang zitternd von der Kuppe des Hügels. Er hoffte, dass sein Bruder nicht tot war. Wen würde er sonst noch haben? Fast fing er an zu weinen, als Brent sich aufrappelte und das weiße Hemd seinen mageren Oberkörper umflatterte, ganz schwarz vom Schmutz, auch seine Sonntagshose war verdreckt. Er brüllte wie ein zorniger Löwe und schlug mit den Armen um sich, als er den Hügel wieder hinaufstürmte. Staub wehte von seiner Kleidung, sein Gesicht wurde puterrot. Feuer loderte in seinen Augen. Brent blieb vor Trevor stehen und legte seine Hand auf die Schulter seines Bruders. Seine Rippen hoben und senkten sich unter der feinen Baumwolle seines schmutzigen Sonntagshemds. Trevor spürte, wie Brents rasender Herzschlag in seinem Kopf zu dröhnen begann.

Brent hob zwei Steine vom Boden. Den einen warf er mit der linken Hand immer wieder in die Luft; den anderen gab er Trevor. Dann lief er auf die Kirche zu und warf seinen Stein gegen die weiße Ziegelwand. Der Stein hinterließ an der Stelle, an der er gegen die Wand prallte, einen schwarzen Fleck und eine Delle, dann fiel er plumpsend zu Boden. Er hob einen anderen Stein auf, der so groß war wie eine Kartoffel, und warf ihn ebenfalls. Einen dritten. Er schnippte mit den Fingern in die Richtung von Trevors Arm.

»Du auch«, drängte er ihn.

Trevor blickte nieder auf den Stein in seiner Hand. Er war rosa und weiß, gesprenkelt wie ein Vogelei mit silbrigen Stellen dazwischen, die in der Sonne glänzten. Der Stein lag Trevor schwer in der Hand. Er suchte im Gesicht seines Bruders nach einem Grund, fand aber nur loderndes Feuer. Kannte Brent ein Geheimnis? Würde das seine Eltern zurückbringen? Eine Sünde als Bezahlung, um damit eine andere Sünde zu begleichen? Denn Steine an eine Kirche zu werfen war ganz sicher eine Sünde. Ein Handel. Ein Tausch: die beiden Jungen als Gegenwert für ihre Eltern. Er trat einen Schritt vor und warf den Stein wie einen Baseball, genau wie Brent es ihm im vergangenen Sommer auf dem Hof beigebracht hatte. Die Wucht, mit der sein Stein gegen die Wand prallte, hatte eine befriedigende Wirkung, und er suchte nach einem anderen. Er erspähte einen zimtfarbenen Stein, der so flach war wie ein Pfannkuchen, und hob ihn auf. Er war schwerer als der gefleckte. Er warf ihn mit aller Kraft gegen die Kirche. Zusammen bewarfen die beiden Jungen das Gebäude immer und immer wieder. Sie stöhnten vor Anstrengung; die Steinwunden an der Wand sahen zusehends aus wie Pockennarben. Ihre guten Sonntagshemden wurden nass vom Schweiß und durchsichtig, ließen ihre glühenden jungen Körper durchscheinen.

Erst als Brent anfing, Flüche auszustoßen – Worte, die Trevor noch nie zuvor gehört hatte –, erst da wurden die Erwachsenen aufmerksam und kamen angerannt. Onkel Pat schnappte sie sich beide um die Taille und schleppte sie in den Vorhof der Kirche. Trevor hing reglos und furchterfüllt in einem Arm; im anderen trat Brent wie wild um sich und schrie.

Doch Onkel Pat ging nicht zum Grab, grub den Oberboden nicht auf mit seinen von der Arbeit verschwielten Händen, warf die Jungen nicht hinein. Er grinste nicht zufrieden vor sich hin, als die Brüder wie Steine in die Feuer der Hölle fielen. Er wischte sich nicht den Dreck von den Händen, während Trevor und Brent tiefer stürzten, tiefer und tiefer, und ebenso wenig erstanden seine Eltern wieder auf, glitten nicht auf halbem Weg wie flauschige, weiße Wolken aus der Hitze und den Schatten des Moders an ihren Söhnen vorüber, mit Gesichtern, auf denen sich Schmerz mit Dankbarkeit vermischte. Stattdessen warf Onkel Pat die beiden Jungen auf die Rücksitze seines verbeulten Chevys und befahl ihnen, den Mund zu halten und stillzusitzen. Tante Gladys schimpfte sie wegen des Zustands ihrer Sonntagskleider aus, als sie vom Kirchhof preschten. Hinter dem Wagen ergoss sich der Staub in Wolken über die pfeilgerade Landstraße.

Trevor und Brent kamen nicht in die Hölle. Sie kamen nach Regina.

Angela stützte sich auf Trevors Arm. Sie war nicht der einzige Mensch, der auf Trevors Hilfe angewiesen war; es schien, als habe die gesamte Steffansson-Familie nicht mehr genug Reserven, um aus eigener Kraft aufrecht zu stehen. In den Tagen vor Bjornes Beerdigung hatte es sie alle zu Trevor gezogen. Der zweijährige Jake kletterte auf Trevors Arm, als sie die Straße überquerten, um von der Kirche zum Friedhof zu gehen. Bjornes Ehefrau Nancy, die von ihren beiden Brüdern aus Lethbridge flankiert wurde, konnte weder sprechen noch weinen. Sie und die Kinder würden nach der Beerdigung mit ihren Brüdern zurück nach Lethbridge gehen; der Möbelwagen war am Vortag bereits vorausgefahren, vollgepackt mit Möbelstücken aus dem Bungalow. Bjornes und Angelas Bruder Matthew, der am Tag nach Bjornes Tod aus Ottawa eingetroffen war, hielt Helens Ellbogen. Die Frau hielt mit Gewalt die Tränen zurück, während sie sich durch die Hymnen quälte: »Vorwärts, christliche Soldaten«, »Näher, mein Gott, zu Dir.« Axel hatte seit Tagen kein einziges Wort gesprochen.

Als man den Sarg hinab in das Grab senkte, verspürte Trevor das seltsame Verlangen, hinüberzugehen und in die Grube hineinzulugen. Seine Hand fühlte sich merkwürdig schwer an, und zwischen seinen Fingern klebte grobkörniger Dreck, wodurch er an Constance denken musste, an ihre Asche-Dosen und ihre Berichte über obskure Totenriten in anderen Ländern. Er konnte sich nicht vorstellen, Bjorne in Asche zu verwandeln. Aus dem Augenwinkel nahm er eine rasche Bewegung wahr, die seine Aufmerksamkeit erregte, und so wandte er den Kopf und sah eine buschige Schwanzspitze, die am Rand des Friedhofs hinter einem Grabstein verschwand. Scharten sich bereits die Aasfresser? Die Kojoten und die Falken? Zusammen mit der ägyptischen Gottheit mit dem Hundekopf, die Bjorne in das nächste Leben geleitete? In welchem Land war das gewesen, von dem Constance erzählt hatte, dass sie die Leichen dort in der Wildnis zurückließen, damit wilde Tiere sie zerrissen und wegschleppten? Angela stupste ihn sacht an, und er reihte sich mit ihr ein in die Schlange von Familienmitgliedern und Freunden, die schleppenden Schrittes, einer nach dem anderen, an Bjorne Steffanssons offenem Grab vorübergingen und eine Handvoll Erde auf den immer weiter verschwindenden Sarg warfen. Es passte zu Bjorne, eins zu werden mit der Erde, auf der er sein Leben lang gearbeitet hatte. Mit seinem guten Herzen, das so leicht war wie eine Feder.

Trevor presste die Hände gegen Angelas Schultern, und sie lehnte sich mit noch mehr Gewicht auf ihn. Er hatte sie zu dem Krankenhaus in Calgary gefahren, in das der Krankenwagen Bjorne gebracht hatte. Sie hatten draußen auf den Korridoren zusammen mit Helen, Axel und Nancy die zwei Tage kampiert, in denen Bjorne künstlich weiter am Leben erhalten worden war. Hilflos hatten sie dabei zugesehen, wie die Seele herausgesogen wurde aus ihrem Sohn, Bruder und Ehemann. Das Herz war nach dem Infarkt nicht mehr zu reparieren, der Schaden zu groß, die Hoffnung auf eine Operation dahin. Bjorne starb am Donnerstag um zwölf Uhr mittags. Gerade hatte er noch geatmet, sein Herz hatte geschlagen, dann war nichts mehr.

Ein Windschutz aus zitterndem Espenlaub begrenzte den Friedhof im Süden, und die goldenen Blätter raschelten im

Wind wie Geistergeflüster aus den Gräbern. Er vermisste Bjorne. Seinen Freund. Wie konnte er tot sein? Zweiundvierzig Jahre alt, genauso alt wie Brent. Trevor konnte den nagenden Gedanken nicht verdrängen, dass er an allem schuld war, dass ihr Hockeyspiel im Suff der Auslöser für den tödlichen Herzinfarkt gewesen war. Er hätte es verhindern können, hätte Bjorne überreden können, nach Hause zu fahren, die ganze Sauftour hätte er ihm ausreden können. Aber es war ihm nicht in den Sinn gekommen. Er besaß nicht den Mut, es Angela zu erzählen; der Selbstvorwurf lag ihm hart und kalt im Magen wie ein Stein.

Nach der Beerdigung fuhr eine Kolonne von Fahrzeugen zurück zur Farm. Trevor half dabei, Kaffee zu brühen in Maschinen, die sie sich ausgeliehen hatten, und er stellte Platten mit Süßspeisen auf den Tisch im Esszimmer, bis die Frauen ihn aus dem Haus scheuchten. Er fand Angela mit Caesar A. im Garten. Sie zupfte Unkraut, und an der Stelle, an der sie zwischen den Beeten mit Möhren und Roter Bete kniete, war das Vorderteil ihres Kleides vom Lehm ganz verdreckt. Voller Zorn riss sie händeweise Hornkraut und Löwenzahn aus dem Boden. Der Hund versuchte, ihr über das Gesicht zu lecken, aber sie schob ihn immer wieder von sich.

Trevor wusste nicht, wie er die rechten Worte finden sollte. Er hockte sich drei Beete weiter unten hin und fing an, Pflanzenhalme aus der lockeren, gut gehackten Erde zu rupfen, warf sie auf die Gehwege zwischen den Beeten. Zwischendurch blickte er immer mal wieder zu Angela herüber, aber die hörte nicht auf zu arbeiten, mit gesenktem Kopf und vorgeschobenen Schultern. Was hätte Bjorne zu seiner trauernden Schwester gesagt? Zu ihm? *Los, frag sie?* Aber das konnte er nicht tun, es war weder die rechte Zeit, noch war es der rechte Ort.

Ein Schatten fiel über das Beet, gerade als er sich mit der

ganzen Hand eine blättrige grüne Pflanzenspitze geschnappt hatte.

»Was zur Hölle machst du da?«

Er blickte auf. Angela hatte sich dräuend vor ihm aufgebaut, die Finger gegen den Mund gepresst. Die andere Hand hatte sie voller Löwenzahn, und damit schlug sie ihm mitten auf seinen Kopf.

»Zupfe Unkraut?«

»Du reißt die ganzen Möhren aus, du Trottel.«

»Ach du Schande.« Trevor verzog das Gesicht und blickte nieder auf die Pflanze in seiner Hand. Angela drehte sich weg von ihm, und ihr Lachen klang auf einmal wie atemloses, schmerzerfülltes Keuchen. Trevor richtete sich auf; eine blassgelbe Knolle, die vom Lehm verschmiert war, hing in seiner Hand. »Angela?«

Ihr Gesicht war von Schmerz und Wut verzerrt. Instinktiv wäre er am liebsten weggerannt. Was in seinem Leben hatte ihn darauf vorbereitet, jemals die Rolle eines Trösters zu spielen? Er dachte an Constance, an ihre schicksalhafte Begegnung auf dem Frankfurter Flughafen, an die Tasche mit den Sonnenblumen, an die Plastikdosen, die ihre drei schmerzlichen Geschichten enthielten, und trotzdem hatte sie ihm ihre Hand entgegengestreckt. Um ihm aufzuhelfen. Er nahm Angelas Hand und löste das Unkraut nach und nach aus ihrer Faust, öffnete ihre Finger und legte seine Hand auf ihre vom Lehm verschmierte Handfläche. »Lass uns ein bisschen laufen.«

Sie wanderten durch die stoppeligen Herbstfelder. Zerbrochene Halme knirschten unter ihren Füßen. Der Hund lief ihnen voraus, schnüffelte an Sträuchern und verlassenen Erdhörnchenhöhlen. Die Herbstsonne hatte den größten Teil ihrer Wärme verloren, und die Luft roch nach nahendem Frost, nach Schnee, der sich bald schon mit weißem Gestöber wie eine Decke über die Farm legen würde. Angela sagte nichts, bis sie die Hütte am Rand des Flussbetts sahen.

»Ich nehme mir ein Jahr frei«, verkündete sie und fügte in einem Atemzug hinzu: »Ich gehe nicht zurück.«

Trevor wandte sich zu ihr und blickte ihr forschend ins Gesicht. »Warum?«, fragte er.

»Meine Eltern können die Farm allein nicht bewirtschaften. Matthew hat sein eigenes Leben. Wir werden sie verkaufen. Vorher ist noch jede Menge zu tun. Und ich muss für Mom und Dad einen Ort finden, an dem sie leben können.«

»Nein«, sagte er. »Das kannst du nicht tun.«

»Aber es ist unmöglich. Ich kann das allein nicht bewerkstelligen. Wir haben keine andere Wahl.«

Er wollte sie fragen, warum sie diese Entscheidung nicht vorher mit ihm besprochen hatte, eine Entscheidung, die ein Paar gemeinsam treffen sollte. Ein Paar. Angela und Trevor.

»Ich werde hierbleiben«, sagte er mit heiserer Stimme. »Ich kann arbeiten. Axel kann mir beibringen, was vor Wintereinbruch noch getan werden muss. Ich werde die Geräte reparieren. Saatgut für das nächste Jahr bestellen, und was ist mit …«

»Du würdest hierbleiben?«, stieß sie atemlos hervor. »Aber dein Job?«

Hinter Angelas Kopf erblickte er das pyramidenartige Steingebilde auf der Spitze des Hügels, und es schien ihm ein Zeichen zu geben; für den Bruchteil einer Sekunde glaubte er, die Umrisse eines Elefanten zu sehen, der auf dem Gipfel wartete. Er warf seine Hände in die Luft. »Verflucht, ich hasse meinen Job!«, brüllte er und küsste sie mit so viel Wucht auf den Mund, dass sie kaum das Gleichgewicht halten konnte, als er sie wieder losließ. Trevor stürmte den Hügel empor, auf das Steingebilde zu; unter ihm erstreckte sich in sämtlichen Himmelsrichtungen die Weite der Prärie. Er legte seinen Kopf in den Nacken und heulte wie ein Kojote in den Himmel. Zu seinem Erstaunen ertönte ein Antwortruf von Süden her. Am Fuße des Hügels sah Angela sich das Ganze an. Hinter ihr im Flussbett erstrahlten die Silberölweiden und die Saskatoonbüsche in den Gold- und Rottönen des Herbstes.

Er legte seine Hände wie eine kleine Schüssel um seinen Mund und verkündete dem Himmel, der weiten Prärie und der Erde zu seinen Füßen: »Farmer! Ein lausiger Farmer bin ich!«

Er wurde von dem überwältigenden Drang erfasst, sich auf dem Boden auszustrecken, und so legte er sich lang auf den Rücken. Langsam fing er an zu rollen, weiter und weiter den Hügel hinab in seinem schwarzen Beerdigungsanzug, und bei jeder Drehung wurde er schneller, und seine Schuhspitzen schaufelten Staubwolken empor in die Luft.

»Du bist ein Irrer«, kicherte Angela unter Tränen, als er vor ihre Füße rollte und sein Gesicht und seine Kleider vom Lehm und vom Gras ganz verdreckt waren. Sie warf sich auf ihn.

»Nein, ich bin ein irrer Farmer.« Er zog sie an sich und rieb seine Nase an ihrem Ohr. »Dein Farmer.«

Er öffnete das Häkchen an der Rückseite ihres Kleides und die Knöpfe, die vom Hals bis zur Taille reichten, dann ließ er seine Hände über ihre warme Haut gleiten. Caesar A. umtänzelte sie winselnd, ließ sich dann ein paar Meter weiter nieder und fing an, auf einem Stöckchen herumzukauen. Aus dem alten Flussbett erklang das Zwitschern eines Rotschulterstärlings.

Hinterher lehnte Angela sich auf den Stufen zur Hütte rücklings an ihn, und sie beobachteten, wie ein Entenschwarm in V-Formation gen Süden zog. Die meisten Vögel waren bereits fort. Abgesehen von dem einsamen Stärling und ihrem persönlichen Frühlingssäuseln war es still im alten Flussbett.

»Ich möchte hier leben.« Trevor wickelte eine Strähne von Angelas Haar um seinen Finger.

»Hier? In der Hütte?«

»Genau hier.«

»Aber hier gibt es keinen Strom. Kein fließendes Wasser. Du hast den Verstand verloren.«

»Das geht schon. Deine Großeltern haben es geschafft. Und ich habe dich, damit mir immer schön warm ist. Und einen unglaublichen Ausblick.«

Caesar A. setzte sich auf, spitzte die Ohren.

»Hey, schau dir das an.« Angela machte eine Bewegung mit ihrem Kinn und griff nach Caesars Halsband.

Drei Kojoten, ein altes Männchen, das schon einige Jahre auf dem Buckel hatte und so groß war wie ein kleiner Border Collie, und zwei halb ausgewachsene Welpen tauchten auf der Anhöhe über dem alten Flussbett auf. Ihr Fell war in Vorbereitung auf den Winter schon ganz dick und dicht. Trevor hatte sie sich größer vorgestellt, sie erinnerten ihn an die Schakale an den Pyramiden, der gleiche richtende, starre Blick, die gleichen wachsamen, aufrecht stehenden Ohren, die gleichen Augen, denen nichts entging. Während das erwachsene Tier Wache stand, rannten die Welpen hintereinander zum Bach hinunter und tranken, dann liefen sie wieder das Ufer hinauf zu ihm zurück. Die drei machten sich auf gen Westen in Richtung der Farm.

»Ich frage mich, ob die uns von da oben bespitzelt haben«, witzelte Trevor.

»In dieser Gegend hast du als Mensch nirgendwo deine Intimsphäre«, erwiderte Angela geistesabwesend und starrte den Tieren nach. »Hatte das alte Männchen ein kaputtes Ohr?«

»Ist mir nicht aufgefallen.« Trevor beugte sich vor und wisperte in ihre Nackenbeuge. »Ich habe eine Überraschung für dich.«

Er löste sich aus seiner Stellung hinter ihr und kletterte den Pfad hinunter zur Quelle. Er zog sein Taschentuch aus der Hosentasche und tauchte es in das Wasser. Als er mit dem tropfnassen Stück Stoff zur Hütte zurückkehrte, ging er hinein und fing an, die vielen Jahre Staub von dem Panoramafenster herunterzuwischen, das nach Westen zeigte. Angela beobachtete ihn von draußen mit verschränkten Armen. Sie schüttelte den Kopf, dann hob sie ihren Rock und zog sich ihre Unterhose aus. Ebenso wie Trevor tränkte sie den seidenartigen Stoff mit dem Wasser der Quelle und stellte sich dann gegenüber von ihm auf, wischte das Fenster von außen mit breiten kreisenden Strichen ab.

Trevor dachte an Bjorne in den Tiefen des Grabes, das nur wenige Meilen von ihnen entfernt war, und an seinen brüderlichen Rat. Die Art von Rat, die Brent ihm gegeben hätte. »Angela?«, rief er.

»Ja.«

»Meinst du, deine Kanzlei könnte mir dabei helfen, meinen Bruder Brent ausfindig zu machen?«

Fragend sah sie ihn an. »Klar, kein Problem.«

Zwischen ihnen entstand ein klares Oval aus Glas, das zusehends größer wurde. Angela drückte ihr Gesicht gegen die Scheibe und streckte die Zunge heraus. Mehr als ein schmutziges Fenster öffnete sich zwischen ihnen. Ausnahmsweise vertraute er einmal darauf, dass ein anderer Mensch ihn verstand, und seine Sorgen verkümmerten zu Staubschlieren auf einer Glasscheibe, die man mit Wasser und einem Tuch abwaschen konnte. Er rieb an der oberen Ecke des Fensters und redete dabei. Der Zipfel seines Lappens hing unbemerkt herunter und verschmierte das saubere Glas darunter wieder.

»Ich habe mir große Sorgen gemacht«, gestand er.

»Worüber?« Angela machte mit ihren Armen die gleichen Bewegungen, die er mit seinen vollführte.

»Ich habe Bjorne letzten Samstag wehgetan, als wir besoffen Hockey gespielt haben, nachdem wir aus der Bar kamen. Ich habe ihn auf den Boden geworfen und … er kriegte keine Luft mehr. Er hat behauptet, von dem Sturz ganz außer Atem geraten zu sein. Aber nach seinem Herzinfarkt, weißt du, ich frage mich, ob …«

Angela hatte aufgehört, das Fenster zu putzen. Die schmutzige Unterhose fiel auf die Veranda. Ihr Gesicht wurde kreidebleich. »Aber du wusstest doch …«, stieß sie aus, und ihre Stimme klang nur mehr wie ein Flüstern. »Du wusstest es!«, brüllte sie dann. »Du wusstest, dass er krank war! Du wusstest, dass er nächsten Monat operiert werden sollte! Hockey? Du hast Hockey mit ihm gespielt? Du unglaublich dummer Kerl!«

19

Trevor verbrachte den Weihnachtstag mit einem Kasten Bier und dem Super Bowl vor dem Fernsehapparat, während draußen vor seiner Wohnung ein Blizzard toste. Er war versucht, auf der Farm anzurufen, wusste aber, dass Angela doch nur wieder auflegen würde, wenn sie seine Stimme hörte. Als er sie zum letzten Mal gesehen hatte, war sie durch den Bach im alten Flussbett gerannt. Das Wasser hatte nur so geplatscht, weil sie sich nicht die Mühe gemacht hatte, auf die Steine zu springen, und aus dem Saum ihres Rockes war das Wasser getropft und hatte eine Spur am Bachufer hinterlassen.

Trevor inspizierte die halbleeren Regale in seinem Kühlschrank, dann beschloss er, telefonisch etwas beim Chinesen in Kensington zu bestellen und es sich abzuholen. Als die Kühlschranktür knallend zufiel, löste sich einer der Magnete und fiel zusammen mit einem Foto klappernd zu Boden. Vom Linoleum lächelte Constance ihn an. Sie trug einen übergroßen Männerpullover und ausgeleierte grüne Jogginghosen, keine Perücke. Das Haar stand ihr in wilden Büscheln vom Kopf ab. In ihrem Brief hatte sie geschrieben, dass sie erschöpft war von ihrer Reise, und als er sich das Foto genauer ansah, musste er zugeben, dass sie müde wirkte und nicht so spritzig wie sonst. Hinter ihr erstrahlte wie ein Regenbogen ein hübsches, in Himmelblau und Weiß gestrichenes Cottage, das umwuchert war von tiefrotem und orangefarbenem Efeu. Er konnte sie sich lebhaft vorstellen in dem Haus mit ihren Katzen und ihren Erinnerungen an ihre Ehemänner. Plötzlich wollte er wieder mit ihr reden, mit seinem einzigen wirklichen Freund in dieser Welt, nun da Bjorne tot war und Angela ihn hasste. Vielleicht sollte er in den Westen reisen. Er hatte die Küste noch nie gesehen. Und sie hatte ihn schließlich eingeladen, sie zu besuchen. Trevor durchwühlte seinen Schreibtisch nach ihrer Telefonnummer. Als er wählte, hob sich seine Laune bei der Vorstellung, wie überrascht und erfreut ihre Stimme klingen würde, wenn sie abnahm. Doch das Telefon läutete dreimal, bevor eine Ansage ertönte, die ihn darüber informierte, dass es unter dieser Nummer keinen Anschluss mehr gab. Er versuchte es erneut – mit dem gleichen Ergebnis. »Kein Anschluss unter dieser Nummer. Überprüfen Sie bit…«

»Scheiße«, fluchte er, verzichtete auf das Chopsuey und ging stattdessen zu Bett.

Trevor war in einem Autobus. Draußen vor dem Fenster grasten Herden von Rehböcken und Zebras in dem kargen Gras in einer roten Staublandschaft, die so flach war wie die Prärie von Alberta. Er hatte den Geschmack von Staub im Mund. Der Bus hielt an. Trevor schob sich durch den von Menschen überfüllten Gang, stieg aus und betrat die Schotterstraße. Jemand warf seine Tasche von dem überladenen Dachgepäckträger, und sie landete mit einem dumpfen Knall vor seinen Füßen. Er hob sie aus dem Dreck, schob seine Arme unter die Schultergurte und lief über einen schmalen Pfad in Richtung von Hütten in der Ferne. Der Rucksack schmerzte auf seinen Schultern. Er nahm ihn herunter und öffnete den Kordelzug, um nach den Traktorteilen zu suchen – drei Anlasser, ein Verteiler und ein Pappkarton mit Zündkerzen. Er lief weiter zum Dorf. Menschen standen in Türrahmen und in Gärten und beobachteten ihn. Ein junger Mann, dessen weißes Baumwollhemd einen gleißend hellen Kontrast zu seiner schwarzen Haut bildete, kam auf ihn zu und streckte ihm seine Hand entgegen. »Constance hat gesagt, dass

Sie kommen würden.« Der Mann reichte Trevor einen Speer und wies hinaus auf die Savanne. »Die Krieger warten.«

Eine Gruppe mit Ockerfarbe bemalter Jugendlicher, die ebenfalls Speere trugen, sprang heulend hinter einem gigantischen Affenbrotbaum hervor. Wie eine Herde von Gazellen drehten sie sich wie an einer Schnur gezogen herum und rannten gen Osten über den ausgedörrten Boden. Trevor rannte mit ihnen, durch Unmengen von Tieren – Giraffe, Zebra, Gazelle, Wasserbüffel. Ohne Vorwarnung blieben die Krieger plötzlich stehen und bildeten einen Kreis. Trevor lief durch ihn hindurch zur Mitte, wo er einen verrosteten Traktor fand, der verlassen im Gras stand. Er geriet in Panik – er war kein Mechaniker. Er warf seinen Rucksack in den Dreck und wandte sich ab. Was, wenn er ihn nicht reparieren konnte? Was, wenn er es konnte? Er stellte sich vor, dass die weite, wilde Ebene zu einem Kornfeld wurde, das eingepfercht war in ein Flechtwerk aus Straßen und Zäunen. Ein Krieger schrie, und Trevor blickte auf und sah den Traktor, der jetzt ein Löwe war mit einer gewaltigen Mähne und mit einem Schwanz, der sich zornig hin- und herbewegte. Das Tier hatte es auf ihn abgesehen und fletschte die Zähne. Er drehte sich um und rannte auf dem gleichen Weg zurück, auf dem er gekommen war, aber die dicht beieinanderstehenden Krieger hinderten ihn am Vorwärtskommen. Die Pranken des Löwen machten hinter ihm im Gras schabende Geräusche.

Trevor lag auf dem Rücken, während Michael und die Krieger Fett und Ocker in seine Haut rieben.

»Ein Jammer, dass er tot ist«, sagte Michael. »Constance hat gesagt, er könnte uns helfen.« Die anderen Krieger wehklagten vor Trauer.

Trevor schrie laut auf: »Ich bin nicht tot!«, doch konnten sie ihn nicht hören. Sechs Krieger trugen seinen Körper zu dem Affenbrotbaum und ließen ihn an seinem massigen Stamm zurück, das Grunzen der Löwen und das Kreischen der Hyäne kamen ganz aus der Nähe.

Ein schwarzer Schakal pirschte mit gespitzten Ohren an der Außenseite des Baums entlang. Die nasse Zunge hing dem Tier seitlich aus dem Mund heraus. Trevor versuchte, sich aufzusetzen und davonzurennen, aber er konnte sich nicht rühren. Das Gras um ihn her war übersät von Traktorteilen. Der Schakal schlich um den Baum herum und stach mit seiner spitzen Nase gegen Trevors Rippen. Das Tier erhob sich auf die Hinterläufe; sein Körper streckte und verdrehte sich auf groteske Weise, bis er kein Tier mehr war, sondern ein Mann mit dem Kopf eines Schakals und mit Augen, die aussahen wie leblose goldene Kugeln in seinem Gesicht aus Ebenholz.

Trevor wachte schwitzend und zitternd auf. Er torkelte ins Bad und pinkelte, dann lief er unruhig durch seine Wohnung und versuchte, das Bild des Mannes mit dem Schakalkopf aus seinem Gedächtnis zu vertreiben. Er durchforstete seinen Schreibtisch, bis er ein Programmheft fand, das er aus dem Ägyptischen Museum in Kairo mitgebracht und aufgehoben hatte. Als er durch die Seiten blätterte, fand er, wonach er suchte – Anubis, den Gott der Unterwelt mit dem Hundekopf. Er las die Beschreibung, dann goss er sich einen doppelten Scotch ein. Das Wesen stammte aus der Mythologie, war eine Figur in einer Geschichte. Nichts Reales. Er hatte lediglich einen Traum gehabt. Er schaltete den Fernsehapparat ein und sah sich das Ende eines Spielfilms an, eine Komödie, und als er wieder ins Bett ging und ganz allmählich einschlief, fühlte er sich wieder besser.

Doch Anubis erwartete ihn in der Mitte einer feuchten, schwach beleuchteten Höhle, in der es nach Schimmel und Verwesung roch. Trevor presste sich gegen die Wand unter einer Fackel, die in einem Wandhalter steckte. Die schwache Flamme war das einzige Licht an diesem Ort. Trevor, der Jeans trug und ein schwarzes T-Shirt mit der Aufschrift *Calgary Flames*, zitterte vor Kälte und Furcht. Mit seinen glühenden Augen nahm Anubis ihn ins Visier, und Trevor konnte nicht anders als zu wimmern.

»Noch ein Feigling«, sprach Anubis. Er kratzte sich die lange, spitze Schnauze mit dem Zeigefinger der einen Hand und schlug mit der anderen eine Fliege tot. Seine Stimme war tief, und sie klang zutiefst enttäuscht. »Ammit. Schau dir an, wie der angezogen ist. Keine Klasse. Was ist nur aus den guten, alten Zeiten geworden, da sie aufgebahrt und ordentlich in Leinen gewickelt hier ankamen?«

Ammit schlurfte aus den Schatten ins Licht, ein dreigeteiltes Wesen, eine Mischung aus Löwe, Nilpferd und Krokodil. Die Göttin sabberte und leckte sich die Lippen. Der unerträgliche Gestank schnürte Trevor die Kehle zu.

»Sei unbesorgt«, sprach Anubis zu Trevor. »Sie ist eine, die mehr bellt als beißt.« Dann lachte er, hob das Maul und stieß einen gespenstischen Heulton aus.

Anubis und Ammit nickten einander zu und schauten dann beide auf. Trevor folgte ihren starren Blicken.

Eine schneeweiße Feder fiel aus dem Zelt der Schwärze hinab und schwebte durch Spalten aus Licht und Schatten. Die Feder drehte und wand sich, und ihre geschwungenen Ränder schimmerten.

Ohne den leisesten Laut legte sie sich auf eine gewölbte Schale, die an feinen Goldketten hing. Die Schale senkte sich um eine Haarbreite, und Anubis stieß einen tiefen Seufzer aus. »So empfindlich eingestellt«, erklärte er. »Nur die feinsten Instrumente für diese schwerwiegende Arbeit.«

Von der Platte eines Steintisches, der neben der Waage stand, schaufelte Anubis eine bebende Masse aus Fleisch herunter und hielt sie mit beiden Händen. Auf der anderen Seite der Waage rülpste Ammit und knirschte mit den Zähnen. Trevor hatte das Gefühl, das Bewusstsein zu verlieren, und lehnte sich gegen die eiskalte Steinwand. Anubis blickte zu ihm herüber. »Ihr Ausländer wisst Riten nicht zu würdigen.« Er hielt inne und streckte seine Hände aus, um Trevor zu zeigen, was er darin hielt. »Lausche den zeitlosen Wehen deines Herzens.«

Die tiefrote Masse pulsierte, glänzte im Schein des Fackellichts. Die Höhle war erfüllt von rhythmischen Schlägen. Trevor hielt sich mit den Händen die Ohren zu.

Anubis legte das Herz vorsichtig in die leere Schale der Waage. Als die Waagschalen daraufhin zu schwingen begannen, fixierte er Trevor mit stählernem Blick. »Herzen lügen nicht«, sagte er.

Drei Augenpaare folgten dem Zeiger, der sich langsam vor und zurück über den Waagebalken bewegte.

»Sollen wir wetten, Anubis?«, bettelte Ammit und rieb ihre Tatzen mit den langen Krallen gegeneinander.

»Ich wette nicht«, höhnte Anubis. »Ich bin Techniker, kein Romantiker. Gleichgültig, in welche Richtung die Waage ausschlägt, ich habe meine Arbeit getan.«

Während die drei zuschauten, wobei jeder von ihnen auf einen anderen Ausgang hoffte, verlangsamte sich der Ausschlag des Zeigers. Von der einen Seite zur anderen.

Von der einen Seite … zur anderen.

20

Trevors Weihnachtstraum erschütterte ihn bis ins Mark. Hieß es nicht, dass es ein übles, wenn nicht gar ein fatales Vorzeichen war, wenn man von seinem eigenen Tod träumte? Und was noch schlimmer war: Der Traum endete, bevor er wusste, wie alles ausging. Nachts im Bett, wenn er die Augen schloss, um einzuschlafen, sah er immer nur das brennende Glühen der Augen dieses Wesens, das sowohl Mann als auch Schakal war. Er sah das rosafarbene, pochende Fleisch seines eigenen bleiernen Herzens und den widerwärtigen Hunger auf dem geifernden Gesicht von Ammit. Am Mittwoch nach Neujahr – einem klaren Tag mit Temperaturen von minus dreißig Grad und seinem vierzigsten Geburtstag – reichte er seine Kündigung ein. Andy las den Brief und stieß einen grunzenden Laut aus. »Du kannst dir nach der Mittagspause deinen Scheck und ein Empfehlungsschreiben abholen.«

Der Scheck belief sich auf eine erhebliche Summe, bedingt durch eine Ansammlung von Überstunden und Urlaubsgeld zuzüglich eines Bonus für jahrelange Dienste, wie es im Brief hieß. Er löste den Scheck bei der Bank ein und überwies die Summe auf sein Konto. Dann rief er den Makler unter der Nummer an, die er sich im Herbst notiert hatte, und fuhr nach Millarville. Der Besitz wirkte im fahlen Licht des Winters noch verfallener. Er parkte auf der Straße und watete durch die Schneeverwehungen die Auffahrt hinunter und auf den Hof. Mit einem losen Brett, das er vom Zaun heruntergerissen hatte, grub er sich seinen Weg zur Tür. Der Makler hatte ihm gesagt, dass er den Schlüssel versteckt unter der Dachrinne der Veranda finden würde. Er hatte ihm ebenfalls versichert, dass ihn das Anwesen nicht mehr kosten würde als ein Butterbrot; der Besitzer war seit über drei Jahren tot – Selbstmord –, und die Witwe wartete verzweifelt darauf, einen Käufer zu finden.

Die Scharniere der Tür quietschten, als er auf die hintere Veranda hinaustrat. Ein Paar lehmverkrustete Gummistiefel lagen wie hingeworfen in der Ecke, und an einem Haken an der Wand hing steif eine Jacke, auf der sich Schimmel gebildet hatte. Er stieß die Küchentür auf. Dicke Schmutzlagen verkrusteten sämtliche Flächen, und der Raum stank nach dem Kot von Ratten, Mäusen und sonstigen Nagern. Trevor schauderte. Wenn man von dem Dreck absah, wirkte der Raum, als würden Menschen darin leben: Der Tisch war für zwei gedeckt, im Spülstein häuften sich schmutzige Teller. Eine offene Blechdose stand auf der Arbeitsplatte neben dem Herd, er blies den Staub herunter und rollte dann das vergilbte Etikett, das sich abgelöst hatte, wieder glatt. Schweinefleisch mit Bohnen. Er tippte mit dem Finger auf die versteinerte Schlacke auf dem Boden der Pfanne und fragte sich, ob der Besitzer sich vor dem Abendessen das Leben genommen hatte. Er lief von Zimmer zu Zimmer, wobei sein Atem ihm in Wolkengebilden aus gefrorener Feuchtigkeit voranging. Mäuse huschten in den Wänden, als sie seine Schritte vernahmen. Im Schlafzimmer hing Garderobe in den Schränken, die Laken auf den Betten waren kantig eingeschlagen, wie man es in Krankenhäusern tat, ein offener Tiegel mit Feuchtigkeitscreme – seit Langem eingetrocknet – stand auf der Kommode. Im Wohnzimmer drehte er eines der verstaubten Kissen auf dem Sofa um, setzte sich hin und nahm den *Reader's Digest* vom Couchtisch. September 1981, *Besser leben durch eine bessere Ernährung*. Vor dem verdreckten Panoramafenster ragten die Rocky Mountains empor, majestätisch, schneebedeckt und näher, als er es sich vorgestellt hatte. Er dachte an die Besitzer in ihrer Jugend, ein junges, verheiratetes Paar, das ganz am Anfang stand, das Haus so errichtete, das es die beste Aussicht bot, nicht ahnend, welch tragisches Ende ihr Märchen nehmen sollte. Sie hatten wahrscheinlich die Namen sämtlicher Bergspitzen am Horizont gekannt. Diesen Besitz wieder in eine Farm zu verwandeln, würde viel Arbeit bedeuten, doch würde ihn die zumindest ablenken von den Trümmern seines Lebens. Er konnte einer Gemeindegruppe beitreten, lernen, wie man Squaredance tanzte, Farmerstöchter kennenlernen. Oder aber er wurde zu einem dieser exzentrischen, alten Käuze, die ganz allein lebten und Eindringlinge mit einem Gewehr davonjagten.

»Was tust du hier?«

Trevor blickte auf und erschrak. Angela stand im Türrahmen zwischen Wohnzimmer und Küche. Warum hatte er die Tür nicht quietschen hören oder die Geräusche ihrer Schritte auf dem knarrenden Linoleum?

»Das Gleiche sollte ich dich fragen«, erwiderte er. »Wo kommst du plötzlich her?«

»Ich bin dir nachgefahren.« Ihr Haar war hochgesteckt, und sie trug Bürokleidung: eine knielange schwarze Jacke, dunkelblaue Wollhosen. Die Aufschläge ihrer Hosen und ihre Stiefel waren voller Schnee. Ihr Anblick bereitete Trevor körperliche Schmerzen.

»Mir nachgefahren?« Er hatte Mühe, Worte zu ganzen Sätzen zusammenzufügen. »Warum?«

»Ich war auf dem Weg zu deiner Wohnung und sah dich wegfahren«, erwiderte sie.

»Ich hätte zur Arbeit fahren können«, stammelte er.

»Nein, das konnte nicht sein.« Sie nahm ihn genau in Augenschein. »Ich habe bei dir im Büro angerufen. Sie sagten, du würdest nicht mehr bei ihnen arbeiten.«

»Na ja«, murmelte er, »ich habe gekündigt.«

»Das erklärt, warum du dich bei minus dreißig Grad in einem alten, verfallenen Farmhaus herumtreibst.«

»Ich erwäge, äh … es zu kaufen«, gestand er. Er wusste, dass es nichts brachte, sie anzulügen, da sie der Wahrheit sowieso schon auf den Fersen war.

Angela lief über den Boden. Ihre Stiefel klapperten auf den breiten, abgenutzten Holzdielen. Sie hinterließ Fußspuren aus Schnee. Die ganze Zeit beobachtete sie sein Gesicht. Sie setzte sich ihm gegenüber in einen gepolsterten Sessel und nahm die Staubwolken um sie her gar nicht zur Kenntnis. »Das hier? Das willst du kaufen?«

»Ich erwäge es. Im Grunde bin ich mir ziemlich sicher, dass ich es tun werde.« Mit scheinbarem Selbstvertrauen schlug er die Beine übereinander. »Ich habe genug von der Stadt.« Er wünschte, Angela würde aufhören, ihn wie eine Rechtsanwältin anzusehen.

»Für dich allein?«

»Was wolltest du bei meiner Wohnung?« Er konnte auch Kreuzverhör spielen – er hatte sich jeden Mittwochabend mit Tante Gladys *Perry Mason* angesehen, das einzige Vergnügen, das sie geteilt hatten. »Mitten an einem Arbeitstag. Und hey, du solltest doch in Swede Lake sein. Ich dachte, du wolltest dich freistellen lassen.«

»Ich habe einen schwierigen Mandanten, der auf Rechtshilfe angewiesen ist. Er besteht darauf, von mir vertreten zu werden.«

»Was hat das mit mir zu tun?«

»Überhaupt nichts. Ich dachte nur, dass dich das hier vielleicht interessieren würde.« Angela zog einen Umschlag aus der Anoraktasche und schlug ihn gegen ihre Schenkel. »Wer ist Constance?«

»Was?«

»Constance, wer ist die Frau?«, fragte Angela noch einmal. Draußen wurde der Wind stärker. Die losen Ziegel klapperten auf dem Dach.

»Eine Freundin.« Trevor versuchte sich zu erinnern, er war sicher, Angela von Constance erzählt zu haben. »Ich habe sie dir gegenüber erwähnt. Sie ist diese alte Dame, der ich in Frankfurt begegnet bin.«

»Ich erinnere mich. Aber wer ist sie?«

»Eine Freundin.«

»Das sagtest du bereits. Warum würde sie mir einen Brief schreiben?«

»Constance hat dir geschrieben?« Trevor verschluckte sich, als er diese Neuigkeit vernahm. Er hatte seit Ende September nichts von der alten Frau gehört. Ihr Telefon in Sooke war abgemeldet. »Wann?«

»Vergangene Woche. Der Brief ist vom 12. Dezember.«

»Aber wie ist sie an deine Adresse herangekommen?«

»Gute Frage. Sie behauptet, es gebe nicht viele Anwaltskanzleien in Calgary mit einer Rechtsanwältin namens Angela.«

»Na ja.« Trevor suchte verzweifelt nach Worten. »Wie geht es ihr?«

»Ich weiß es nicht. Sie schreibt über dich.«

»Was hat sie geschrieben?«

»Oh, dass sie hofft, ich würde mich nicht von dir trennen. Dass du – wie drückt sie das aus – ein Diamant seist, der erst noch geschliffen werden müsse. Anders als der typische, vom äußeren Erscheinungsbild her attraktive, innerlich aber hohle Mann seist du wie ein vergrabener Schatz. Das heißt, wenn man dich erst mal abgestaubt und poliert hat.« Angela hörte nicht damit auf, mit der Ecke des Briefumschlags auf ihr Bein zu tippen. »Sie hat sich gleich über mehrere Seiten hinweg darüber ausgelassen.«

»Sie hatte immer diese unrealist…« Trevor stockte. »Constance glaubte an mich. Ich habe ihr das Leben gerettet, weißt du das?«

»Nein, das weiß ich nicht. Die Geschichte hast du mir bisher vorenthalten.« Ihr Sarkasmus traf ihn tief. »Warum holst du das nicht nach?«

Bis Trevor Angela das gesamte Erlebnis erzählt hatte – von seiner Begegnung mit Constance über ihr gemeinsames Abenteuer in Kairo bis hin zu der großen Rettung – waren seine Hände gefühllos, und seine Lippen mussten sich zwingen, überhaupt noch Worte formen zu können.

»Du hast ihr nicht gesagt, dass sie mir schreiben soll?«

»Nein«, erwiderte Trevor. »Ich schwöre dir, dass ich das nicht getan habe.« Er fuhr sich mit dem Zeigefinger über seine Brust. »Großes Indianerehrenwort.«

Angela sah ihn eingehend an. »Ich muss los. Ich habe einen Termin.« Sie stand auf, und ihr Anorak war an der Seite vom Staub ganz grau.

Trevor suchte nach den rechten Worten, um sie zum Bleiben zu bewegen. Vielleicht musste er nur weiterhin über Constance reden und über ihren unerschütterlichen Glauben an ihn und selbiger würde auf Angela abfärben, sodass sie ihre Meinung änderte. Trevor wies auf den Umschlag in ihrer Hand. »Darf ich ihren Brief lesen?«

»Oh«, gab sie zurück, als habe sie vergessen, dass sie ihn immer noch in der Hand hielt. »Ich habe ihren Brief nicht mitgebracht. Das hier ist für dich.« Sie hielt ihm den Umschlag hin. »Wir haben deinen Bruder gefunden.«

Eine Stunde später trat Trevor aus dem Farmhaus heraus und hinein in einen Chinook, der stark und unablässig von den Bergen niederfegte, jetzt war die Luft warm und roch nach Erde. Wasser tropfte von den Eiszapfen an den Regenrinnen. Er schlingerte durch den schmelzenden Schnee zu seinem Wagen und trat sich den Matsch von den Stiefeln, bevor er einstieg. Als er davonfuhr, blickte er noch einmal zurück zur Farm. Er fragte sich, ob Angela sich daran erinnert hatte, dass heute sein Geburtstag war.

21

Die Scheibenwischer verteilten die Schmiere aus Schnee und gefrorenem Regen gleichmäßig über die Windschutzscheibe. Wie ein gewichtiger Soldatenmantel hing der wolkenschwere Himmel über der Erde. Der Wind kam von Nordwesten und warf den Wagen hin und her, schob ihn zuweilen fast vom Highway. Finsteren Blickes starrte Trevor durch die Lücken in dem undurchdringlichen Wetterchaos, das sich alle paar Sekunden änderte, und suchte nach dem Fernfahrerrastplatz, den Brent ihm am Telefon beschrieben hatte. Zwanzig Kilometer westlich von Edmonton auf dem Highway 16 kurz vor Spruce Grove. Ihm behagte die Vorstellung nicht, die Nacht auf dem Fernfahrerrastplatz zu verbringen, und so betete er, dass die Highway-Verwaltung die Straße nach Calgary am Abend nicht sperrte. Der Gedanke an eine Wiedervereinigung mit seinem Bruder beschwor ein Gefühl in ihm herauf, bei dem sich Beklommenheit mit Erwartungsfreude mischte. Vor sechzehn Jahren, nach Tante Gladys' Beerdigung in Regina, waren sie dermaßen glücklich gewesen, von nun an ein Gladys-freies Leben führen zu können, dass sie einander ebenfalls aus dem Leben des anderen eliminiert hatten. Brent hatte erfreut geklungen, als Trevor sich letzte Woche bei ihm gemeldet hatte, er fand es lustig, dass Angelas Anwaltskanzlei ihn ausfindig gemacht hatte. »Zumindest waren es nicht die Bullen«, hatte er am Telefon gewitzelt.

Das in dunkelblau und weiß gehaltene Schild, das einen Husky zeigte, tat sich inmitten des Graupels in der Ferne auf, und Trevor bog ab und fuhr den Wagen auf den Parkplatz, auf dem auf der Nordseite aufgereiht ein halbes Dutzend Sattelschlepper stand. Trevor fragte sich, welche dieser gigantischen Maschinen wohl Brent gehörte. Sein Bruder hatte seine Maschinen immer geliebt: schnelle Autos, Motorräder, Trucks mit gigantischen Rädern, die höhergelegt waren. Er hatte den Großteil seiner Jugendjahre – wenn er nicht gerade die Schule schwänzte oder mit seinen Kumpels umherstrich – draußen auf dem Hinterhof verbracht, wo er mal an dem einen, mal an dem anderen Motor herumtüftelte.

Trevor öffnete die Tür und betrat den Coffeeshop. Er stampfte sich das Wetter von seinen Stiefeln und schüttelte Schneeflocken und Wasser von den Schultern seines Dufflecoats. Auf dem Schild an der Stirnseite stand *Ganztägig Frühstück.* In dem warmen Raum roch es nach Kaffee, Speck und Zigarettenrauch. Er suchte die Tischreihen nach Brent ab und spürte, wie er dabei nach altvertrautem Suchmuster vorging – großer Bruder ist gleichbedeutend mit Sicherheit. Er war nicht vorbereitet auf den Mann mit der ölverschmierten Kappe, dem karierten Hemd und der verwaschenen Jeansjacke, der sich in einer der Sitzecken am Fenster erhob und mit ausgestreckter Hand auf ihn zuschritt. Trevor konnte mit dem buschigen Bart fertig werden, mit dem Schmerbauch, der über dem Hosenbund hing, und mit den fleischigen Armen, doch hatte Brent größer zu sein und Feuer in den Augen zu haben. Dieser Mann hier sah müde und ausgelaugt aus und war einen halben Kopf kleiner als Trevor. Er erinnerte sich, dass er immer nach oben geschaut hatte, voller Bewunderung aufgeblickt hatte zu seinem großen Bruder.

»Trevor, alter Kumpel.« Der Mann schnappte sich Trevor und drückte ihn an die Brust, sodass es ihn fast zermalmte. »Scheiße noch mal, wie geht es dir?« Trevor verschluckte sich fast an dem Geruch von Tabak, ungewaschenen Haaren und abgestandenem Bier.

Er trat zurück und nahm den Mann in Augenschein. »Brent?«

»Du erkennst mich gar nicht mit dem Bart, wie?«, meinte Brent und lachte schallend. »Scheiße nein, den Wald hab ich seit dreizehn Jahren stehen. Ohne würde ich mich ganz nackt fühlen.«

»Jaa, der Bart«, erwiderte Trevor gedehnt. »Es liegt an dem Bart.« Er klopfte seinem Bruder auf die Schulter. »Toll, dich zu sehen.«

Trevor folgte Brent zurück zu der Sitzecke und aß Rührei mit Toast, während Brent schwarzen Kaffee trank und Kette rauchte. Der orkanartige Sturm draußen vor dem Fenster peitschte den Eisregen in Böen quer über den Parkplatz.

»Schöne Jacke«, sagte Brent. »Finanziell stehst du wohl ganz gut?«

»Denke schon, ich habe einen anständigen Job«, log Trevor und war auf einmal ganz verlegen, weil er dieses frisch gebügelte Cordhemd trug, dessen Markenzeichen auf der Brusttasche prangte, und wegen seines Dufflecoats, der zusammengeknüllt auf dem Sitz neben ihm lag. Er wünschte, er hätte seine Jeans angehabt. »Ich reise viel, was mir ziemlich auf die Nerven geht.«

Brent stieß einen grunzenden Laut aus. »Ich auch.«

Trevor begutachtete die Sattelschlepper, die aufgereiht auf dem Parkplatz standen. »Welcher davon ist deiner?«

»Der grüne.« Brent wies mit der Hand auf einen Sattelschlepper mit Anhänger, der am Außenrand des Parkplatzes stand. Seine Finger zitterten; jeden Moment drohte Asche von der Spitze seiner Zigarette auf den Tisch zu fallen.

»Kannst du bei diesem Wetter überhaupt fahren?«

»Das bisschen Schnee? Das ist doch gar nichts. Mach dir um mich mal keine Sorgen. Ich fahre diese Scheißstrecke seit acht Jahren von Saskatoon über Edmonton nach Vancouver. Ich könnte die fahren, wenn du mir einen Arm im Rücken festbinden würdest. Du bist derjenige, der Probleme kriegen könnte in der Memmenschüssel da.« Er zeigte mit seinem vom Nikotin verfärbten Finger auf Trevors Schräghecklimousine, die vor dem Haus stand. »Kann das Teil überhaupt Luft verdrängen?« Er lachte über seinen eigenen Witz, und Trevor entspannte sich bei der Hänselei.

»Hast du dir schon eine Tussi angelacht?«, fragte Brent schließlich und grinste, wobei sich der Zigarettenrauch wie ein Spitzenschleier über sein Gesicht legte. »Du hattest es nie so mit Weibern.«

Als Angela ihm den Umschlag mit Brents Telefonnummer gegeben hatte, hatte Trevor sich wegen ihres Gesichtsausdrucks gefragt, ob sie vielleicht mehr wusste, als sie sich anmerken ließ. Waren ihre Mandanten, die Rechtshilfe bekamen, vielleicht wie Brent?

»Ich bin mit einer ziemlich tollen Frau zusammen, derjenigen, die dich für mich ausfindig gemacht hat«, flunkerte er wieder. Er hatte Angela seit seinem Geburtstag nicht wiedergesehen.

»Richtig, die Rechtsanwältin. Sexy Telefonstimme.« Brent zwinkerte ihm zu.

»Und du?« Trevor steuerte die Unterhaltung weg von seinem nicht existierenden Liebesleben.

»Nee, ich hatte vor ein paar Jahren eine. Cheryl.« Er sprach ihren Namen so gedehnt wie warmes Toffee, als wolle er den Moment voll auskosten. »Aber sie hat mir den Laufpass gegeben.«

»Ein anderer Typ?«

Brent drückte seine Zigarette im Aschenbecher aus. »Nee.« Er zündete sich die nächste an. »Weißt du, ich hab da so ein Laster.«

»Schnaps?«

»Na ja, zwei Laster. Das andere ist weiß und weich und

macht, dass du dich so richtig gut fühlst. Zu viel Konkurrenz für Cheryl.« Brent griff nach seiner Jeansjacke. »Komm, ich zeig dir meinen Schlepper.«

Trevor zahlte die Rechnung und folgte Brent über den Parkplatz. Der Schneefall hatte nachgelassen, und sie hingen ein paar Minuten draußen vor dem Sattelschlepper herum, während Brent die technischen Daten aufsagte: Länge, Gewicht, Hubraum, Fahrwerk, PS.

»Das Ding muss eine hübsche Stange Geld kosten«, meinte Trevor, als sie rund um die riesige Maschine herumliefen.

Brent schüttelte den Kopf. »Gehört mir nicht. Ich miete den von einer Firma. Habe vor einigen Jahren versucht, einen zu kaufen, aber am Ende hat die Bank ihn sich wiedergeholt.« Wie ein Affe kletterte er hinauf zum Führerhaus und öffnete die Tür. Trevor krabbelte ihm nach, hinein in ein Hotelzimmer im Miniaturformat.

»Hey«, meinte er. »Unterscheidet sich nicht sehr von unserem Baumhaus im Ahorn auf Tante Gladys' Hinterhof.«

»Tante Glad-arsch meinst du?« Sie mussten beide lachen. »Das hier ist besser. Im Baumhaus gab es weder Fernseher noch Kühlschrank, und eher friert die Hölle zu, als dass das hier zusammenbricht.«

Wieder lachten sie. Eine vertraute Leichtigkeit legte sich über Trevors Schultern wie ein alter Pullover. Er machte es sich auf dem Beifahrersitz bequem und drehte sich so, dass er die Schlafkoje mit den zerwühlten Bettlaken und dem Magazin mit nackten Mädchen, das in der Mitte aufgeklappt war, im Blick hatte, und er fragte sich, wo Brent seine weiche, weiße, andere Frau versteckte. Durch das Lachen hatte Brent einen Hustenanfall bekommen, der Trevor an das Husten von Onkel Pat erinnerte, kurz bevor er gestorben war.

»Erinnerst du dich an Mom?« Mit der Frage überraschte er sich selbst.

Mit der Rückseite seines Hemdsärmels wischte Brent sich den Speichel vom Mund. »Klar erinnere ich mich an Mom. Blöde Frage.«

»Ich erinnere mich nicht.«

Brent lehnte sich gegen die Schlafkoje, verkreuzte die Arme vor der Brust und sah Trevor prüfend ins Gesicht. »Du erinnerst dich nicht?«, fragte er. »Ich denk mir mal, du Scheißerchen warst einfach noch zu klein.«

»Erzähl mir von ihr.«

Brent nahm mit einer Hand seine Kappe vom Kopf und fuhr mit der anderen durch sein fettiges, schütter werdendes Haar. »Na ja, lass mich mal nachdenken. Sie war eine feine Dame. Erinnerte mich an die Königin. Du erinnerst dich doch sicher an diese Bilder von Königin Elizabeth an der Wand in der Schule. Genau so. Nur war ihr Haar dunkler, und sie trug es lang.«

Trevor versuchte, in seinem Kopf ein Bild von seiner Mutter zusammenzuzaubern, und es entstand die wunderschöne Frau aus seinem Traum im Flugzeug nach Kairo. May.

»Und sie hat immer viel gelacht und die verrücktesten Sachen gemacht. Ich erinnere mich an ein Mal, wo wir runter zum Teich gegangen sind, um mit ihr Frösche zu fangen. Es war so heiß, dass sie reingesprungen ist, mit ihren Klamotten und allem. Dann hat sie uns um den Teich herumgejagt, und dabei klebte ihr das Kleid am Körper. Sie machte den besten Rhabarberkuchen der Welt.«

»Hat sie …« Trevor zögerte, denn die nächste Frage war der wahre Grund dafür, dass er mitten im Winter bei einem eisigen Schneesturm diese Reise über den Highway 16 zu diesem schmuddeligen Fernfahrerrastplatz auf sich genommen hatte. Die Frage, die ihm im Kopf herumspukte seit dem Tag, da die Nachricht vom Unfall seiner Eltern sein Leben verändert hatte. Die Gelegenheit, sie zu stellen, war gekommen, und er hatte panische Angst vor der Antwort.

»Hat sie …«, wiederholte er.

»Nun spuck's schon aus, verflucht noch mal.«

»Hat sie mich gern gehabt?«

Brent schlug sich auf die Schenkel und brüllte förmlich vor Erheiterung. »Dich gern gehabt. Gern gehabt, dich? Du willst mich wohl verarschen. Du warst Mamas kleiner Liebling. Dad hat sich immer darüber beschwert, dass sie nichts geregelt kriegte, weil du ewig auf ihrem Schoß gesessen hast. Ich würde schon sagen, dass sie dich gern hatte.«

»Hat dich das gestört?« Trevor stotterte wegen dieser unerwarteten Neuigkeiten. »Ich meine, dass ich ihr Liebling war.«

»Scheiße, nein. Ich mochte dich ja auch.« Brent beugte sich leicht vor und boxte Trevor sanft gegen die Schulter. Tränen brannten hinter Trevors Augen. Er krümmte seinen Arm und legte ihn um den Hals seines Bruders, rieb mit den Fingerknöcheln fest über Brents Kopfhaut. Brents Kappe fiel auf den Boden, und er hob sie mit einem Grinsen wieder auf. »Hast du noch mehr so blöde Fragen?«

Eine hatte Trevor noch, doch wusste er, dass jeder ausgewachsene Mann nur mit Spott reagieren konnte, wenn man ihn mit der Idee konfrontierte, ein fünfjähriges Kind könnte aus einer Entfernung von mehreren Meilen einen tödlichen Autounfall verursacht haben. Er wusste, dass ein Kind niemals eine Sünde war. Dass Unfälle einfach passierten. Und Herzen aufhörten zu schlagen.

»Nein, keine weiteren blöden Fragen. Nur …« Trevor hielt inne. »Ich erwäge, mir eine Farm zu kaufen.«

Brents Gesichtszüge hellten auf. »Echt? In welcher Gegend?«

»Millarville.«

»Willst du da draußen Vieh züchten?«

»Ich überlege, mehrgleisig zu fahren. Sonnenblumen. Oder Strauße. Es heißt, dass man mit Straußen viel Geld machen kann.«

»Strauße?« Brent stieß einen glucksenden Laut aus. »Ich habe mir sagen lassen, dass die dich tottrampeln können. Sag mir Bescheid, wenn du es machst. Dann komm ich raus und helf dir.«

»Das wäre toll.« Trevor stellte sich vor, wie sie beide mit dem Lasso einen der riesigen, mit den Flügeln wild um sich schlagenden Vögel einfingen. »Du, ich mache mich besser auf den Weg. Ich will zu Hause sein, bevor es dunkel wird. Und bevor sie die Straße sperren.«

»Ja, ich muss auch Dampf machen. Verdammt, die brauchen in Vancouver ihre Alberta Steaks.«

Trevor umarmte seinen Bruder. »Lass von dir hören.«

»Du kannst mich über die Einsatzzentrale zu jeder Tages- und Nachtzeit anrufen.«

»Gib mir deine Telefonnummer von zu Hause.«

Brent wedelte mit der Hand durch das winzige Führerhaus. »Das hier ist mein Zuhause.«

Sie kletterten aus dem Sattelschlepper und schlurften nebeneinander über den vom Schnee bedeckten Asphalt, die Hände tief in den Jackentaschen vergraben.

»Gut, es schneit nicht mehr«, meinte Brent. »Da müsste alles okay gehen bei dir.«

»Ja«, gab Trevor zur Antwort. »Na ja«, er streckte seine Hand aus, »pass auf dich auf.«

Doch Brent ergriff die Initiative und umarmte ihn. »Ruf mich bald an, Kleiner«, sagte er.

Trevor wandte sich ab und lief auf seinen Wagen zu, hatte aber noch keine drei Schritte getan, als Brent hinter ihm herrief. »Trev?«

Trevor drehte sich um. Brent stand da, die Hände in den Taschen seiner Jeans, die Hemdzipfel wehten unter seiner Jacke hervor, und er sah aus wie ein erwartungsvoller Hund. »Ich … ich frage mich gerade, ob du vielleicht ein paar Dollar übrig hättest. Ich bin etwas knapp bei Kasse. Ich gebe es dir Ende des Monats zurück.«

Trevor zog seine Brieftasche heraus und stopfte sämtliche Scheine, die er hatte – zwei Fünfziger und drei Zwanziger – in die Hand seines Bruders.

»Mach dir darüber keine Gedanken«, sagte er. »Jederzeit.«

Der Kojote umschlich den Hof der Farm. Seine Nasenlöcher blähten sich in dem warmen Wind, der von den Gebäuden herüberwehte und nach Mensch roch. Der Geruch zog ihn im gleichen Maße an wie er ihn abstieß. Oftmals beobachtete er die zweibeinigen Tiere aus der Ferne, sah sich neugierig an, was sie so alles aufführten, war dabei aber immer auf der Hut. Schwache Erinnerungen an etwas Sanftes, das seinen Rücken berührt hatte, vermischten sich mit der Abscheu davor, eingesperrt zu sein. Jenseits des menschlichen Geruchs hing der süße Duft von Beute, die Aussicht auf eine leichte Jagd, die ihn aus der Kälte der vom Wind verwehten Ebene hergelockt hatten.

Im Schutz der Dunkelheit grub er sich in dem Spalt unter dem Boden des Gebäudes entlang, aus dem er das lahme Gackern der trägen, sich so langsam bewegenden Vögel vernahm, nach denen er sich verzehrte. Seine Gelenke schmerzten vom Alter, und er wurde schnell müde; es war ein harter Winter gewesen.

Seine Versuche, sich eine Gefährtin zu sichern, waren erfolgreich, aber mühsam gewesen. Drei Wochen lang hatte er sich mit den anderen Männchen messen müssen, doch hatten die Weibchen ihn jedes Mal zugunsten der jüngeren Bewerber zurückgewiesen, von denen viele sein eigen Fleisch und Blut waren. Eine fünfjährige Hündin hatte ihn schließlich akzeptiert. Bisher hatte sie auf seine Versuche, sich mit ihr zu paaren, damit reagiert, dass sie ihm fast in die Nase gebissen hatte, oder aber sie saß da mit dem Schwanz zwischen den Beinen.

Am Hühnerstall musste er sich geschlagen geben; die Lücken zwischen den Planken, durch die er sich bei früheren Beutezügen Zutritt verschafft hatte, waren mit Draht und Holz geflickt worden. Sein nächstes Ziel war die Scheune, die Mäuse oder die unachtsame Katze verhieß, doch als er im hinteren Teil des Hofs auf das rot-weiße Gebäude zulief, hörte er den Hund bellen und trat den Rückzug in die Nacht an, mit leerem Magen.

22

Caesar A. rannte Trevors Wagen schon an der Straße entgegen. Der Hund war so aufgeregt, dass er sich wie ein Verrückter um die eigene Achse drehte, und schwanzwedelnd lief er im Strahl der Scheinwerfer die Auffahrt hinunter. Als Trevor vor dem Haus aus dem Wagen stieg, vergaß der Hund seine Manieren und sprang an ihm hoch, legte die Vorderpfoten auf Trevors Bauch und versuchte, ihm über das Gesicht zu lecken.

»Caesar, runter.« Helen eilte die Verandastufen hinab und trocknete sich dabei die Hände an einem Geschirrtuch. Caesar ging auf alle viere nieder und sprang in engen Kreisen um Trevors Beine herum. »Na, das ist aber eine schöne Überraschung. Wurde auch höchste Zeit«, sagte sie und schloss ihn in die Arme. Ihre Haare und ihre Bluse dufteten nach frischem Brot und nach Fisch. »Komm rein, bevor ich mir hier draußen den Tod hole.«

Als Axel Trevor erblickte, legte sich ein breites Grinsen auf sein Gesicht. »Dachte, der Erdboden hätte dich verschluckt, mein Sohn«, brummte er und quetschte Trevors Hand.

»Ich … ich war … beschäftigt«, murmelte Trevor, der völlig fassungslos darüber war, wie begeistert sie ihn willkommen hießen und dass sie ihn offensichtlich vermisst hatten.

»Setz dich, es ist noch Essen übrig«, befahl Helen. Sie stellte einen Teller vor Trevor auf den Tisch und schaufelte einen schmutzig-weißen Haufen gallertartige Masse darauf sowie eine Fuhre Kartoffelpüree, Erbsen und weiches, helles Fladenbrot. »Das ist *Lefsa*, Pfannkuchen aus Kartoffeln.« Helen zeigte auf das Fladenbot.

»Und das da?« Mit seiner Gabel wies Trevor auf den Gallerthaufen.

»*Lutefisk*, Laugenfisch. Das ist Kabeljau. Das isst man in Schweden zu Weihnachten. Wir hatten in diesem Jahr nicht die Energie, ein richtiges Weihnachtsessen zu kochen, aber Axel und ich hatten Appetit darauf, sodass Nancy uns letzte Woche eine Packung aus Lethbridge mitgebracht hat.«

Trevor erschauerte bei dem Geruch der wabbelnden Masse aus Kabeljau, während Helen geschmolzene Butter und helle Soße darübergoss. »Kuchen gibt es heute nicht, aber ich habe eingemachte Kirschen und Eiscreme.« Sie ging zurück zur Arbeitsplatte.

»Mir hast du keinen Nachtisch angeboten«, klagte Axel und stellte sich gegenüber von Trevor einen Stuhl hin.

Sie knallte einen Becher mit Tee vor Axel auf den Tisch. »Du bist kein Besuch. Brauchst dir aber keine Gedanken zu machen, die Kirschen darfst du essen. Nur kein Eis.« Sie beugte sich dicht zu Trevor herunter und flüsterte: »Der Doktor hat ihn letzten Monat auf eine Diät gesetzt – Hypoglykämie.«

»Helen«, protestierte Axel. »Nun belaste Trevor doch nicht mit unseren kleinen Problemen. Damit treibst du ihn nur gleich wieder aus dem Haus.«

Trevor blickte auf den Teller mit dampfendem Essen, der vor ihm stand, und wusste, dass es nicht diese Unterhaltung war, die ihn möglicherweise wieder aus dem Haus treiben würde.

»Fang an«, drängte Helen. »Ich weiß, dass es nicht das hübscheste Gericht ist, das man auf den Tisch bringen kann. Brauchst dir aber keine Sorgen zu machen, die Lauge ist ganz herausgewaschen.«

»Lauge?«

»Die konserviert den Fisch. Mit meinem guten Silber kann man ihn aber trotzdem nicht essen.«

Trevor nahm seine Gabel in die Hand – er konnte die Vorstellung nicht ertragen, sie schon wieder zu enttäuschen – und schob sich eine Ladung des warmen, fischigen Breis zwischen die Lippen. Er zwang sich dazu, das Zeug herunterzuschlucken und versuchte, nicht zu würgen. »Gut«, meinte er mit einem Lächeln, nickte dabei und hoffte, überzeugend zu wirken. »Mal so was ganz anderes.«

Helen schlug sich mit der Hand auf den Schenkel. »Ich wusste es. Im Herzen ist er ein Skandinavier.«

Die zweite Gabelladung rutschte ihm mit weniger Schwierigkeiten durch die Kehle, und während er sich durch die Massen auf seinem Teller arbeitete, stellte er fest, dass die zerlassene Butter und die weiße Soße die einzelnen Bissen sogar einigermaßen erträglich machten, ganz besonders, wenn er mit Milch nachspülte. Fast lecker.

Helen und Axel sahen ihm dabei zu, wie er den ganzen Teller leerte. Als er fertig war, schlug er sich mit beiden Händen auf den Magen, wie sich das in solchen Fällen gehörte.

»Es ist noch mehr da.« Helen wollte schon wieder zum Herd laufen.

»Nein!«, rief er, weit hastiger, als es seine Absicht gewesen war. »Ich lasse besser noch etwas Platz für den Nachtisch.«

Helen räumte sein Geschirr ab und fing mit dem Abwasch an. »Nachtisch gibt es später. Erzähl uns erst, warum du hier bist. Hast dich monatelang nicht sehen lassen, und wir wissen, dass du nicht den ganzen Weg von Calgary gefahren bist, weil du dem Duft des *Lutefisk* gefolgt bist.« Helen zwinkerte Axel zu.

Trevor schob seinen Stuhl vom Tisch zurück. »Ich dachte, ich wäre hier nicht willkommen, nachdem … na ja, ihr wisst schon.«

»Ja, wir wissen. Angela hat uns eine Geschichte von zwei Trotteln erzählt, die unten in Swede Lake eine Partie Hockey gespielt haben. Dass du dafür verantwortlich bist, dass Bjorne den Herzinfarkt hatte.« Helen warf das Abwaschtuch ins Wasser, und Seifenlauge spritzte auf den Fußboden. »Ein Haufen Unsinn. Er hat sich selbst ins Grab gebracht, der verdammte Narr. Hat das Rauchen nicht aufgeben wollen. Im Übrigen …« Sie drehte sich um und sah ihn forschend an. »Wessen Idee war das Spiel?«

Trevor zuckte mit den Achseln. »Wir waren beide ziemlich betrunken.«

»Mir kannst du nichts vormachen.« Sie zeigte mit dem Finger auf ihn. »Ich weiß, dass es Bjornes Idee war – so einen Blödsinn machte er immer. Du hast mehr Verstand. Der Dummkopf hat sich sein eigenes Grab geschaufelt.«

»Es macht eh keinen Unterschied mehr«, warf Axel ein. »Was passiert ist, ist passiert. Wichtig ist, dass Trevor hier ist.«

»Warum bist du hier, wenn du dachtest, du seist hier nicht willkommen?« Helen stemmte ihre seifigen Hände in die Hüften. »Ich hoffe, der Grund ist, dass du inzwischen genug Mut hast, dich Angie zu stellen. Sie pfeift dich einmal an, und das haut dich gleich um?«

»Ich … ich hatte gehofft, ich würde Angela hier finden«, stotterte Trevor und war sich nicht sicher, ob er sich Angela stellen oder sich doch lieber mit ihr hinlegen wollte.

»Sie würde dich sowieso nicht an sich ranlassen«, sagte Helen. »Sie ist drüben in Bjornes Haus. Ist vor einer Stunde aus Calgary zurückgekommen von einem ihrer hoffnungslosen Fälle, die ohne sie nicht überleben können. Daran hat sich nichts geändert. Sie schleppt die kläglichsten Streuner ins Haus, die du je gesehen hast. Wir hatten Katzen, Hunde, Mäuse – nichts, was es nicht gab. Kiefernnatter, Schleiereule. Erinnerst du dich an den Kojoten, Axel?«

Axel nickte langsam und bedächtig mit dem Kopf, wie es seine Art war. »Carlos. Hat ihn vor einem Falken gerettet; das Tier folgte ihr auf Schritt und Tritt. Angela war etwa dreizehn, als der Kojote läufig wurde. Ein hübsches Weibchen hat einmal mit dem Schwanz gewedelt, und weg war er.«

»Hat ihr das Herz gebrochen«, sagte Helen. »Sie schwört, dass sie ihn hinterher ein paarmal unten an der Blockhütte gesehen hat, aber das räudige Vieh ließ sie nicht mehr an sich heran.«

»Wir haben im Oktober nach der Beerdigung einen gesehen«, erinnerte sich Trevor. »Altes Tier. Hatte, glaube ich, ein zerfetztes Ohr.«

»Zerfetztes Ohr sagst du?« Axels buschige Augenbrauen, die breit und fedrig waren wie Motten, zuckten, als er das vernahm. »Kann nicht sein. Kojoten leben nur selten so lange. Vielleicht einer seiner Jungen, wie Caesar A.«

»Carlos war Caesars Vater?«

»Könnte sein. Ein Männchen hat sich vor zehn Jahren über unsere Collie-Hündin hergemacht, und wir nehmen an, dass es Carlos war. Die anderen sind zu scheu, um so nah an die Farm heranzukommen.«

»Das Tier, das ihr gesehen habt, hält sich besser von meinen Hühnern fern, oder es wird seinen Ahnen Gesellschaft leisten. Etwas war letzte Nacht da draußen, Axel«, beharrte Helen, wandte sich dann Trevor zu. »Als Angie das Interesse an streunenden Tieren verlor, fing sie an, streunende Männer mit nach Hause zu bringen.«

»Was willst du damit sagen?«

Helen seufzte. »Hol das Album, Axel. Zuerst zeige ich dir jetzt mal Carlos.« Helen blätterte ein paar Seiten um, bis sie die Fotos von Angela mit dem Kojotenwelpen fand. »Ein Wunder, dass er überlebt hat. Dieser Falke hatte ihn ziemlich übel zugerichtet. Eine ganze Woche hat sie jede Nacht bei ihm gewacht.

Man könnte behaupten, dass sie mit ihm Erfolg hatte. Aber mit denen hier …« Sie öffnete das Album auf der Seite mit dem Bild, das den Cowboy zeigte, der sich förmlich um Angela herumgewickelt hatte. Sie konnte höchstens siebzehn gewesen sein.

»Blackie.« Helen zeigte mit dem Finger auf den Cowboy.

»Blackie?«

»So hieß er«, erklärte Helen. »Angie stöberte ihn beim Herbst-Rodeo in Brooks auf. Schrecklicher Säufer.«

Sie blätterte die Seite um. »Und dann kam der hier. Larry.« Larry trug das Haar lang, eine Lederweste und weite Hosen, die an den Knöcheln eng zusammenliefen. »Spielte in einer Band, die mal in Brooks gastiert hat.«

»Ich habe ihn an dem Tag hier weggejagt, an dem ich im hinteren Teil des Gartens die Marihuana-Pflanzen gefunden habe«, fügte Axel hinzu. »Der Spinner hat nicht mal versucht, die zu verstecken.«

Sechs weitere Männer folgten, und jeder von ihnen hatte seine Geschichte, eine schlimmer als die andere. »Die Knaben, nach denen sie sich verzehrte, waren beklagenswertere Kreaturen als die Tiere«, erklärte Helen. »Hatten alle Gesichter wie traurige Hunde sie haben, die man den Großteil ihres Lebens nur herumgeschubst hat. Sie dachte, sie könnte sie retten. Wie all ihre Tiere. Dabei ist sie allerdings so manches Mal gebissen worden.«

»Hal.« Helen tippte mit dem Finger auf das Foto eines Mannes auf einem Motorrad.

Axel nickte. »Wirkte am Anfang wie ein netter Junge. Kam von einer Farm oben im Norden in der Nähe von Westlock. Arbeitete an einer Tankstelle in Swede Lake.«

»Netter Junge? Pah! Ein elendes Stinktier«, schnaubte Helen. »Als Angie mit blauen Flecken nach Hause kam, wollte ich mit einem Gewehr auf ihn losgehen, aber sie verkündete, dass sie die Nase voll hätte von Männern. Er war der Letzte. Im darauffolgenden Jahr fing sie mit ihrem Jurastudium an.«

Helen seufzte und blätterte durch ein paar Seiten bis zum letzten Bild: Trevor, der mit schweißglänzendem Gesicht einen Heuballen auf einen Stapel auf der Ladefläche des Trucks hievte. Angela sah ihm vom Gabelstapler aus dabei zu.

Er wandte den Kopf und sah Helen an, dann Axel und dann wieder Helen. »War ich …«, stammelte er, »war ich einer ihrer Streuner?«

»Denk das nicht von dir«, sagte Axel.

»Beschönige hier nichts, Axel«, widersprach Helen ihm. Axel stieß einen grunzenden Laut aus, schlurfte zu seinem Stuhl hinüber und nahm sich die Zeitung.

»Wir waren besorgt, als du für die Heuernte rauskamst. Du musst zugeben, dass du ein bisschen aussiehst wie ein trauriges Hündchen. Verständlich. Angie hat uns von deiner Familie erzählt. Wir dachten, du seist wieder eines ihrer Projekte.«

»Und?«, fragte Trevor.

Axel hob die Zeitung höher, um sein Gesicht dahinter zu verstecken. »Wir kamen zu dem Schluss, dass du zu retten bist«, meinte Helen.

Der Wind fegte ins Ofenrohr, dass es schepperte. »Wir haben gehofft, es würde klappen«, fügte Axel im Schutz der Zeitung leise hinzu.

»Das habe ich auch gehofft«, jammerte Trevor. »Glaubt ihr, dass sie inzwischen einen anderen hat?«

»Nicht, dass ich wüsste«, gab Helen zur Antwort. »Sie ist nicht gerade der gesprächigste Mensch. Aber sie war seit der Beerdigung nur ein paarmal weg von der Farm, wegen ihrer Arbeit. Oder sie erzählt uns zumindest, dass es wegen der Arbeit ist.«

Trevor dachte über ihre Begegnung in dem Farmhaus in Millarville nach und fröstelte, als er sich erinnerte, wie kalt es gewesen war – das Haus und ihre Schulter. »Was ist mit der Farm?«, fragte Trevor. »Verkauft ihr sie?«

»Das ist es, was Angie und Matt vorschwebt«, erwiderte

Helen. »Matt vor allem, glaube ich. Angie liebt diese Farm. Ich kann oft nicht dahinterkommen, was in ihr vorgeht. Axel und ich gehen hier nicht weg.«

»Es sei denn, dieses große Tier kriegt seinen Willen«, warf Axel hinter seiner Zeitung ein.

»Großes Tier?«

»Dieser Typ von der Farmgesellschaft. Hat uns letzten Monat ein Angebot unterbreitet.«

»Das kann er sich du-weißt-schon-wohin stecken.« Helen kreuzte die Arme vor der Brust. »Angie findet, dass es eine gute Idee wäre. Dass wir uns in einem Seniorenheim in Calgary wohlfühlen würden. Typisch, sie versucht immer, das Leben anderer Leute zu regeln.«

Sie verschwand in der Vorratskammer und kam zurück mit einem Glas eingemachter Kirschen und einem Plastikkübel Eiscreme. Sie reichte Trevor das Einmachglas, damit er es öffnete. »Was meinst du? Sollten wir verkaufen?«

Trevor quälte sich mit dem Verschluss ab. »Ich weiß es nicht.« Er atmete schwer vor lauter Anstrengung, und der Gummiring löste sich. »Nein«, entschied er und stemmte den luftdichten Deckel mit der Kante eines Messers hoch. Der Verschluss öffnete sich mit einem schmatzenden Geräusch, und ihm stieg der Duft von gezuckerten Kirschen in die Nase. »Aber könnt ihr das denn bewältigen?«

»Nachbarn … bezahlte Hilfen … du? Mit der Aussaat geht es in ein paar Wochen los. Wir könnten die Hilfe gebrauchen.« Helen verpasste ihm einen Berg Eiscreme und einen Löffel. Er schüttete die prallen Früchte in seine Schale, und der angedickte Zuckersaft färbte die Vanillebälle blutrot. »Ich?«, fragte er, den Mund voller Kirschen und durch sie auch voller Sommer. »Was ist mit Angela? Sie spricht nicht mit mir.«

»Ein Mädchen mag es, umworben zu werden.« Helen legte den Kopf zur Seite und sah ihren Ehemann an. »Richtig, Axel?«

Axel nahm die Zeitung etwas herunter, sodass die Oberränder seiner Lesebrille zu sehen waren. »Ich bin zehn Meilen zu Fuß gelaufen, in beide Richtungen bergauf, bei Schnee, Hagel, Tornados, jeden Sonntag, um Helen den Hof zu machen. Ich glaube, sie hat mich nach einem Jahr erstmals ins Haus gebeten. Nach dem zweiten Jahr durfte ich sie zum ersten Mal küssen. Im dritten haben wir geheiratet.«

Es war die längste Ansprache, die Trevor jemals von dem alten Mann gehört hatte.

»Hör dir das an«, fiel Helen ihm ins Wort. »Erspar uns das.«

Trevor verrührte das Eis zu einer rosafarbenen Suppe. Voller Hoffnung sah er zu den beiden auf. »Was soll ich tun?«

»Einen Moment.« Helen verschwand wieder in ihrer Vorratskammer. Die beiden Männer hörten, wie Schubladen aufgezogen wurden und Küchengeräte klapperten; weitere raschelnde, dumpfe Geräusche drangen aus dem winzigen Raum in die Küche. Die Wanduhr schlug neunmal. Eine Katze schlenderte aus dem Schlafzimmer herein und schleckte aus ihrem Napf. Fünf Minuten später tauchte Helen mit einer braunen Papiertüte wieder auf und ließ sie vor Trevor auf die Tischplatte plumpsen.

»Butterbrote mit Erdnussbutter und Käse«, erklärte sie.

»Wie bitte?«

»Du hast mich schon verstanden. Angelas Lieblingsessen, falls du das nicht weißt, was du aber wissen solltest«, blaffte Helen.

»Was sollte ein Butterbrot denn ausrichten können?«

»Du musst es in ihrem Beisein essen. Und so tun, als würde es dir schmecken. Wie du das heute Abend mit dem *Lutefisk* gemacht hast.«

Trevor grinste schuldbewusst, dann runzelte er die Stirn. »Aber ich kapier das nicht«, sagte er, seine Unsicherheit wurde immer größer.

»Seit ihrem fünften Lebensjahr behauptet sie steif und fest, dass jeder Mann, der Butterbrote mit Erdnussbutter und Käse mag, für sie der Richtige ist.« Helen gab ihm seine Jacke. »Geh los.«

»Sie mag sie, solange sie frisch sind«, rief Axel ihm hinter der Zeitung nach.

Trevor trat nach draußen auf die Auffahrt und knöpfte sich seine Jacke zu. Die Temperaturen waren gesunken, der Wind war schärfer geworden, und die Kälte fühlte sich stechend an auf seinen nackten Wangen, als er auf Bjornes Haus zutrottete. Unter seinen Füßen knirschte der trockene, rutschige Schnee. Über ihm jagten Wolken durch den Nachthimmel, und Sterne strahlten durch die vereinzelten Lücken in der Wolkendecke. Er steckte die Papiertüte mit dem Butterbrot in seine Jacke und grub die Hände tief in seine Taschen, um sie zu wärmen. Er kam gerade rechtzeitig um die Ecke der Scheune, um zu sehen wie Angela ins Führerhaus von Bjornes Truck stieg und auf dem nicht geräumten Pfad durch die Felder davonfuhr.

Als der Pick-up mit Allradantrieb in der Ferne verschwand und Trevor nur noch die Rücklichter strahlen sah und sich fragte, wo Angela zu so später Stunde noch hinfuhr, wurde ihm bewusst, dass er selbst an einem Wendepunkt angelangt war. Seit dem Tod seiner Eltern hatte er sich von Umständen, die sich irgendwie ergeben hatten, und von der Entschlusskraft anderer Menschen durch sein Leben treiben lassen. Seine Entführung nach Regina, sein Umzug nach Calgary, und jetzt war er gerade von einer schwedischen Farmersfrau aus der Tür hinaus in die Kälte geschubst worden.

Während sich der Mond auf einer Seite schief über den Hügeln aus verwehtem Schnee in den Winterhimmel erhob – bis zum Vollmond waren es noch drei Tage –, taten ihm die Zehen weh, seine Ohren brannten, und Schneeflocken sanken in Strudeln auf sein Haar und seine Schultern. Vor ihm fuhr auf einer Straße, die ins Ungewisse führte, die Frau, die er liebte. Und im Rücken hatte er Calgary und die Farm in Millarville, einen Neubeginn. Allein. Bis morgen würde das Butterbrot fad und vertrocknet sein, so wie seine Aussichten auf ein Leben mit Angela. Hatte Helen ihm nicht gesagt, dass Angela ihn abweisen würde? Wie konnte er sie von seinen Absichten überzeugen, davon, dass er Potenzial hatte, gerettet zu werden … nein, das nicht, aber wie konnte er sie von seinem starken Charakter überzeugen, von seiner unsterblichen Liebe? Er erinnerte sich an Helens Unsicherheit im Hinblick auf Angelas Ausflüge nach Calgary. War da bei ihr in dem Truck ein anderer Mann? Er sollte zu seinem Wagen zurückgehen, nach Calgary zurückfahren. Mit quietschenden Stiefeln drehte Trevor sich im Neuschnee um. »Nein, Trevor. Man muss was riskieren«, flüsterte Constance' Stimme in sein linkes Ohr. »Ein Mädchen möchte umworben werden«, sprach Helen in sein rechtes.

Zwei törichte alte Frauen. Sie meinten es gut, aber wie konnte er sich in Angelas Leben einmischen und verlangen, dass sie ihn anhörte? Sie würde ihn sicher hassen. Sie wusste, wo sie ihn hätte finden können, wenn sie ihn gewollt hätte. Er schob die Stimmen in seinem Kopf von sich, aber sie ließen sich nicht beirren. »Riskier was. Umwirb sie. Riskier was.«

»Verdammt noch mal!«, rief er laut und traf eine Entscheidung … Die Entscheidung, das Risiko einzugehen, den Rücklichtern in die Nacht hinein zu folgen und das Beste zu hoffen.

23

Am ersten Tor begannen die Reifen seines Wagens durchzudrehen in dem Schnee, der so tief war, dass die Stoßstangen darin versanken, und als er das zweite Tor erreichte, steckte er hoffnungslos fest. Er versuchte die Reifen mit der Schneeschippe, die er immer im Kofferraum mitführte, freizuschaufeln, doch nach zehn Minuten war er schweißnass und hatte nur so geringe Fortschritte gemacht, dass er sich weitere Mühe sparte. Vor ihm schnitten im Licht seiner Scheinwerfer die Reifenspuren des Trucks tiefe Furchen in die ansonsten unberührte Landschaft. Er war inzwischen überzeugt, dass sie zur Hütte führten. Ein Fußweg von etwa fünfzehn Minuten. Er wärmte seine verkrampften Finger über dem Heizgebläse, zog dann seine Handschuhe an, nahm eine Taschenlampe von der Ablage und steckte sie ein, dann schaltete er den Motor ab. Nach einigem Hin und Her steckte er die Butterbrottüte vorn ins Innere seiner Jacke und machte sich in den Reifenspuren zu Fuß auf den Weg.

Das Laufen erwies sich als schwieriger, als Trevor erwartet hatte. Der schmale Schein der Taschenlampe beleuchtete seinen Weg immer nur für die nächsten vier Schritte, und seine Stiefel versanken in dem lockeren Schnee am Grund der Radspuren, wodurch er nur langsam vorankam. Die Windböen waren so heftig, dass sie den Pfad zuzuwehen drohten. An einigen Stellen watete er durch kniehohen Pulverschnee, und die Kälte kroch durch seine unangemessene Kleidung. Er wusste, dass er nicht aufhören durfte, sich zu bewegen.

Während Trevor grübelte, was er Angela sagen sollte, glitt er aus und stürzte flach auf den Rücken, hinein in den eisigen Schnee. Im Fallen sah er durch die Augenwinkel zu seiner Linken eine Bewegung, und er drehte sich auf die Seite, um mit dem Lichtstrahl in die Nacht hineinzuleuchten. Ein bernsteinfarbenes Augenpaar glühte in der Dunkelheit.

»Caesar?«, rief er, doch dabei fiel ihm auf, dass er über den schlafenden Hund hatte hinwegsteigen müssen, um aus der Verandatür herauszukommen.

Das Tier trat in das zerstreute Licht am Rand des kurzen Strahls, den die Taschenlampe verströmen konnte. Ein Kojote. Er saß auf seinen Hinterläufen im Schnee, mit zur Seite gelegtem Kopf, die Ohren nach vorn gestreckt, und er starrte Trevor an. Das Fell am linken Ohr des Tieres war zerfetzt. War das der Kojote, der letzten Sommer im alten Flussbett gewesen war? Angelas Carlos? Würde ein Kojote, ein alter, gescheiter Kojote, einen ausgewachsenen Mann attackieren? Bjorne hatte ihm eine Geschichte über ein neugeborenes Kalb erzählt, das von einem ganzen Rudel dieser Tiere zerfleischt worden war; das Gesicht halb weggefressen, ein Bein abgerissen. Es sah nicht gut aus für Trevor. Er lag mitten in der Nacht lang ausgestreckt im Schnee, hatte nur eine Taschenlampe um sich zu schützen, ein wildes Tier lauerte nur einen Sprung von ihm entfernt. Schnee schlug Trevor ins Gesicht. Es war ein stechender Schmerz, und er schloss die Augen. Was würde ihn schneller dahinraffen, die Kälte oder der Kojote?

Als er seine Augen wieder öffnete, hatte der Kojote sich nicht gerührt. Trevor stellte sich langsam und vorsichtig auf die Füße und schätzte dabei die jeweiligen Entfernungen zu Auto und Hütte ab. Zumindest enthielt die Hütte Angela und wahrscheinlich ein warmes Feuer. Bedächtig trat er zurück in die Reifenspuren, und der Kojote erhob sich und plusterte seinen Schwanz auf, den er jetzt steif hinter seinem Körper hielt.

Trevor machte ein paar weitere, vorsichtige Schritte vorwärts. Das Tier folgte ihm, behielt Trevors Gesicht fest im Blick. Eine eisige Windböe fuhr in Trevors Jacke hinein. Er stolperte und konnte sich gerade noch fangen, um nicht wieder in den tiefen Schnee zu fallen. Er schaute über die Schulter nach hinten. Der Kojote tappte neben ihm her, keine zwei Schritte von ihm entfernt. Trevor fing an zu rennen mit wild schlagendem Herzen, es dröhnte ihm in den Ohren; der Kojote lief ebenfalls schneller. Der Wind blies erbarmungslos gegen Trevors Körper, raubte ihm den Atem und trug ihn mit sich in die raunende Nacht. Nach zehn Schritten rutschte er mit dem Fuß weg und fiel vornüber in eine Schneewehe. Der Kojote setzte sich nieder und sah Trevor dabei zu, wie er sich aus dieser Verwehung wieder herausquälte.

»Verpiss dich!«, brüllte Trevor und schlug sich den Schnee von der Jacke, doch der Kojote kratzte sich lediglich mit einer seiner Hinterpfoten an der Brust, eine Gebärde, die Trevor merkwürdigerweise als beruhigend empfand. Das Tier wirkte eher neugierig als aggressiv. Zumindest knurrte es nicht oder versuchte, ihm in die Hacken zu beißen. Er grub in seiner Tasche nach der Papiertüte und zog ein halbes Butterbrot heraus. Nachdem er ein Stück davon abgebrochen hatte, warf er es in die Richtung des Kojoten. Das Brot versank zur Hälfte im Schnee. Das Tier lief vorsichtig darauf zu und betastete mit der Pfote das Stückchen Butterbrot. Er roch daran, hob es mit den Zähnen auf und trat ein wenig zurück, bevor er es auf einmal herunterschluckte. Trevor warf ein zweites Stück und ein drittes, bis das halbe Sandwich weg war, und jeder Bissen wurde mit offensichtlicher Begeisterung verzehrt.

»Nun, das ist eine Überraschung«, meinte Tevor. »Ein Liebhaber seltsamer Speisengemische. Ein Mann für Angela.« Er atmete tief durch und ließ seine Schultern kreisen, um die Spannung in seinem Nacken etwas zu lockern, dann setzte er seine Wanderung fort. Der Kojote ging nun eine Körperlänge voran, nach wie vor zu seiner Linken, und war auf unheimliche Weise still, während er abwechselnd vom Lichtkegel erfasst wurde und wieder im Dunkel verschwand.

»Carlos«, sagte Trevor mit vor Kälte hochgezogenen Schultern. »Ist das dein Name? Alle denken, du seist tot.«

Der Kojote hechelte Nebelschwaden in die Luft, während er durch den Schnee tappte.

»Bist du eines von Angelas Rettungsprojekten?«, sprach er weiter, und jedes dieser Worte floss in einer eigenen dampfenden Sprechblase aus ihm heraus. »Na ja, genau wie ich. Von uns gibt es so viele, dass wir einen Verein gründen könnten.«

Minuten später hörte der Wind ohne jede Vorwarnung auf zu blasen. Die Wolken teilten sich um den Mond herum, der wie eine schimmernde, verknickte Untertasse über Mensch und Hund erstrahlte, die sich ihren Weg über die schneebedeckte Erde bahnten. Der Mondschein tauchte das Paar in sanftes Licht. Trevor schaltete die Taschenlampe aus und blickte himmelwärts auf das Schauspiel.

»Da ist Orion«, erklärte er Carlos, der weiterlief, ohne ihm Beachtung zu schenken. »Und der Große und der Kleine Wagen. Und wo sind nun der Große und der Kleine Kojote?« Er drehte sich auf der Stelle im Kreis. »Kann sie nicht finden. Der Mond scheint zu hell. Weißt du, Carlos, laut Aussage meiner Freundin Constance bist du ein Mond in der Erdumlaufbahn. Bist vom Mutterplaneten abgebrochen, in deinem Fall von Angela. Du bist ihr …« Trevor senkte den Blick von der Sternenpracht am Himmel nieder auf Carlos, der jetzt ein paar Schritte vor Trevor auf dem Bauch in der Fahrspur lag und sich die Pfoten leckte, »ihr Kojotenmond bist du«, flüsterte er, »was bedeuten würde, dass ich ihr …« Er wühlte sich durch sein ausgekühltes Hirn, um den nächsten logischen Gedanken in der Gedankenfolge zu fassen. »Was bedeuten würde, dass ich ihr …«

Doch er wurde abgelenkt von etwas, das sich plötzlich vor ihm auftat, von einem Licht in der Ferne, das warm erglühte, auf der anderen Seite der dunklen Nacht.

»Die Hütte!«, rief er aus und stach mit seiner Taschenlampe in die Luft. »Wir sind da, Carlos, wir sind da.«

24

Als Trevor den Truck passierte und mit dem Abstieg ins alte Flussbett begann, verschwand der Kojote in die Nacht; das Leuchten seiner Schwanzspitze war das Letzte, was von dem Tier zu sehen war. Jenseits der Schlucht wanden sich Rauchwolken aus dem Schornstein, die vom Wind in die Höhe getragen wurden, und der Duft von brennenden Holzscheiten verhieß eine warme, trockene Zuflucht. Er quälte sich das Ufer empor und hinauf auf die Veranda, blieb zögernd vor der Tür stehen. Was, wenn sie nicht allein war? Sein Magen verknotete sich bei dem Gedanken, und er blickte zurück in die dunkle, eisige, kojotenschwangere Nacht. Seine Finger schmerzten, und der große Zeh an seinem linken Fuß war taub. Bevor er klopfen konnte, wurde die Tür aufgerissen, und Angela stand im Türrahmen. Lampenlicht erstrahlte hinter ihr in einem Karree.

»Trevor?«, stammelte sie.

»Hi«, gab er zurück und vergrub seine Hände in den Jackentaschen.

»Was treibst du hier, in Gottes Namen? Ich habe Schritte gehört.« Sie trug einen Anorak über ihren langen Hosen und einen Pullover. Trevors Magen entknotete sich um eine Schlinge, da er jetzt sicher wusste, dass sie nicht mit einem anderen im Bett lag.

»Ich bin bei deinen Eltern vorbeigefahren. Sie sagten, du seist bei Bjorne. Ich sah die Reifenspuren und … Kann ich mit dir reden?«

»Nein.« Sie schaute hinter sich. »Es ist … keine gute Zeit.«

Der Knoten zog sich wieder fest zu. Man muss was riskieren. Man muss was riskieren. »Es kann nicht warten«, sagte er.

Sie blickte ihn finster an; das Licht glitzerte auf den Schneeflocken in ihrem offenen Haar. »Ich habe Nein gesagt.« Sie rieb sich mit den Händen über die Arme. »Geh zurück zu Mom und Dad. Es ist eiskalt hier draußen. Wo steht dein Wagen?«

»Steckt etwa auf halbem Weg in einer Schneewehe fest. Ich gehe nicht weg«, blieb Trevor stur. »Im Übrigen ist da draußen ein Kojote.«

»Wo?« Angela lugte um ihn herum in die Nacht. »Der wird dir nichts tun. Bist du zu Fuß gekommen?«

»Ich will mit dir reden.«

»Großer Gott!«, stöhnte Angela und trat zurück. »Komm rein, bevor du dir eine Lungenentzündung holst.«

Trevor betrat das Zimmer, in dem es nur um wenige Grad wärmer war als in dem tiefen Frost draußen. Doch stand die Brennkammer des Ofens offen, im Inneren knisterte das Holz und versprach, dass es bald warm werden würde. Angela drückte sich an ihm vorbei, warf zwei zerhackte Holzscheite in die Flammen und schloss das schmiedeeiserne Türchen, dass es schepperte. Sie schob eine Teekanne aus Aluminium und einen Stieltopf auf die heiße Herdplatte, bevor sie sich ihm zuwandte.

»Nun?«, fragte sie und verschränkte die Arme vor der Brust.

Seine Augen schweiften durch den Raum. Ein Wanderrucksack lehnte an der Wand, auf dem Holzbrett stand ein Durcheinander aus Kartons und Dosen, und von der Ecke des Hochbetts baumelte das Fußteil eines Schlafsacks. Das für Angela so typische Chaos – der Tisch vollgepackt mit Büchern und Papieren, der Fußboden übersät mit Kleidungsstücken – war nicht gerade erst angerichtet worden, es war Tage älter als eine Stunde. Und sie war allein.

»Was ist los?«, fragte er.

»Das habe ich dich gefragt.« Es begann zu brutzeln in dem

Stieltopf, und Angela rührte mit einem Holzlöffel in ihm herum. »Was machst du hier?«

Jetzt, da er vor ihr stand und Gelegenheit hatte, seinen Fall vorzutragen, war Trevors Hirn wie festgerostet, und er fand keine Worte.

»Also?«

»Ich … ich muss dir erklären, was es mit dem Loch in Trevor-Form auf sich hat«, brach es aus ihm heraus, »und wie das mit dem Mond ist, und wie der Mond hineingehört in das …«

»Was redest du denn da für einen Blödsinn?« Sie baute sich vor ihm auf mit dem Holzlöffel in der Hand, Soße tropfte auf den Fußboden.

»Carlos«, murmelte er. Wasser spritzte auf seine Socke, und er blickte nieder, um festzustellen, dass der Schnee am Saum seiner Jacke zu schmelzen begann.

»Carlos? Der Kojote? Woher weißt du von ihm?«

»Er ist da draußen.« Trevor zeigte durch das Fenster. »Er ist mir nachgelaufen.«

»Leidest du an akuter Unterkühlung?«

»Er mag Butterbrote. Ich habe ihn mit dem hier gefüttert …« Er zog den Reißverschluss seiner Jacke auf, und die Papiertüte fiel auf den Fußboden. »Das ist für dich. Dein Lieblingsessen. Meines auch.« Er bückte sich und riss die Tüte auf, hielt ihr das hin, was noch von dem Butterbrot übrig war. »Erdnussbutter und Käse.«

Sie war so erstaunt, dass sie ruckartig den Kopf hob. »Mit wem hast du dich unterhalten, dass …«

»Ich … ich liebe dich, Ang.« Seine Stimme verließ ihn ebenso wie seine Entschlossenheit.

Eine tiefe Röte schoss Angela ins Gesicht, aber unter der Farbe waren ihre Wangen bleich in dem gedämpften Schein der Petroleumlampe, die auf dem Tisch stand, und die Falten an ihren Mundwinkeln, die ihm noch nie zuvor aufgefallen waren, ließen sie nahezu alt aussehen. »Nenn mich nicht Ang«, wisperte sie. »Nur Bjorne durfte mich so nennen.«

»Angela, ich …«

Was würde Constance in einer Lage wie dieser hier tun? Sie könnte Angela dazu bringen, ihr innerhalb von fünfzehn Minuten bei einer Tasse Tee die gesamte Geschichte ihres Lebens anzuvertrauen. Ihre seltsame Macht über andere Menschen. Nur war er nicht Constance. Nicht einmal ansatzweise.

»Ich habe dir gesagt, dass ich dich nicht sehen will«, blaffte Angela ihn an. »Und für den Fall, dass es dir noch nicht aufgefallen sein sollte«, sie wedelte mit dem Holzlöffel durch den Raum, »ich bin hergekommen, um allein zu sein.«

»Deine Eltern haben mir gesagt, du würdest drüben bei Bjorne wohnen.«

»Ich … ich konnte es nicht ertragen, in dem Haus zu sein.« Mit einem Ruck wandte sie sich von ihm ab und lief mit großen Schritten zum Westfenster. Inzwischen war wieder Wind aufgekommen, und gegen die Scheibe prasselten vereiste Schneeflocken wie Korn, das gerade ausgeschleudert wurde. Ihr Spiegelbild wirkte verzerrt in dem alten Glas. »Geh bitte.«

Trevor, der seine Hand ausgestreckt hatte, ließ sie entmutigt sinken. Er hatte es versucht, war das Risiko eingegangen und hatte verloren. Die Chance auf Angela und eine zwar ungewisse, aber dauerhafte Zukunft mit ihr war dahin. Er trat ein paar Schritte vor, legte das Butterbrot vorsichtig auf die Tischplatte und zog den Reißverschluss seiner Jacke zu. Als er die Tür öffnete, wurde er von frostkalter Luft erfasst, und Schnee umwehte ihn, hüllte ihn ein in eisige Traurigkeit. »Falls ich es nicht bis zurück zum Wagen schaffe«, brüllte er gegen den Sturm an, »lass mich in Swede Lake begraben. In der Nähe von Bjorne.« Bevor er hinaustrat in den Blizzard, drehte er sich noch einmal rasch zu ihr um. »Und noch etwas, Angela. Es war nicht meine Schuld.«

Bis Trevor in das alte Flussbett hinabgestiegen und auf der anderen Seite wieder herausgeklettert und durch Schneeverwehungen zum Truck zurückgewatet war, zeigten sowohl er als auch seine Taschenlampe Ermüdungserscheinungen. Der schwache Lichtstrahl, so gut wie nicht zu gebrauchen, beleuchtete ein schmales Oval aus wirbelnden Schneeflocken. Der Pfad zurück zur Farm lag inzwischen vollständig verdeckt unter den Schneewehen.

»Alte Weiber, die sich in alles einmischen«, knurrte er. »Wie konnte ich nur jemals auf sie hören?«

Er stützte sich vornüber auf die Kühlerhaube des Trucks, um wieder zu Atem zu kommen. Ein Kojote heulte von der anderen Seite des Fahrzeugs, und der einsame Aufschrei kam aus solcher Nähe, dass Trevor zusammenzuckte. Der Antwortruf, eine Tonlage tiefer, ertönte hinter ihm, und er drehte sich um und leuchtete mit seiner Taschenlampe hinein in die Nacht; doch wurde das Licht immer schwächer und flackerte, und dann ging es ganz aus. Als ein drittes Heulen vom Wind aus der Richtung der Farm herübergetragen wurde, riss er an der Tür des Trucks, kletterte hinein und schlug den Knopf mit der Faust herunter.

Im Inneren des Wagens war es nicht wärmer, aber er war dankbar, aus dem Wind heraus zu sein und, wie er hoffte, in Sicherheit vor den Kojoten. Allerdings nicht sicher vor der Winternacht, der betäubenden Kälte. Wie lange konnte er das hier überleben? Er hatte gehört, dass man einfach einschlief, und das war es dann. Das Heulen der Tiere wurde immer schlimmer – zwei, drei, vier von ihnen; er konnte es nicht genau sagen. Er ließ das Fenster einen schmalen Spalt herunter und versuchte, sie zu zählen, aber es war unmöglich. Der Gesang verlagerte und veränderte sich stetig, ein Tier schlug nie den gleichen Ton an wie die anderen. Die unheimliche Musik drang durch den Spalt herein und sickerte in Trevors gefrorene Knochen. Er kauerte sich in den Sitz, schloss die Augen und driftete mit den Lauten davon.

Das alte Männchen traf sich mit seinem Weibchen am Nordwestrand des alten Flussbetts. Heute Nacht begrüßte sie ihn freudig, lag auf ihrem Bauch und schlängelte sich unter seiner Nase vor und zurück. Sie leckte sein Maul und drehte sich um, stupste dabei mit ihrer Lende gegen seinen Körper. Er roch an ihrem Schwanz, und als sie sich daraufhin, statt nach ihm zu schnappen, in Positur setzte, bestieg er sie von hinten, bis sie vereinigt waren, und hob dann seinen Hinterlauf über ihren Rücken, sodass sie Schwanz an Schwanz standen. Zwanzig Minuten lang blieb das Paar ineinander verschlungen, dann wurde der eheliche Bund gelöst, und sie trennten sich voneinander.

Seite an Seite rannten die beiden über die Gipfel der Schlucht, horchten, ob sie Mäuse unter der Oberfläche hörten. Heute Nacht gab es Nager in Massen, und jedes Eintauchen in den Schnee wurde belohnt mit einem Maul voller sich windender Nahrung. Das Männchen setzte sich nieder, hob seine schlanke Schnauze in den Himmel und stieß einen schwärmerischen Heulton aus. Das Weibchen lauschte, dann antwortete sie, eine Tonlage tiefer. Als er seine Stimme senkte, um ebenso zu klingen wie sie, ging sie sofort eine ganze Oktave höher ins Falsett. Das Paar atmete ein Duett hinaus in die Nacht, eine Oktave höher, eine niedriger. Eine uralte Verkündigung an die Welt.

»Trevor?« Erschrocken wachte er auf, dachte, die Tiere würden seinen Namen rufen. Vielleicht litt er jetzt wirklich an akuter Unterkühlung, oder aber die ägyptische Gottheit Anubis mit dem Hundekopf war gekommen, um ihn in den Tod zu geleiten. Mit trägem und schwerem Arm wischte er den Beschlag und eine Ecke Eis, die sich gebildet hatte, vom Fenster und presste die Augen gegen das am Rand vereiste Glas. Er konnte nur den

Schnee wehen sehen. Dann trat aus dem Strudel eine Erscheinung – mit wehendem Haar, mit wilden Augen, mit offener Jacke. »Trevor!« Angela schrie seinen Namen und rannte dabei durch die Nacht.

Die Hitze des Eintopfs floss langsam durch Trevors Magen in seine Glieder. Der Holzofen pumpte Wärme in den Raum, obwohl der Schnee in winzigen weißen Wolken durch die Lücken zwischen den Holzblöcken der Wände hereinfegte. »Das ist gut«, sagte er.

»Ist Eingemachtes.« Angela legte auf der anderen Seite des Tisches die Ellbogen auf die Tischplatte und sah Trevor beim Essen zu. »Es tut mir leid«, sagte sie. »Das war dumm von mir, dich wieder da rauszuschicken. Heute Nacht hat kein halbwegs denkender Mensch da draußen was verloren.«

Einen vollen Löffel auf halbem Weg zum Mund, hielt er inne. »Wow, danke.«

»Nein, ich meinte damit nicht …« Sie setzte sich aufrecht hin. Verwirrung machte sich auf ihren Zügen breit. »Schon gut.« Sie stand auf, ging zum Ofen, um ein weiteres Holzscheit aufzulegen, und lief dann in gerader Linie zwischen dem Westfenster und dem Tisch auf und ab. »Diese Kojoten waren echt seltsam, so nah am Truck«, fügte sie hinzu. Trevor aß seine Suppe auf, während er sie die ganze Zeit dabei beobachtete, wie sie nervös auf und ab ging.

»Bin ich eine Art Carlos für dich?«, fragte er schließlich.

»Was?« Sie hörte auf, sich wie ein Metronom hin- und herzubewegen, blieb stehen und sah ihn fest an. Dann kämpfte sie gegen ein Grinsen. »Du hast vielleicht das dicke Fell und ebenfalls vier Gliedmaßen, aber die wachsamen Augen hast du nicht.«

Er lachte, und es fühlte sich an, als lache er zum ersten Mal seit vielen Tagen. »Nein, ich meine …«

Sie setzte sich hin und starrte auf den Fußboden. »Ich weiß, was du meinst.«

»Helen hat mir in den Fotoalben die …«

»Die Verbrecherkartei gezeigt?«

Er nickte.

Geistesabwesend hob sie mit dem Finger die Umschlagseite eines der Bücher auf dem Tisch, schloss es wieder, öffnete es erneut. »Ich habe Mandanten, die so traurige Geschichten haben wie du.«

»Wirklich?«

»Einer hat eine, die sich kaum von deiner unterscheidet.«

»Was heißt das?«

»Eltern jung verloren, keine Großeltern, schwere Kindheit«, sagte sie und sah ihm dabei fest in die Augen. »Er raubt Banken aus und bringt Leute um. Man kann ihm nicht trauen.«

»Du traust mir nicht?«, fragte Trevor.

Angela antwortete nicht.

»Dann sag mir eines.« Trevor schob seinen Stuhl nach hinten, sodass er nur noch auf zwei Beinen schaukelte, und zwischen seinen Fingern drehte er den Suppenlöffel. »Warum bin ich dann kein psychopathischer Bankräuber und Mörder?«

»Glück gehabt?«, erwiderte sie. »Oder deinen schrecklichen Onkel und die Tante, die dich davor bewahrt haben, vor deinem fünfzehnten Lebensjahr schon bei zehn verschiedenen Pflegefamilien herumgeflogen zu sein. Und einen Bruder, der dich liebt.«

Mit einem dumpfen Laut landete Trevors Stuhl wieder auf allen Vieren, und der Löffel fiel auf die Tischplatte. Onkel Pat und Tante Gladys in den Rollen der Retter?

»Ich weiß, dass es nicht deine Schuld war.« Sie wandte den Blick von ihm und starrte jetzt auf den Tisch.

»Wie bitte?« Er war in Gedanken immer noch bei seiner neuen, plötzlich gütiger erscheinenden Tante und dem Onkel.

»Bos Herzinfarkt.« Sie glitt mit der Hand über den Tisch und griff nach seinen Fingern. »Ich weiß, dass es nicht deine Schuld war. Mom und ich hatten vor Weihnachten einen Riesenkrach. Deshalb bin ich in Bos Haus rübergezogen. Dabei wusste ich, dass sie recht hatte.«

»Warum wolltest du mich denn dann nicht sehen?«, fragte er und spürte bewusst die Hitze, die sich von ihren Fingerspitzen auf die seinen übertrug.

»Ich bin eine Steffansson. Wir sind alle störrische Esel.« Sie ließ seine Finger los und ihre Hände in den Schoß fallen. »Und wegen dieser blöden Idee, die ich hatte … Dass man, wenn man Menschen nicht an sich heranlässt, keine Angst davor haben muss, dass man sie verliert … oder verletzt wird.«

Die Worte rutschten wie Korken in die passende Flasche. »Ja«, sagte er kraftlos. »Hört sich vertraut an. Das Problem dabei ist …« Das Knacken und Knistern des brennenden Holzes füllte die Stille, die sein unbeendeter Satz hinterließ.

»Das Problem dabei ist …?«

»Das Problem ist … laut Constance, dass du ein Loch in Form eines Trevors in deiner Seele hast, und ein Planet, der ebenso groß ist wie das Loch und die gleiche Form hat, dich umkreist, und du den niemals wieder loswerden kannst.«

Sie hob die Brauen. »Du und Constance hattet da ja echt happige Themen.« Sie lachte. »Ich glaube, du brauchst etwas Schlaf. Lass uns ins Bett gehen.«

»Schlaf, richtig.« Er stand auf und stützte sich auf die Rückenlehne des Stuhls. Seine Glieder fühlten sich an wie weich gekochte Nudeln. »Wo hättest du mich denn gern? Ich könnte mich auf die Bank legen, wenn du mir eine Decke oder ein paar Jacken gibst.«

»Nein.« Sie machte mit dem Kopf eine Bewegung in Richtung Hochbett. »Da oben bei mir.«

»In deinem Bett?«

Sie lächelte. »Wenn Constance recht hat, sieht es ganz danach aus, als käme ich nicht mehr von dir los.«

Während Angela das Feuer schürte und die Luftklappe des Ofens für die Nacht einstellte, kletterte Trevor mit einer Laterne die Leiter zum Hochbett hinauf, entledigte sich seiner Kleidung und faltete sie zu einem ordentlichen Häufchen zusammen, das er an die Wand legte. Kleidungsstücke, Zeitschriften und ein Sortiment aus Tellern und Bechern übersäten den knappen Platz. Auf Händen und Knien musste er sich zur Matratze vorkämpfen. Er zog den Reißverschluss des Schlafsacks auf und schüttelte ihn aus. Krümel ergossen sich über die Matratze, und er wischte sie herunter, als er plötzlich spürte, dass er von einem Augenpaar beobachtet wurde. Er drehte sich um und erschrak, als er ein Foto von Bjorne sah, das in der Ecke gegen die Wand gelehnt war. Trevor hörte auf zu wischen beim Anblick seines Freundes.

»Ich denke mal, dass ich mich daran werde gewöhnen müssen«, sagte er zu Bjorne. Er streckte sich auf der Matratze aus und zog sich den Schlafsack über, die Krümel waren erträglich, solange er ganz ruhig lag.

»Willst du was zum Nachtisch?« Angelas Kopf erschien am Oberrand der Leiter, und sie stellte einen Teller auf den Rand des Hochbetts, während sie die letzten beiden Sprossen erklomm. Sie kroch auf die Matratze, mit dem Teller in der Hand, und hielt ihn Trevor unter die Nase. Die verbliebene Hälfte des Butterbrots mit Erdnussbutter und Käse. »Hier, ich habe dir dein Lieblingsessen mitgebracht.«

Er lachte leise vor sich hin. »Ich habe …« Angelas Gesicht war völlig ausdruckslos. »… gerade an dieses Butterbrot gedacht. Mich schon gefragt, was aus ihm geworden ist. Du hast meine Gedanken gelesen.«

Er lehnte seine Schultern gegen das Kissen, griff nach dem

Butterbrot und nahm einen Bissen. Angela beobachtete ihn genau beim Kauen. Er war versucht, ihr einen Kugelschreiber und ein Blatt Papier anzubieten, damit sie sich Notizen machen konnte, doch war er sogar zu müde, um sich an dem ausgetrockneten Brot und dem dicken, gummiartigen Aufstrich zu verschlucken.

»Möchtest du nicht wenigstens auch mal abbeißen?«, murmelte er, und die Erdnussbutter klebte ihm am Gaumen.

»Nein, ich habe keinen Hunger«, frotzelte sie. »Wir sollten es aber aufheben. Dann können wir es zusammen mit dir auf dem Friedhof von Swede Lake beerdigen.«

Angela zog sich aus und kroch neben ihm unter die Decken. Mit den Fingerspitzen beschrieb sie kleine Kreise um seinen Bauchnabel herum. Sein Körper reagierte darauf, indem er zuckte.

»Gut, nicht wahr?«, seufzte sie.

Er schluckte den letzten Bissen des klebrigen Mahls. »Mmmhmmm.« Der Teller fiel auf den Boden, als er sich ebenso wie sie auf die Seite legte, eine ihrer Brüste mit seiner Hand umfasste. »Hervorragend.«

»Ich meine das Butterbrot.«

»Das auch.«

Trevor tauchte ein in die Wärme von Angelas Körper. Draußen heulte der Wind wie ein ganzes Rudel Kojoten. »Der Käse nimmt der Erdnussbutter ein wenig von ihrer Schwere, nicht wahr?«, hauchte er ihr in den Nacken. Aber Angela antwortete nicht; sie war bereits eingeschlafen.

25

»Mister Wallace? Mister Trevor Wallace?« Die Frau, die im Türrahmen seiner Wohnung stand, begutachtete ihn vom Scheitel bis zur Sohle.

»Ja?«, erwiderte er und kickte die Tür mit dem Fuß auf, da er die Arme voller Bettwäsche hatte.

»Aber Sie sind ja noch so jung«, stellte sie mit gedämpfter Stimme fest.

Trevor trat erstaunt zurück, nicht, weil die Frau über sein Alter überrascht zu sein schien – sie war nicht viel älter als er –, wohl aber, weil sie die jüngere Ausgabe einer alten Freundin war. Die gleichen ernsten Augen, die zierliche Gestalt, die Gesichtsform, die Aura warmherzigen Vertrauens. Constance vor vierzig Jahren, ohne die Zuckerwatte-Perücke, das Puppengesicht und das Zittern in den Händen. Diese Frau war … hübsch. Ihre schlanken, manikürten Finger umklammerten eine nur zu vertraute Tasche: die Tasche aus Segeltuch, die mit den hellen Sonnenblumen bestickt war.

»Entschuldigen Sie bitte.« Die Frau streckte ihm ihre Hand entgegen. »Mein Name ist Susan Arnold. Ich glaube, Sie kannten meine Mutter, Constance Ebenezer.«

»Constance?« Trevor starrte immer noch auf die Tasche, die, wie ihm auffiel, verschlissener und verblichener aussah als zu dem Zeitpunkt, da er sie das letzte Mal gesehen hatte. »Ja … ich kenne sie.«

»Würde es Ihnen etwas ausmachen, wenn ich für ein paar Minuten hereinkäme?«, fragte sie.

»Oh, klar.« Trevor rückte zur Seite, damit sie an ihm vorbeikam. »Kommen Sie herein. Entschuldigen Sie bitte das Durcheinander. Ich ziehe um.«

Die Wohnung war in einem untypisch chaotischen Zustand: halb gepackte Kartons an ungünstigen Stellen überall im Wohnzimmer, in altes Zeitungspapier eingewickelte Teller auf dem Tisch. Er ließ die Bettwäsche von seinen Armen auf den Küchentisch fallen, räumte dann einen Stapel Handtücher weg, um auf dem Sofa Platz für sie zu schaffen. Jenseits des Panoramafensters rauschte der Bow River an ihnen vorüber, angeschwollen vom Frühlingsregen.

»Kann ich Ihnen etwas zu trinken anbieten? Tee? Kaffee?«, fragte Trevor, wobei er sich nicht einmal sicher war, ob es in seinem Haushalt schon jemals Tee gegeben hatte. Er war gestern kurz losgelaufen, um frische Kaffeebohnen einzukaufen.

»Nein, vielen Dank. Ich hoffe, dass es nicht lange dauern wird.«

»Wie geht es Constance?«, fragte Trevor. »Ich habe seit einigen Monaten nichts mehr von ihr gehört. Ich nehme an, Sie wissen, dass Sie ihr ähnlich sehen.«

Die Frau zog ein Papiertaschentuch aus der Jackentasche und tupfte sich damit über die Augen. »Mister Wallace. Meine Mutter ist vor vier Monaten gestorben – an Weihnachten.«

»Oh.« Trevor brachte nur dieses eine Wort heraus. Als seine Eltern gestorben waren, hatte die Neuigkeit ihn überwältigt, wie der Tornado, der in dem einen Sommer durch ihre Farm getost war und alles aufgesaugt hatte, das ungesichert herumlag: Erde und Äste, Spielsachen und Arbeitsgeräte. Der Wind hatte auch aus ihm alles herausgesaugt, bis er nichts mehr fühlen konnte. Bjornes Tod hatte sein Herz umklammert wie ein Schraubstock. Aber diese Neuigkeit hier traf ihn wie eine gewaltige große Puderquaste, schüttete Wogen von nach Rosen duftendem Staub über sein Gesicht und seinen Nacken. »Oh«, sagte er noch einmal. »Das ... tut mir leid.«

Gefühlswogen – Schmerz, Misstrauen, Widerwille – spülten nacheinander über das Gesicht der Frau und stauten sich schließlich zu einem ruhigen Bild der Selbstbeherrschung. »Ich werde gleich auf den Punkt kommen. Meine Mutter ... sie ... nun ja, sie hat in ihrem Testament eine merkwürdige Bitte geäußert«, sagte sie. »Sie bat uns – meine Brüder und mich –, Ihnen ihre Asche auszuhändigen.«

Trevor blinzelte. »Das hat sie getan?«

»Ja, und sie wollte, dass wir Ihnen diesen Brief geben.« Susan zog einen Umschlag aus der geblümten Tasche und hielt ihn ihm entgegen. »Keiner von uns hat ihn gelesen. Ich muss Sie aber darüber in Kenntnis setzen, dass meine Brüder und ich das Ganze eingehend besprochen haben. Ob wir ihren Wünschen entsprechen sollten. Wir hatten nie von Ihnen gehört. Und na ja, meine Mutter hat sich mehrere Jahre ganz irrational verhalten. Wir haben sie kaum zu Gesicht bekommen. Sie war für fast ein Jahr verschwunden. Meine Brüder und ich waren fürchterlich besorgt. Wir haben sie durch die Polizei suchen lassen ... und es stellte sich schließlich heraus, dass sie auf Reisen gegangen war, ganz allein, um die ganze Welt.«

»Ja, ich weiß«, sagte Trevor.

Susan öffnete den Mund um weiterzusprechen, schloss ihn dann aber wieder. Sie stellte die Tasche mit den Sonnenblumen auf den Fußboden und räusperte sich. »Mister Wallace. Waren Sie und meine ...« Eine leichte Röte legte sich auf ihre Wangen. »Welcher Art war die Beziehung zwischen Ihnen und meiner Mutter?«

Trevor brauchte einen Moment, um in vollem Ausmaß zu erfassen, welche Befürchtungen mit Susans Frage verbunden waren. Erinnerungen an Constance kamen ihm ins Gedächtnis: ihr Geplapper, ihre Flirterei, wie sie die Pyramide erklettert hatte und ihre Kleider dabei im Wind flatterten. Ihre zarten Finger, als sie die Deckel der Dosen öffnete, in denen ihre Jungs waren. Er lachte. Susan war schon halb aufgestanden, als sei sie bereit, jeden Moment zur Tür zu rennen.

»Ich … wir … Sie glauben, Ihre Mutter und ich seien ein Liebespaar gewesen?«, brach es aus ihm heraus.

»Wir hatten nicht die geringste Vorstellung, wer Sie waren«, wehrte sie sich. »Und sie hat Ihnen ihre sterblichen Überreste hinterlassen. Was sollten wir da denken?« Sie spitzte die Lippen und fummelte am Griff der geblümten Tasche herum.

»Ich denke mal, das ergibt Sinn.« Wie intensiv Susan ihn begutachtet hatte, als sie schockiert feststellte, dass er Jahrzehnte jünger war als ihre Mutter, ergab Sinn. »Seien Sie unbesorgt. Ich kannte Ihre Mutter nur ein paar Tage lang. Wir saßen zusammen in Kairo fest.«

»Das ist alles? Ein paar Tage in Kairo, und sie hinterlässt Ihnen ihre Asche?« Susan runzelte die Stirn und hatte ganz offensichtlich ihre Zweifel

»Das ist alles. Und die Briefe. Sie hat mir Briefe geschrieben. Ich nehme an, dass sie mich gut leiden konnte.«

»Briefe?«

»Ja, ich hole sie. Sie können sie lesen, wenn Sie möchten.« Trevor holte das Bündel aus der Schreibtischschublade und gab die sechzehn Briefe Susan, die das Päckchen widerwillig anstarrte, bevor sie es sich auf den Schoß legte. »Sie sind nach Datum geordnet«, erklärte er. Sie zögerte immer noch, blickte zu ihm auf und dann nieder auf den Stapel, bevor sie das Gummiband entfernte. Sie öffnete den ersten Umschlag und fing an zu lesen.

Trevor machte mit dem Packen weiter, mit einem Ohr bei etwaigen Geräuschen von der Couch. Doch abgesehen davon, dass Papier raschelte, wenn sie Seiten umdrehte, las Susan schweigend und mit gesenktem Kopf. Trevor stellte Sachen heraus, die er auf der Farm nicht brauchen würde. Er dachte an seine Hanteln, die hinten im Schrank standen, und stellte sie zu dem Stapel der Dinge, die er verkaufen wollte, weil er nicht davon ausging, dass er ohne sie an einem Mangel an körperlicher Ertüchtigung leiden würde. Er und Angela hatten Nancy Bjornes Haus abgekauft; Angela hatte ihn davon überzeugt, dass die Blockhütte ihr Sommerhäuschen werden könnte oder – mit einem schelmischen Lächeln – ein Spielhaus für die Kinder. Er hatte den Vorschlag akzeptiert wie all die anderen, die sie ihm in den vergangenen zwei Monaten unterbreitet hatte, mit einem Sinn für Humor, der zwar neu für ihn war, ihm aber unerwartet leichtfiel.

Nach einer halben Stunde stellte er ein Glas Wasser auf den Beistelltisch, aber Susan las weiter, ohne eine Pause zu machen. Er war im Schlafzimmer und packte seinen Koffer mit zusammengefalteter Unterwäsche, als er einen Seufzer vernahm, der viel zu tief war für die zierliche Frau.

»Ich hatte keine Ahnung«, sagte sie.

Trevor kehrte zurück ins Wohnzimmer und setzte sich gegenüber von ihr nieder. Susan tupfte sich das Gesicht mit einem frischen Papiertaschentuch ab, die Briefe lagen über die Kissen verteilt.

»Wir hätten sie zurückgehalten«, sagte sie. »Und Vater war ein Ungeheuer.«

Trevor umschlang Susans Hand mit seiner. »Sie war eine tolle Frau«, sagte er.

»Ja, das war sie.« Sie schniefte. »Wussten Sie, dass sie Krebs hatte, Mister Wallace, Gebärmutterkrebs?«

Trevor schüttelte den Kopf. »Nein, ist sie daran gestorben?«

»Ja. Sie bekam die Diagnose und wurde ein paar Monate behandelt, bevor sie verschwand.«

Trevor streckte sich durch. Bevor sie verschwand? Das bedeutete … »Das hat sie mir nie erzählt«, sagte er leise.

Susan wandte sich wieder den Briefen und den dazugehörigen Umschlägen zu, sortierte sie wieder nach Datum und legte sie, als sie damit fertig war, in einem ordentlichen Stapel mitten auf den Sofatisch. »Ich möchte ehrlich mit Ihnen sein. Meine Brüder und ich haben entschieden herzukommen, um herauszufinden wer Sie sind und welcher Art Ihre Beziehung zu unserer Mutter war, bevor wir Ihnen Ihre sterblichen Überreste überlassen. Offen gesagt, wenn Sie ein Liebhaber gewesen wären, hätten wir wegen der Asche ihr Testament angefochten. Aber ... nachdem ich diese Briefe gelesen habe ...« Sie steckte ihre jüngere Hand in das Gepäckstück, wie er es Constance mindestens ein Dutzend Mal hatte tun sehen, und zog einen unscheinbaren Pappkarton heraus. »Nun ... wir, ich möchte, dass Sie sie haben.«

»Nein, nein.« Er hob beide Hände, die Handflächen nach außen. »Behalten Sie sie. Sie sind ihre Tochter.«

Sie stellte den Karton auf seinen Schoß. »Sie wollte es so. Sie sind ihr Freund.«

21. Dezember 1985

Mein lieber Trevor,

da Sie diesen Brief lesen, wissen Sie, dass ich mich auf den Weg in mein bislang größtes Abenteuer gemacht habe. Eines, bei dem es keinen Reiseführer gibt – und meine teuerste Reise; sie hat mich alles gekostet, was ich in meinem Leben gespart hatte. Ich kann Ihnen keine detaillierten Wegbeschreibungen geben, aber eines Tages, davon bin ich überzeugt, werden wir wieder übereinander stolpern.

Ich entschuldige mich dafür, meinen Krebs für mich behalten zu haben. Ich wollte nicht, dass Sie Mitleid für mich empfinden oder sich Sorgen machen oder mich zurückhalten. Meine Krankheit hat mir den Mut und die Kraft gegeben, Risiken einzugehen. Die meiste Zeit meines Lebens bin ich den Fußstapfen eines Mannes gefolgt. Können Sie sich das Gefühl von Freiheit vorstellen, das ich empfunden habe, als mir klar wurde, dass ich allein durch die Welt kommen kann? Und ich wusste, dass die Konsequenzen meiner Freiheit, all die Schwierigkeiten, in die ich mich möglicherweise bringen würde, nichtig und bedeutungslos waren im Verhältnis zu der Reise, die mir bevorstand und die ich inzwischen angetreten habe. Ich möchte, dass Sie eines wissen, Trevor: Obwohl ich es nicht bis zur Spitze der Pyramide geschafft habe, bin ich glücklich gestorben. Sie haben mir geholfen, so weit zu kommen. Und ich gebe zu, dass es mir gefallen hat, eine Weile einen Mann an meiner Seite zu haben, der mir Starthilfe gegeben hat. Danke!

Sie fragen sich sicher, warum ich diese letzte Bitte an Sie richte. Dafür gibt es zwei Gründe. Sie haben mir erlaubt, meine Reisen mit einem anderen menschlichen Wesen zu teilen, drei großartige Tage lang und danach durch meine Briefe. Das hat mir viel bedeutet. Ich weiß, dass Sie mich für eine törichte alte Frau gehalten haben, doch haben Sie es niemals ausgesprochen, und dafür liebe ich Sie. Zweitens weiß ich, dass meine Kinder, möge der Himmel sie schützen, mich lieben, doch würden sie sich niemals darauf einlassen, die Aufgabe zu übernehmen, die ich von Ihnen erbitte. Ich weiß, dass Sie mich nicht im Stich lassen werden. Sie sind ein feiner Mensch unter Ihrer dürftigen Rüstung.

Als Anlage zu diesem Brief finden Sie Anweisungen für das Verstreuen meiner Asche und Geld für die dadurch entstehenden Auslagen. Ich bin sicher, dass Sie, wenn Sie dort ankommen, verstehen werden, warum ich mich für diesen Ort entschieden habe. Ein Nachbar hier in Sooke hat mir davon erzählt, ein ehemaliger Fischer.

Er hat mir gesagt, es sei ein Ort, an dem alles möglich ist.

Alles Liebe,
Constance

P.S.: Passen Sie mir gut auf diese nette Angela auf, mein lieber Junge. Ja?

Vancouver Island

Sommer 1989

Trevor fröstelte trotz der warmen Augustsonne und der Lagen von signalrotem Nylon und Neopren, die ihn vom Kopf bis zu den Zehenspitzen umhüllten. Am Ende des Holzstegs schaukelte ein Schlauchboot an seinen Befestigungsleinen im Wasser auf und nieder. Der Kapitän, Baxter, legte am Armaturenbrett Schalter um und drehte an Knöpfen, während der Seefunkdienst über das Funkgerät die Wettervorhersage für die nächsten vierundzwanzig Stunden hinausplärrte.

»Fertig?« Baxter drehte sich zu Trevor um. Das sich brechende Licht in der mit Spiegelglas beschichteten Sonnenbrille des Mannes versetzte Trevors Magen in Aufruhr.

Trevor holte tief Luft. Er hatte noch nie in seinem Leben einen Fuß auf ein Boot gesetzt. Er zog Flugzeuge vor und hatte mit Freuden die hundertfünfundzwanzig Dollar für den zwanzigminütigen Flug von Vancouver nach Vancouver Island locker gemacht, um die Fahrt mit der Fähre über die Straße von Georgia zu vermeiden. Er war ein Präriejunge. Boote waren etwas Unnatürliches. Dieses hier war mit seinen knapp sechs Metern Länge sittenwidrig.

»Glauben Sie wirklich, dass das sicher ist?«, fragte Trevor.

Der Kapitän, der den gleichen signalroten Überlebensanzug trug wie Trevor, sagte kein einziges Wort, hob lediglich die Brauen und wies auf die ruhige Wasseroberfläche der Bucht, mit nach oben gewandter Handfläche, um das Offensichtliche noch zu unterstreichen. Im Wasser spiegelten sich die Fischdampfer, die am Kai vor Anker lagen, und die felsige Küste, die den Hafen von Ucluelet umsäumte. Es war noch nicht sechs Uhr morgens. Ein Schwarm von Sportangelbooten, von denen die meisten kleiner waren als Baxters gewerblicher Whale Watcher, hatten die geschützte Bucht bereits verlassen und waren auf dem offenen Ozean.

Er streckte Trevor seine Hand entgegen. »Sie wollen doch dahin, oder nicht? Einen besseren Tag hätten Sie sich gar nicht aussuchen können«, sagte er. »Es wird ruhig sein am Riff.«

Trevor begutachtete mit Argwohn die gepolsterten Sitzbänke, die für zwanzig oder mehr Touristen gedacht waren, die langen luftgefüllten Schläuche und die beiden Außenbordmotoren mit jeweils hundert Pferdestärken, die am Heck im Leerlauf rotierten. Er rüttelte die Tasche an seiner Hand und spürte das Gewicht der Vitamindose aus Plastik. Wie Constance es wollte. Angela und Helen hatten ihn überzeugt: Constance hatte viel zu lange auf dem Bücherregal im Wohnzimmer gewartet. Dreieinhalb Jahre. Er hatte die Absicht gehabt, ihre Wünsche früher zu erfüllen, doch schien immer etwas dazwischenzukommen. Aussaat, Bewässerung, Ernte. Maschinen mussten repariert, Tiere versorgt werden. Die Hochzeit, die unten im alten Flussbett stattgefunden hatte. Und natürlich die Geburt des kleinen Bo, inzwischen zwei Jahre alt. Es war an der Zeit, ihr ihre Freiheit zu schenken. Was hatte die alte Frau darüber gesagt, dass man dem Universum vertrauen musste? Er legte den Kopf zurück, um in den wolkenlosen Himmel zu blicken und eine Bitte nach oben zu richten, gleichgültig, was oder wer es war, das oder der sie erhielt. Baxters fester Handgriff geleitete ihn auf das Boot.

Trevor setzte sich auf den mittleren Sitz – in die Mitte des mittleren Sitzes – und presste die Tasche mit der Asche fest gegen seinen Körper. Baxter lotste das Schlauchboot durch die engen Fahrrinnen des Hafens, durch die schmale Einfahrt, die mit Bojen markiert war, hinaus aufs offene Meer. Baxter hatte recht. Das Wasser war so glatt wie Glas; nicht einmal sachter

Wellengang erreichte die Küste. Das Boot durchschnitt die silberglänzende Oberfläche. Wellen fauchten um den Bug, der sie in zwei gleich große Hälften zerteilte; schaumiges Kielwasser sprudelte hinterher.

Trevor fixierte seinen Blick auf einen Punkt geradeaus, in Richtung Japan, er spürte warm die Sonne auf seinem Rücken. Acht Kilometer. Das war es, was Baxter am Telefon gesagt hatte. Acht Kilometer geradeaus von der Küste weg bis zur La Perousse Bank, einem tiefen Unterwasserriff, das, wie Baxter erklärt hatte, wegen Tiefenströmungen reich an Leben war. Etwa eine Stunde, um hin- und wieder zurückzugelangen. »Hängt vom Wetter ab und davon, ob Nebel herrscht und wie viel Zeit Sie benötigen.« Eine Stunde hatte sich nicht lang angehört, nicht vor einem Monat. Er hatte den Anruf vom Farmhaus aus getätigt nach einem Tag, an dem er Zäune ausgebessert hatte, nach einer warmen Dusche, bekleidet mit einem T-Shirt und bequemen Jeans, ein Bier in der Hand, unmittelbar vor dem Abendessen. Eine kurze Bootsfahrt. Heute fühlten sich acht Kilometer wie hundert an, und eine Stunde erschien ihm wie eine Ewigkeit. Er hatte Mühe, gleichmäßig zu atmen. Während einer der seltenen Urlaubsreisen ins Qu'Appelle Valley mit Onkel Pat und Tante Gladys hatte Brent aus altem Holz ein Floß gebaut, ein zerrissenes Laken hatte als Segel gedient. Er hatte versucht, Trevor dazu zu überreden, den Bootsmann zu spielen, doch war das Abenteuer mit Brents höhnischer Bemerkung »Babylein Trevor hat Angst vorm Wasser« geendet, während Trevor jenseits des Flussufers in einem Pappelhain laut vor sich hin geweint hatte.

Die ruhige Stimme von Constance machte der Schmach ein Ende. *Was wird aus der Seele, Trevor, was wird aus der Seele?*

Lief sein Leben wie ein Spielfilm vor seinen Augen ab, weil dies hier der Anfang vom Ende war? Würde er dieses Leben verlassen als Futter für die Fische? Er konnte nicht schwimmen. Man lebt, und man stirbt. Er hatte das gesagt, nicht wahr?

Zu Constance. Was, wenn da doch mehr war? Eine Seele. Ein Leben nach dem Tod. Würde er noch einmal eine Chance bekommen?

Eine Gefälligkeit für eine Freundin.

Als er die Augen öffnete, konnte Trevor kein Land mehr sehen.

Vor ihnen erstreckte sich über dem Horizont ein breites, dichtes Band aus Grau, zwanzig Stockwerke hoch.

»Was ist das?«, brüllte Trevor Baxter so laut zu, dass die Worte den Lärm der Motoren übertönten. »Das da vor uns.«

»Nebelbank«, schrie Baxter zurück.

»Da können wir aber doch nicht reinfahren, oder etwa doch?«, rief Trevor.

»Kein Problem. GPS. Sie wollen doch nach La Perousse, richtig?«

Trevor befürchtete, dass seine Gesichtsfarbe identisch war mit der Farbe der Nebelbank. Er nickte, und seine Fingerknöchel waren weiß, so fest umklammerte er mit den Händen das Halteseil, das über dem Rand des Schlauchboots verlief.

Sie schipperten geradewegs in die Nebelwand hinein, als steuerten sie auf den Außenrand der Welt zu. Trevor hatte Angst, das Boot würde gleich über die Fallkante stürzen wie ein Baumstamm über einen Wasserfall. Er fröstelte und drückte durch die Lagen des Überlebensanzugs die Vitamindose an sich. Am liebsten hätte er sich festgebunden an dem Halteseil. Aber die Vorstellung, was passieren würde, falls das Boot umkippte, reichte aus, um ihn davon abzuhalten.

Baxter reduzierte die Geschwindigkeit des Schlauchboots und drückte auf ein paar Schalter. Das Boot stürzte nicht über die Kante; stattdessen verlor die Welt plötzlich sämtliche Farbe. Da waren nur noch Grautöne: graugrünes Wasser, schwarzgrauer Himmel, metallgraues Boot. Fetzen von Nebelschwaden wehten zwischen den beiden Männern in der Luft. Eine schwere Stille dämpfte die Geräusche der Motoren. Trevor drehte sich um und stellte fest, dass der Dunst Baxter verschluckt hatte: Sein Anzug und das Armaturenbrett mit den Instrumenten waren verschwunden. Trevor tastete sich mit dem Fuß auf dem Boden vor, um die Sitzbank zu finden, die ebenfalls verschwunden war. Er war allein. Einsamer als in der Nacht, in der seine Eltern ums Leben gekommen waren, denn da hatte er Brent gehabt, Verwandte, Nachbarn. Heute war sein einziger Gefährte ein Fremder, den der Dunst verschluckt hatte.

»Brent?« Seine dünne Stimme verhallte in der Leere.

»Alles ist in Ordnung, mein lieber Junge«, sprach Constance mit beruhigender Stimme. »Jeder hat eine Großmutter.«

Trevor starrte intensiv in die Richtung, aus der die Stimme gekommen war, versuchte, durch die graue Wand hindurchzusehen. »Constance?«

»Kein Grund zur Sorge, Mister Wallace. Es ist nur Nebel. Nur heiße ich Baxter, nicht Brent. Wir haben sämtliche Instrumente, Radar, GPS. Ich habe das hier schon hundertmal gemacht.« Die Zuversicht des Mannes senkte sich auf Trevor herab wie Engelsgesang aus den Himmeln. »Wir sind über dem Riff. Ich schalte die Motoren jetzt für einen Moment ab. Wenn wir Glück haben, sehen wir vielleicht Wale. Schweinswale. Ich habe gehört, es sollen auch Buckelwale in der Gegend sein.«

Der verwirrte Trevor bewegte den Kopf langsam vor und zurück. Baxter, jawohl, Baxter. Sie waren nur zu zweit in diesem Boot, Baxter und er selbst, Trevor Wallace. Hatte Baxter gesagt, dass sie vielleicht Wale sehen würden? Er konnte sich nicht vorstellen, wie das möglich sein sollte. Die Sichtbehinderung durch den Nebel war ähnlich groß wie bei einem Schneesturm in der Prärie, bei dem man die Hand vor den eigenen Augen nicht sah. In so etwas starben die Menschen vor ihrer eigenen Haustür, verirrten sich im Blizzard nur Zentimeter entfernt von der Sicherheit.

Die Leute von der Rettung würden sie erst in ein paar Tagen finden, wenn sie leblos in ihren Schutzanzügen dahintrieben. Oder auch nicht. Zwei Männer wurden vermisst. Waren zuletzt gesehen worden, als sie aus Ucluelet in Richtung La Perousse Bank steuerten. Wie im Bermudadreieck. Menschen und Boote fahren hinein und kommen niemals wieder heraus.

Vorsichtig rutschte er über die Sitzbank auf den Rand des Bootes zu. Eine Armlänge entfernt vom Seitendeck beugte er sich vor, um mit gerecktem Hals auf die Wasseroberfläche zu spähen. Der Nebel schlug auf einmal Wellen und öffnete sich wie ein Vorhang. Das Wasser schimmerte wie flüssiges Silber. Er hielt den Atem an, um die unheimliche Reinheit der Szenerie nicht zu stören, dann rutschte er etwas weiter vor, streckte die Hand über die Seite des Bootes und ließ seine Finger in dem eisigen Wasser kreisen.

Er roch den Wal, bevor er ihn hörte, roch den überwältigenden Gestank von Salz und Meer und nassem Fleisch, der ihm die Kehle zuschnürte und ihn zurückweichen ließ in die Mitte des Bootes. Die Höhle aus Nebel füllte sich mit einem trauervollen Seufzer.

»Buckelwal«, flüsterte Baxter.

Das Wasser vor dem Boot wallte auf und stürzte nieder, als sich die feste, dunkle Masse erhob und wie eine gigantische Schlange über das Meer glitt. Baxter und Trevor konnten die Furchen an seinem Hals sehen, den massigen, dickhäutigen Kopf – mit einem Auge blickte er sich suchend um und beobachtete sie –, die verkümmerte Finne und die lange, geriffelte Brust. Die riesige Schwanzflosse bog sich nach oben und über die Köpfe der Männer hinweg und ließ in einem glitzernden Vorhang einen Wasserfall aus glänzenden Meerestropfen niederregnen. Dann verschwand der Gigant, ohne einen Laut zu machen.

Trevor, die Schenkel fest gegen den elastischen Schlauch des

Bootes gepresst, starrte auf den immer weiter schwindenden Wasserstrudel, dem innerhalb weniger Sekunden ein Koloss entstiegen war, um lautlos wieder darin zu versinken. Der Nebel schloss sich über der Stelle. Das Boot glitt sacht dahin. Baxter tauchte neben ihm aus dem Dunst auf und legte seine warme Hand auf Trevors Schulter.

»Jetzt ist der richtige Moment«, sagte er.

Die Berührung der Finger des Mannes war wie ein elektrischer Schlag. Trevor drehte sich um und blickte in Baxters Gesicht. Er wollte ihn in die Arme schließen, ihm sagen, dass er nie einen besseren Freund gehabt hatte als ihn. Er wollte über das Wunder sprechen, das gerade an ihnen vorübergeschwommen war.

»Der richtige Moment?«

Als Baxter auf Trevors Hand deutete, erinnerte er sich an die Asche und an die Frau, die ihn hergebracht hatte. Es war Zeit.

Der Dunst lichtete sich, und das schwache Licht der Sonne durchdrang den Nebel mit glänzenden Strahlen. Er zog den Plastikbehälter aus der Tasche. Auf dem Deckel stand ordentlich mit tiefroter Farbe das Wort *Constance* geschrieben.

»Es hätte ihr hier gefallen«, sagte er laut, doch Baxter war wieder im Nebel verschwunden.

Trevor nahm den Deckel ab und beugte sich über die Seite des Bootes. »Es war schön, Sie gekannt zu haben, Constance. Danke … für alles.«

Er drehte die dubiose Urne auf den Kopf. Feiner, hellbrauner Staub fiel auf die Wasseroberfläche und verteilte sich wie schwerelose Hieroglyphen auf durchsichtigem Papyrus. Trevor betrachtete die Linien und Spiralen. Er konnte aus den vergänglichen Gebilden nichts herauslesen. Das sah Constance ähnlich, ihm zum Abschied eine Nachricht zu hinterlassen, die er nicht entziffern konnte. Er tauchte den Behälter unter die Wasseroberfläche, und als er sich füllte, spürte er das Meer kalt auf seiner Haut. Mit einer drehenden Handbewegung wusch er die letzte verbliebene Asche heraus.

Ein Wasserschwall, ein Aufschrei von Baxter, und die Dose wurde seinen Fingern entrissen. Eine schwarzweiße Finne, dann eine zweite und eine dritte wühlten das Wasser vor ihm auf. Drei Tiere schwammen im Kreis um die treibende Asche, tauchten auf und wieder ab. Sechs kluge Augen fixierten Trevor, während sie vorüberschossen und Luft und Wasser aus ihren Blaslöchern spritzten. Die Asche versank in den Spiralen winziger Wasserstrudel, die durch die Schwungkraft ihrer glatten Körper entstanden waren, dann drehten sie ab und schwammen vom Boot weg. Meerwasser sprühte in weißer Gischt über ihre Rücken. Ihre Finnen blitzten, als sie abtauchten.

»Unglaublich!«, brüllte Baxter. »Weißflankenschweinswale. Sie schwimmen gern vor dem Bug her, aber so was habe ich sie noch nie machen sehen.«

Trevor hatte sich nicht gerührt. Seine Haut prickelte an der Stelle, an der einer der Wale seine Hand gestreift hatte. Die Vitamindose war verschwunden. Trevor suchte das Wasser in der Nähe des Bootes ab. War sie gesunken? Er fuhr sich mit den Fingern durchs Haar. Oder hatten sie die Dose mitgenommen?

Baxter ließ die Motoren wieder an. »Ich muss zurück, habe eine Tour.«

Sie fuhren durch den Nebel. Als sie durch die graue Wand ins helle Sonnenlicht brachen, kniff Trevor die Augen zusammen. Baxter setzte seine Sonnenbrille auf. Er gab Vollgas und öffnete die Drosselklappe. Das Boot schien abzuheben und über der Wasseroberfläche dahinzugleiten. Trevor fühlte sich fast so, als schwebe er in der Luft. Er lehnte sich zurück und ließ die Wärme der Sonne auf sich wirken, während er die Ereignisse der letzten halben Stunde noch einmal vor seinem inneren Auge vorbeiziehen ließ. Der Buckelwal. Die drei Schweinswale, wie sie sich tummelten und tauchten. Den nächsten Gedanken wischte er von sich, doch brachten die Schweinswale ihn gleich wieder zurück mit ihren drei neugierigen Augenpaaren, die ihn unter die Lupe nahmen, ihn aufforderten, sich ihnen anzuschließen. Er schüttelte den Kopf. Unmöglich. Zu weit hergeholt und damit unangenehmes Terrain. Aber war Constance nicht gerade dafür berühmt? Dafür, ihn an Orte zu bringen, die er von allein nie aufsuchen würde? Welcher war es gewesen? Welcher hatte die Dose aus seinen Fingern gestohlen? Martin? Das hätte ihr gefallen. Dass Thomas, Donald und Martin kamen, um sie abzuholen. Freundliche Wegbereiter für das Leben nach dem Tod.

Er drehte sich auf seinem Sitz und beobachtete, wie die Nebelbank sich in der Morgensonne hob und lichtete. Die Dunstschwaden schwebten davon und verschwanden, bis nur noch die endlosen Wogen des Ozeans zu sehen waren. Über ihm erstreckte sich gen Westen ein endloses himmelblaues Zelt. Wie der Himmel über der Prärie. Er hob die Hand zum Abschied.

»Wir sehen uns, Constance«, flüsterte er. »Irgendwo, irgendwann.«

Die Küste von Vancouver Island kam näher und näher, die mit Bäumen bewachsenen Hügel, das von der Brandung umspülte Ufer, die vereinzelten Häuser des Dörfchens Ucluelet. Land. Wo Angela im Hotel mit einer Flasche Scotch auf ihn wartete.

Danksagungen

Ich möchte den folgenden Menschen, deren Herzen ganz sicher so leicht sind wie Federn, für ihre Fachkenntnisse danken und für die vielen Stunden, die sie großzügig dem Entstehen dieses Buches gewidmet haben. Dank an Ruth Linka von Brindle & Glass, die eine erste Rohfassung las und mich aufforderte, das Manuskript umzuschreiben und es dann noch einmal einzureichen. Ruth führte das Buch mit Anmut und viel Humor durch den Publikationsprozess. Danke auch an meine Agentin, Emily Shorthouse, und an die Lektorinnen Lynne Van Luven und Sarah Weber. Meine größte Anerkennung und Bewunderung an meine Freunde und Kollegen, die das Manuskript in vielen unterschiedlichen Phasen lasen, unschätzbar wertvolle Kommentare abgaben und mir Einsichten und Ansatzpunkte vermittelten: Pearl Arden, Tia Casper, Peggy Frank, Penny Joy, Leith Lesley, Gary und Barbara Moore, Lesley Pechter und Tory Stevens. Ihr verdient Orden. Meine Eltern Gay und Paul Eriksson lasen eine frühe Fassung des Buches und, wie immer, leiteten sie mich sacht an und ermutigten mich.

Meine wunderbaren Kinder, Noah und Camas, sind unerschöpfliche Quellen der Inspiration und der Unterstützung. Mein geliebter Mann, Gary Geddes, der unerwartet in mein Leben trat, als ich dieses Buch schrieb, kommt auf Zehenspitzen in mein Arbeitszimmer, um mir kannenweise Tee und plattenweise Essen zu bringen, und flüstert mir ins Ohr: »Schreib weiter.« Von so einem Glück können andere Schriftsteller nur träumen.

Ein hochaktueller Thriller

Risto Isomäki
GOTTES KLEINER
FINGER
Thriller
Aus dem Finnischen
von Angela Plöger
448 Seiten
ISBN 978-3-404-16637-4

Ein gigantisches Sonnenwindkraftwerk in der Sahara soll Energie in noch nie dagewesenem Ausmaß produzieren. Doch die Atomlobby und arabische Ölproduzenten versuchen das Projekt mit allen Mitteln zu verhindern - und drohen mit einem Terroranschlag. CIA-Agent Lauri Nurmi, der für die Sicherheit des Kraftwerks zuständig ist, bekommt die Skrupellosigkeit seiner Gegner am eigenen Leib zu spüren. Bei einem Schusswechsel wird er verletzt, und den feindlichen Einheiten gelingt es, die Hightech-Anlage anzugreifen ...

»Risto Isomäki versteht es, bewiesene Fakten mit fiktiven Zukunftsvisionen auf extrem spannende Weise zu verbinden.«
DEUTSCH-FINNISCHE RUNDSCHAU

Bastei Lübbe Taschenbuch